UNE AUTRE HISTOIRE DE LA LITTÉRATURE FRANÇAISE

Jean d'Ormesson

de l'Académie française

UNE AUTRE HISTOIRE DE LA LITTÉRATURE FRANÇAISE

I

NiL Éditions

TEXTE INTÉGRAL

ISBN 2-02-033404-6, tome 1
(ISBN 2-02-038122-2, édition complète en poche
ISBN 2-84111-064-8, 1ʳᵉ édition)

© NiL Éditions, octobre 1997

AVANT-PROPOS

Ce qui m'a incité à écrire ce petit livre, ce n'est pas une connaissance approfondie de notre littérature : c'est son inquiète méconnaissance. Ne racontons pas d'histoires : j'ai très peu lu. Sur cette littérature française où je me propose de vous introduire, je sais assez peu de chose. Surtout, n'ayez pas peur : vous en savez, lecteur, presque autant que l'auteur.

Dans ma jeunesse, et plus tard, j'ai passé beaucoup de temps à me promener dans le monde, le nez en l'air, les mains dans les poches, à m'amuser et à ne rien faire. Et trop peu de temps à lire. Est-ce que je m'en repens, au moins ? Venez, approchez-vous que je vous le murmure à l'oreille : je n'en suis même pas sûr. Je m'en tourmente, en tout cas. Et surtout au moment de vous présenter cet ouvrage.

N'exagérons pas tout de suite. De tous les écrivains dont nous allons parler ensemble, j'ai naturellement une vague idée. Et peut-être un peu plus. De chacun d'entre eux, j'ai lu un livre, ou deux. Le plus souvent, plusieurs. C'est bien le moins, je le reconnais. Je suis capable de situer à leurs places respectives un Maynard ou un Racan, un Tristan

L'Hermite, un Drelincourt, une Hortense Allart ou une Louise Colet, un Louis Bouilhet ou un Maxime Du Camp. J'admire Toulet, Vialatte, Queneau, Genet, Perec et je les connais un peu. Je ne suis spécialiste d'aucun auteur, d'aucun genre, d'aucune époque. Des centaines, des milliers d'universitaires ou simplement de bons lecteurs en savent bien plus que moi sur Montaigne, sur Descartes, sur Voltaire, sur Zola. Sur l'origine de la tragédie classique ou sur le roman picaresque. Sur la société du XVIIIᵉ siècle ou sur le surréalisme. Je ne leur apprendrai rien. Je les heurterai peut-être. Qu'ils veuillent bien, je les en prie, me pardonner mes erreurs et mon outrecuidance.

Pourquoi alors me lancer dans une entreprise qui semble au-dessus de mes forces ? Je vois trois raisons principales.

La première est que j'aime ça. J'aime les livres. Tout ce qui touche la littérature — ses acteurs, ses héros, ses partisans, ses adversaires, ses querelles, ses passions — me fait battre le cœur. Le triomphe du *Cid* m'enchante. La « petite société » autour de Chateaubriand et de cette raseuse de Mme de Staël m'amuse à la folie. La mort de Lucien de Rubempré me consterne autant que Wilde ou le baron de Charlus. Aragon me transporte. Et, j'aime mieux le dire tout de suite, Proust me fait beaucoup rire.

La deuxième raison est que, pour le meilleur ou pour le pire, j'essaie d'écrire moi-même. Je n'ai pas, ou plus, d'autre ambition que d'apparaître à mes yeux et, si possible, à ceux de quelques autres, comme quelque chose qui ressemble, de près ou de loin, à un écrivain français de la fin de ce siècle. Je me suis dit que, peut-être, pour justifier si peu que ce soit cette ambition démesurée, mieux valait en savoir un peu plus sur le métier que je m'étais choisi. Les écrivains m'attiraient, je m'efforçais moi-même d'en être un. Pourquoi ne pas tâcher de recueillir quelques informations sur la maison commune où je brûlais d'entrer ?

La troisième raison est que l'occasion m'a été offerte de réaliser ce rêve, resté longtemps assez flou, de lire ou de relire avec assiduité quelques pages de nos grands écrivains : Pierre Bouteiller et la Cinquième m'ont confié, sous le titre *Histoire personnelle de la littérature*, une émission de télévision. Chaque semaine pendant de longs mois, je me suis entretenu – et je m'entretiens encore – d'un écrivain français avec Olivier Barrot, compagnon délicieux à qui ce livre doit beaucoup. C'est à partir des notes prises pour la préparation de ce rendez-vous hebdomadaire que le présent ouvrage a été rédigé. C'est dire la gratitude que je garde à tous ceux qui m'ont accompagné tout au long de la conception et de la réalisation de cette émission dont je conserve le meilleur souvenir.

La littérature française s'étend sur un peu plus de mille ans. Il est convenu de la faire commencer avec la *Cantilène de sainte Eulalie*, composée à la fin du IXe siècle à l'abbaye de Saint-Amand, dans le Nord, et qui compte vingt-neuf vers en langue romane. Inspirée d'une séquence en latin, elle constitue notre texte littéraire le plus ancien.

Buona pulcella fut Eulalia,
Bel avret corps, bellezour anima.
Voldrent la veintre li Deo inimi,
Voldrent la faire diaule servir...

Bonne pucelle fut Eulalie,
Elle avait un beau corps, une âme plus belle.
Les ennemis de Dieu voulurent la vaincre,
Ils voulurent la faire servir le diable...

Cette langue romane est issue du latin que l'Empire romain avait imposé aux peuples qu'il avait conquis et notamment à l'Europe presque entière. Couronné empereur d'Occident à Rome le jour de Noël de l'an 800, Charlemagne, « l'empereur illettré », parlait le francique, connaissait le grec et le latin, mais ne savait pas écrire. A la mort de son fils Louis le Pieux, ses trois petits-fils, Louis le Germanique, Charles le Chauve et Lothaire, se partagèrent l'empire au traité de Verdun (août 843) qui suit d'un an le serment de Strasbourg entre Louis et Charles. Louis le Germanique reçut l'Allemagne à l'est du Rhin ; Lothaire, une bande de pays de la mer du Nord à la Méditerranée, avec les deux capitales d'Aix-la-Chapelle et de Rome ; et Charles le Chauve, la France. Les conséquences politiques du traité de Verdun se prolongent jusqu'à nous. Les conséquences linguistiques et littéraires ne sont pas moins importantes : rédigés en latin et en langue romane, le serment de Strasbourg et le traité de Verdun marquent la naissance de notre langue, celle-là même dans laquelle sera écrite, quelques années plus tard, notre *Cantilène de sainte Eulalie.*

La suite, on la connaît. *Chanson de Roland*, un siècle plus tard, et autres chansons de geste. Chrétien de Troyes et les romans de chevalerie. *Roman de Renart, Roman de la Rose*, les quatre chroniqueurs, ancêtres de nos historiens, Charles d'Orléans et toute la généalogie de la poésie française. Plus tard, Rabelais et la naissance du roman moderne. De la *Cantilène de sainte Eulalie* au dernier roman paru hier ou avant-hier et que vous avez acheté chez votre libraire parce que votre journal vous en a parlé, ou Bernard Pivot à la télévision, court un fil enchanté – et parfois décevant. C'est qu'il est difficile de se maintenir au niveau de ceux qui nous ont précédés.

Pendant un millénaire, avec des hauts et des bas, notre littérature ne cesse jamais de se développer et de se renouveler. Trois époques surtout brillent d'un éclat exceptionnel.

La première est l'âge classique. Disons, pour fixer les idées, de Corneille, qui l'ouvre, à Voltaire, qui la clôt. Les génies s'y succèdent à un rythme accéléré. Descartes fonde la philosophie moderne. Pascal crée la prose française classique. On traînerait bien dans les tavernes pour y tomber sur les quatre amis en train de boire et de rire : La Fontaine, Molière, Boileau et Racine. Bossuet et Montesquieu chassent le hasard de l'histoire et lui substituent la Providence ou la nature des choses. Les lumières annoncent la grande Révolution.

La deuxième est le romantisme. Le romantisme éclate, dans un bruit de tonnerre, avec Chateaubriand qui est, comme Robespierre, et contre lui, un des deux fils de Rousseau. Il brille de mille feux avec

Hugo qui le domine de toute sa taille. Il se meurt avec Baudelaire ou avec Flaubert, qui sont encore romantiques et qui ne le sont déjà plus.

La troisième époque est notre entre-deux-guerres, qui n'est pas indigne des deux premières et où bouillonnent, avant l'âge où nous vivons et dont il est trop tôt pour dire quoi que ce soit, tant d'idées, de recherches, de talents, et parfois de génies. Gide, Proust, Claudel, Valéry, Saint-John Perse, Aragon, et tant d'autres, ouvrent indéfiniment des perspectives nouvelles et contribuent plus que personne à la gloire d'une langue française qui règne alors sans rivale.

Quels que puissent être ses défauts, l'immense avantage d'un ouvrage comme celui-ci est qu'il ne parle que d'écrivains qui ont subi l'épreuve du feu. Il ne parle que de chefs-d'œuvre. Le grand, peut-être le seul, inconvénient des livres nouveaux, c'est qu'ils empêchent, par leur nombre, de lire les livres anciens – dont on est sûr qu'ils sont bons, puisque les mauvais sont tombés dans la trappe de l'oubli. Dans la littérature contemporaine joue la loi de Gresham : la mauvaise monnaie chasse la bonne. Dans le cabinet des médailles qui vous est ici proposé, même s'il n'est pas permis de répondre du conservateur, toutes les médailles sont belles, et de première qualité.

Le problème qui se pose aussitôt est celui du choix. Tous les écrivains qui figurent dans cet ouvrage sont de bons écrivains. Tous les bons écrivains figurent-ils dans cet ouvrage ? Bien sûr que non. Les auteurs et les œuvres que nous allons rencontrer sont loin, très loin, d'épuiser le champ de notre littérature. On trouvera ici une quarantaine de noms, uniquement des génies ou des talents éclatants, qui courent à travers les siècles. La littérature française compte beaucoup plus de quarante noms de première importance. Il n'est pas impossible, si Dieu me prête vie, qu'un deuxième volume vienne compléter le premier. Avec quatre-vingts noms, le tableau de notre littérature, sans être exhaustif, constituera un ensemble. Ce premier tome, en attendant, doit être considéré comme un recueil lacunaire et stochastique de portraits d'écrivains. C'est une promenade au hasard, une espèce de flânerie dans le jardin de nos lettres.

Qu'est-ce qui m'a guidé ? Mais le plaisir. Si le titre n'était pas pris, j'aurais pu appeler le volume : *Mon plaisir en littérature.* Je crois que la littérature, qui est probablement bien autre chose, est d'abord source de plaisir. Je crois, comme Corneille, comme Molière, comme Boileau, comme Racine, qu'il s'agit de plaire au lecteur et au public, qui est le juge suprême. A ce souci de retenir le lecteur et de lui donner un peu de bonheur en compagnie de ce qu'il y a de mieux dans notre pensée, dans nos passions et dans leur expression, se joint une préoccupation, n'ayons pas honte de le dire, franchement didactique et pédagogique. J'ai pensé, je l'avoue, aux jeunes gens qui, on les comprend, ne lisent plus Lanson, ni Lemaître, ni Brunetière, ni Faguet, que les manuels, souvent excellents, qu'on leur propose font bâiller et qui voudraient pourtant en savoir un peu plus, sans se décrocher les mâchoires, sur les textes à leur programme : dans la gaieté, dans l'allégresse devant le génie ou le talent, ces portraits visent à fournir sur les auteurs un minimum d'informations. Quand on aura parcouru ce volume – et, si les vents ne sont pas contraires, celui qui lui fera suite –, on devrait avoir une idée, une sorte de vue cavalière de notre littérature.

Au goût du plaisir et à la dimension didactique se combine enfin un parti pris d'humeur et de subjectivité. Il lui arrive d'aller jusqu'à l'impertinence. Dans les deux sens du mot : tout n'est pas pertinent, tout n'est pas équitable dans cette galerie de portraits. Je préfère Chateaubriand à Voltaire et à Lamartine, je préfère Aragon à Sartre et Queneau à Camus. Il est permis de faire le choix inverse. Je dis le mien parce que l'amour de la littérature, qui est naturellement un savoir, est d'abord un plaisir et qu'il y a, pour chacun de nous, une hiérarchie des plaisirs.

« Nous avons pensé, nous dit Kléber Haedens dans l'introduction à son étourdissante *Histoire de la littérature française* écrite à trente ans, nous avons pensé que nos écrivains avaient été des vivants comme les autres, qu'un certain nombre de chefs-d'œuvre avaient pour auteurs des jeunes gens très délurés, le jeune Corneille, le jeune Racine, et qu'il ne convenait pas de fréquenter la littérature comme un cimetière. » J'ai essayé, à mon tour, de marcher dans les pas de Kléber Haedens, toujours vivant parmi nous.

A cette critique de plaisir et d'humeur qu'il a illustrée comme personne, une objection peut être faite. Elle tourne autour de ce qu'Albert Thibaudet appelait « l'anarchie des goûts ». Le problème est de déterminer s'il y a un goût qui est plus sûr et meilleur que les autres et si une hiérarchie de l'excellence finit par s'imposer. C'est une question difficile, et bien intéressante, de savoir si, et dans quelle mesure, il est

permis, par exemple, de préférer Nerval à Hugo.
Pourquoi pas ? Et Heredia à Mallarmé ? Ou Rostand
à Claudel ? Le débat ne sera pas tranché dans ces
pages. Elles s'efforceront néanmoins de fournir à chacun quelques éléments très brefs pour l'aider à se faire
une opinion personnelle. Ces notes se proposent
d'abord de trouver, dans un format très restreint,
l'équilibre le plus juste entre une information, sinon
complète, au moins aussi objective que possible et un
plaisir très subjectif.

Il y a, bien sûr, beaucoup d'autres façons d'abor-
der l'histoire de la littérature. Valéry proposait, avec
son intelligence coutumière, de « dégager l'histoire de
la littérature d'une quantité de faits accessoires et de
détails ou de divertissements qui n'ont avec les problèmes essentiels de l'art que des relations tout arbitraires et sans conséquence ». « Une histoire approfondie de la littérature, écrit-il, devrait donc être
comprise, non tant comme une histoire des auteurs et
des accidents de leur carrière ou de celle de leurs
ouvrages, que comme une histoire de l'Esprit en tant
qu'il produit ou consomme de la littérature. Et cette
histoire pourrait même se faire sans que le nom d'un
écrivain y fût prononcé. »

On rêverait longtemps sur un projet tel que
celui-là. C'est une démarche radicalement opposée, et
évidemment plus modeste, que j'ai adoptée. Ce que le
lecteur trouvera ici, ce n'est ni une histoire de l'esprit
créateur, ni une interrogation sur la nature et le sens
de la littérature, ni une analyse stylistique des œuvres,
ni une étude critique des textes : c'est une galerie de
portraits où les anecdotes ne manquent pas. Et l'arbi-

traire non plus. Ce brouillon d'une ébauche d'histoire de la littérature, ce recueil de croquis de mémoire ressemble, en fin de compte, à ces anthologies de la poésie qui traduisent le goût d'une époque et les humeurs de l'auteur. Il joue d'ailleurs un peu le rôle d'une anthologie : en ce qui concerne les poètes, il présente, sinon, faute de place, des poèmes entiers, du moins autant de vers que possible. Des vers, évidemment, qui traduisent mon propre goût.

En un temps où les perspectives et les hiérarchies changent très vite, en un temps où la littérature elle-même, dans son ensemble, est contestée et menacée par la montée de quelque chose d'obscur qui ressemble à la barbarie, ce mince volume n'a pas la moindre prétention à quoi que ce soit qui se réclame, même de loin, de l'éternel ou de l'universel. S'il a une ambition, c'est d'inviter le lecteur à en savoir un peu plus − un peu plus qu'eux-mêmes et un peu plus que moi − sur les œuvres des personnages passés ici en revue. S'il donne à quelques jeunes gens d'aujourd'hui l'envie d'ouvrir un roman de Stendhal ou de Queneau ou de découvrir un poème d'Aragon, l'auteur aura atteint son but. Il aura été largement payé de son temps et de sa peine qui, pour parler comme Haedens, fut aussi un plaisir.

LES QUATRE CHRONIQUEURS

(1150?-1511)

Courir le monde et l'admirer

Plus de trois siècles séparent Villehardouin, le premier de ce qu'il est convenu d'appeler nos « quatre grands chroniqueurs », de Commynes, le dernier. Si, malgré des différences qui sautent aux yeux, ils se trouvent ici réunis comme le veut la tradition, c'est parce qu'ils sont des précurseurs : racontant en français ce qu'ils ont vu autour d'eux, ces témoins de première main fondent ce qui deviendra plus tard l'école historique française. Ils annoncent, de très loin – et c'est ce qu'il y a de si amusant dans une histoire de la littérature –, nos Michelet et nos Braudel. Nos journalistes aussi, et nos reporters.

Les Grecs, qui de la géométrie à la tragédie ont inventé beaucoup de choses, avaient aussi inventé l'histoire avec Hérodote ou Thucydide. Avec Tite-Live et Tacite, les Romains avaient eu d'immenses historiens. Comme en architecture ou en poésie, l'histoire est un des domaines où la décadence se fait sentir le plus cruellement après la fin de l'antiquité classique.

L'histoire, au Moyen Age, est fille de l'épopée et de la religion. Elle sort des chansons de geste, du *Roman de Brut*, une histoire des Bretons rédigée en vers par un chanoine de Bayeux, du *Roman de Rou*, une histoire des Normands où la légende joue le premier rôle. Elle sort aussi et surtout de ces récits hagiographiques qui fleurissent dès le IXe siècle et qui, sur le modèle de l'*Historia Francorum* de Grégoire de Tours, sont rédigés en latin. Le premier des chroniqueurs à raconter ce qu'il a vu en prose et en français, le premier de nos grands historiens est un féodal, maréchal du comte de Champagne, un soldat et un diplomate, né à Villehardouin, près de Troyes : Geoffroy de Villehardouin. Son ouvrage, *La Conquête de Constantinople*, est le récit de la IVe croisade.

Ce qui fait l'importance et l'originalité de la IVe croisade, c'est que, partie, comme toutes les autres, pour libérer Jérusalem, la Ville sainte, de la conquête musulmane et arabe, elle aboutit en fait à la prise de Constantinople, capitale prestigieuse de l'Empire byzantin. Héritière de Rome alors déchue, Constantinople est une ville grecque et chrétienne – mais schismatique et orthodoxe. La prise de Constantinople par les croisés en 1204 et la création d'un éphémère Empire latin sur le territoire de la Turquie d'aujourd'hui sont des événements aux conséquences innombrables. De là datent la rupture définitive et l'hostilité mortelle entre Constantinople et Rome, entre les orthodoxes et les catholiques. Au point que l'Église romaine finit par apparaître aux orthodoxes grecs comme aussi redoutable que le joug ottoman dont la menace se profile à l'horizon. « Plutôt le turban turc que la tiare romaine » : la célèbre formule date de la prise de Constantinople par la IVᵉ croisade.

Facilitée par les querelles internes des Byzantins, la prise de Constantinople, aux richesses sans fin, fut imposée par Venise, alors dirigée par le doge Dandolo et qui n'obtenait pas le remboursement des sommes considérables qu'elle avait avancées aux croisés. Villehardouin prit une part essentielle aux négociations qui aboutirent au détournement des objectifs de la croisade et son ouvrage est une sorte de plaidoyer et de justification des décisions adoptées.

Maréchal de Romanie – c'est-à-dire du royaume latin de Constantinople après la chute de la ville –, Villehardouin, qui mourra sur place sans revoir son pays, ne cesse jamais de parler, avec gravité et austérité, sur le ton d'un ambassadeur et d'un général. Il est net et clair. Chroniqueur de la virilité, de l'honneur, de la beauté des batailles et des événements historiques dont il est l'artisan, il va à l'essentiel. C'est un grand seigneur aux intentions édifiantes. Une sorte de Bossuet militaire, primitif et encore malhabile. Quand il dépeint la flotte en train d'appareiller, il écrit avec simplicité mais avec le sentiment de son importance : « Et bien témoigne Geoffroy, le maréchal de Champagne qui cette œuvre dicta, que jamais si belle chose ne fut vue. » De temps en temps, le maréchal s'abandonne à un lyrisme contenu et marin, comme, par exemple, au large de Corfou : « Le jour fut beau et clair et le vent doux et bon et ils laissèrent aller les voiles au vent. »

A côté de ce général ambassadeur, Jean, sire de Joinville et sénéchal de Champagne, est un simple soldat. Il en a la candeur, la malice, l'humilité. Son grand homme, c'est Louis IX à qui il élève un autel dans son château et dont il raconte les hauts faits dans son *Histoire de Saint Louis*. C'est dans l'*Histoire de Saint Louis* que figure la page célèbre où on voit le roi, « vêtu d'une cotte de camelot, d'un surcot de tiretaine sans manches, un manteau de soie noire autour du cou, très bien peigné, sans coiffe, un chapeau de paon blanc sur la tête », en train de rendre la justice sous un chêne du bois de Vincennes. A la différence de son seigneur et maître, Joinville n'est ni un saint ni un héros : il est spontané, un peu ahuri, souvent peureux. Il y a plus que des traces de comique dans son œuvre où se succèdent les scènes naïves et charmantes.

Quand Saint Louis lui enjoint de laver les pieds des pauvres, il refuse tout net : « Sire, dis-je, hé ! malheur ! les pieds de ces vilains ! jamais je ne les laverai. – Vraiment, lui reproche le roi, c'est mal répondu, car vous ne devez point dédaigner ce que Dieu fit pour notre enseignement. Je vous prie donc, pour l'amour de Dieu d'abord, ensuite pour l'amour de moi, de prendre l'habitude de les laver. » Quand le roi lui demande s'il préfère « être lépreux ou avoir fait un péché mortel », il répond sans hésiter et au scandale du roi qu'il aimerait « mieux en avoir fait trente que d'être lépreux ». Quand, dans une bataille qui tourne mal, son intendant lui propose de se laisser égorger par l'ennemi pour aller tout droit au paradis, Joinville commente avec simplicité : « Mais nous ne le crûmes pas. » Il y a du Woody Allen dans ce combattant-là. Impossible d'être plus sympathique, plus naturel que ce chroniqueur qui raconte la dernière messe de son chapelain en train de mourir et qui vient de s'évanouir dans ses bras : « Il revint à lui et chanta sa messe tout entièrement, et oncques plus ne chanta. »

Avec ses naïvetés, ses digressions, son absence de sens critique, mais aussi avec son goût du naturel, du pittoresque et de la couleur, l'*Histoire de Saint Louis* n'a pas seulement contribué, pour la joie sans bornes de son auteur, à la canonisation de Louis IX ; elle est aussi capable de nous toucher encore, de nous intéresser et de nous amuser.

Près de deux siècles après Villehardouin, Froissart, lui, est un professionnel de l'histoire. Il n'a pas les vertus du grand seigneur ni la naïveté charmante du compagnon de Saint Louis. Mais l'information de ce grand voyageur est autrement riche et variée. Et la langue dont il se sert est souple et pleine d'images.

Froissart est un homme du Nord. Il est né à Valenciennes et on trouve chez lui plus d'une tournure picarde. Espèce de Passepartout ou de Pierre Lazareff à l'affût de l'événement, c'est un journaliste qui court après l'information, c'est notre envoyé spécial qui couvre les origines et la première moitié de la guerre de Cent Ans. A la différence d'un Villehardouin ou d'un Commynes qui donnent l'image de la fidélité du féodal ou du *groupie* attaché à son idole, Froissart a beaucoup changé de maîtres et de convictions. Il a servi Philippe de Hainaut, reine d'Angleterre (en dépit de son nom, Philippe est une femme, épouse d'Édouard III), puis le Prince Noir, fils d'Édouard III, puis le duc de Brabant, puis Robert de

Namur ou encore le comte de Blois. Il fut l'hôte de Gaston Phoebus, comte de Foix. Partout, il récolte des informations et il est le témoin de ce monde féodal et courtois auquel les événements mêmes qu'il rapporte vont porter un coup fatal.

Dans ses *Chroniques*, il raconte la lutte interminable entre l'Angleterre et la France qu'il sert successivement. Ce qu'il veut, c'est « voir les merveilles de ce monde, ouïr et savoir nouvelles, écrire autres histoires ». Il n'hésite pas à sauter à cheval et à aller très loin pour s'enquérir de « la vérité des lointaines besognes ». Il multiplie les interviews, il est le premier de nos grands reporters. C'est l'ancêtre de Cendrars ou de Kessel. L'histoire pour lui se confond avec le journalisme. Villehardouin était un grand seigneur qui racontait des batailles et des négociations ; Joinville était le biographe attitré et exclusif de son grand homme. Froissart est un journaliste – un poète aussi, d'ailleurs – qui se hisse jusqu'à l'histoire.

Ce n'est pas qu'il soit en tout point digne de foi. Il est crédule. Il est dénué de sens critique. Mais c'est un narrateur plein de couleur et de vivacité. Derrière les six Bourgeois de Calais ou l'élévation de Bertrand Du Guesclin à la dignité de connétable percent déjà les récits de nos envoyés spéciaux et de nos correspondants de guerre.

Le sens moral n'est pas son fort. Quand il parle d'un Aymerigot Marchès, capitaine des Grandes Compagnies sans le moindre scrupule, il s'amuse de ses ruses et de ses ignominies. Quand Aymerigot Marchès, en revanche, est pris et écartelé, il n'a pas le moindre mot de pitié : « Ainsi finit Aymerigot Marchès. **Sur lui,** sur sa femme, sur sa fortune, je ne sais rien de plus. » Un vrai journaliste. Et un historien en plus, et un artiste.

Fils d'un grand bailli de Flandre, chambellan et conseiller d'un duc de Bourgogne, puis de trois rois de France, baron d'Argenton, prince de Talmont, riche et grave, Philippe de Commynes est très intelligent – et moins sympathique que Joinville ou Froissart, à qui, homme du Nord et de peu de convictions, il ressemble par plusieurs traits. Quand il comprend que Charles le Téméraire, dont il est le chambellan, ne l'emportera pas, il ne fait ni une ni deux et passe au service de son ennemi, Louis XI.

Après la mort de Louis XI, il connaît de sérieuses difficultés et on l'enferme même dans une cage de fer. Il finit pourtant par servir successivement Charles VIII et Louis XII et écrit des *Mémoires* où il essaie d'établir des lois générales de l'histoire. Moraliste converti, il croit à la diplomatie, au roi, à Dieu – mais surtout aux idées. Avec peut-être moins de charme naïf que les autres, c'est le plus intellectuel de nos chroniqueurs. Ronsard, Montaigne, Mme de Sévigné connaissent et apprécient Commynes, et Sainte-Beuve conseille sa lecture à qui se mêle de politique.

Avec Commynes, homme riche – surtout par sa femme –, raisonnable et important, à la vie agitée et souvent traversée, conseiller de plusieurs rois et chargé d'ambassades en Allemagne et en Italie, apparaît dans notre littérature quelque chose de neuf qui avait disparu depuis Thucydide et Tacite : une réflexion sur l'histoire, une tentative de dégager, au milieu de méditations sur les desseins de la Providence et la conduite des princes, les raisons profondes des événements et des choses. Derrière ce réaliste un peu cynique, souvent fuyant et ironique, se profilent déjà, au loin, autrement solennelles et massives, les ombres de Bossuet et de Montesquieu.

RABELAIS

(1494 ?-1553)

L'ivresse du savoir

La date de naissance de Rabelais, à Chinon, dans une famille, quelle chance ! de vignerons et de cabaretiers, reste incertaine. Elle oscille entre 1484 et 1495. Plus près sans doute de 1495. L'essentiel est qu'il est l'exact contemporain de la découverte de l'Amérique et de l'invention de l'imprimerie. Il incarne mieux que personne le bouillonnement et l'allégresse de la Renaissance. Il correspond avec Budé et avec Érasme, à qui il écrit : « Je vous ai nommé père, je dirais même mère. » Il est le symbole d'un humanisme à la fois tempéré et renforcé par le rire.

L'image de Rabelais est aussi incertaine que la date de sa naissance. Nous connaissons ses livres, ses voyages, les événements de sa vie. Peu de choses de sa personne et de son caractère. Il a eu deux enfants, François et Junie, d'une veuve dont on ne sait rien. Le reste... Pour les uns, c'est un ivrogne et un paillard ; pour les autres, un homme sérieux et rangé. Pour les

uns, un jouisseur, qui aime les lettres ; pour les autres,
un érudit, qui égare le lecteur dans des beuveries et
des aventures picaresques. Tout cela en même temps,
probablement. Il aime boire. Et il est savant. Il fut
moine franciscain, puis bénédictin, et il apprend le
grec, le latin et l'hébreu avant de passer dans le clergé
séculier. Il fut surtout médecin à Montpellier et à
Lyon. C'est à Lyon que, sous le pseudonyme d'Alco-
fribas Nasier, anagramme de François Rabelais, il
publie *Pantagruel* en 1532. Puis, en 1535, *Gargantua*, qui
deviendra plus tard – Gargantua étant le père de Pantagruel – le premier livre de l'œuvre complète. Le
Collège de France est fondé en 1530 par François Ier.
Montaigne naît en 1533. L'ordonnance de Villers-
Cotterêts rend le français obligatoire dans les actes
publics en 1539. Tout bouge. Jamais l'avenir n'a été
plus présent. Les géants de Rabelais sont aux dimensions de l'époque.

Rabelais se rendra à Rome avec le cardinal
Du Bellay et en rapportera la romaine, le melon,
l'artichaut et l'œillet, dont il a subtilisé les graines
dans les jardins du pape. Il deviendra curé de Meu-
don et évoluera avec habileté entre deux périls opposés et parallèles qu'il récuse, moque et combat avec la
même ardeur : Calvin et la Sorbonne. Car les bon-
heurs de l'humanisme et de la Renaissance sont suivis
assez vite par les malheurs des guerres de Religion qui
font horreur à Rabelais. Il publiera encore le *Tiers
Livre*, puis le *Quart Livre*.

« L'œuvre de Rabelais, écrit Michel Butor, est
probablement la plus difficile de la littérature française. Mallarmé est aisé à côté. » Et La Bruyère :

28

« Son livre est une énigme. » En face d'admirateurs répartis sur cinq siècles, et souvent parmi eux, s'élèvent des voix désolées : « Un Michel-Ange de l'ordure », dit Barbey d'Aurevilly. Et, si loin de Barbey, réactionnaire et normand, George Sand, berrichonne et socialiste : « O divin maître, vous êtes un atroce cochon. » En vérité, ce qui est au cœur de Rabelais, ce qui constitue le ressort de son œuvre, c'est un formidable amour de la vie. Cet amour de la vie prend les formes les plus diverses, et parfois les plus contradictoires. Il mène à la fois au goût du savoir et à celui de la dive bouteille, qui ne fait sans doute qu'un avec le savoir. Et, dans l'un et l'autre domaine, il se confond avec le fameux rire rabelaisien, qui retentit encore de nos jours : « Mieux vaut de ris que de larmes escrire, pour ce que rire est le propre de l'homme. »

Ce que veut Rabelais, c'est à la fois amuser et instruire. La seule règle de conduite de l'abbaye de Thélème est : « Fay ce que voudras » et le rire est au centre de toute l'œuvre. Mais l'auteur recommande aussi de « rompre l'os et sucer la substantifique moelle ». A la fin du *Cinquième Livre*, qui n'est pas entièrement de Rabelais et qui paraît après sa mort, la réponse de l'oracle de la Dive Bouteille est pour le moins ambiguë : « Trink » – c'est-à-dire : « Bois ! » A la bouteille de Rabelais chacun s'abreuve sans doute de vin, et du meilleur, mais aussi de savoir et de toutes les beautés, de toutes les richesses du monde.

Dès l'âge de trois ans, Gargantua est « nourri et institué en toute discipline convenante » et la célèbre lettre de Gargantua à son fils Pantagruel constitue le manuel de l'humanisme renaissant. Chez Rabelais comme chez ses personnages, la soif de savoir est inextinguible et son programme d'éducation est encyclopédique. Il s'adresse à des êtres d'exception dans des cadres d'exception. La beauté est inséparable du savoir et tient lieu de toute religion. Toute psychologie, en revanche, et peut-être, mais plus subtilement, toute morale sont absentes de l'œuvre de Rabelais : elles sont remplacées par l'explosion constante du plaisir du corps et de l'esprit. La nature est bonne et suffit à tout. Pour aimer et craindre Dieu et comprendre que « science sans conscience n'est que ruine de l'âme », inutile de s'encombrer de règles.

Les personnages de Rabelais relèvent d'une farce énorme, bien au-delà de tout réalisme. Mais d'une farce qui n'est pas gratuite : si Gargantua et Pantagruel sont au-delà de tout ce que nous connaissons, c'est que l'homme est capable de dépasser toute limite. Le sens et la farce sont inextricablement mêlés et la vérité sort des rires. Six pèlerins mangés en salade survivent dans la bouche de Gargantua dont les gants sont faits de seize peaux de lutins brodées de loup-garou, Jean des Entommeurs fait sauter bras et jambes, écrabouille les cervelles, massacre avec allégresse tout ce qui lui tombe sous la main, les cloches de Notre-Dame sont attachées au cou d'une jument et des fleuves de vin jaillissent de montagnes de légende. Pas l'ombre de réalisme dans l'œuvre de Rabelais qui passe parfois, bien à tort, pour une sorte de peintre réaliste de l'existence. Mais dans un cadre de richesse et de beauté un perpétuel excès de vie.

Cette vie fabuleuse et puissante est traduite dans un langage d'une invention constante. Le rire est le propre de Rabelais. Et le langage est son royaume. Parce que la psychologie est bannie de son œuvre, Rabelais est très loin de tout un pan de ce que nous entendons aujourd'hui sous le nom de littérature. Il n'appartient pas au même monde qu'un Laclos, qu'un Constant, qu'un Stendhal, qu'un Flaubert. Il est aux antipodes d'un Proust, et même d'un Balzac. Mais parce que son œuvre est une épopée du langage, il y a peut-être un écrivain de notre siècle qu'il annonce et qui, avec un peu d'audace, pourrait lui être comparé : c'est James Joyce. Appuyé à la fois, chez l'un et chez l'autre, sur une symbolique du voyage et sur une commune témérité qui leur a valu à tous deux des adversaires et des ennuis, le langage jette un pont entre Rabelais et Joyce. Et quoi d'étonnant à voir le langage traduire les voyages d'Ulysse ou de Panurge et les obscénités de Rabelais et de Joyce ? Tout langage est exploration, tout langage est transgression.

Chez Rabelais comme chez Joyce, le langage est une recherche. Grand créateur de mots, l'auteur de *Gargantua* et de *Pantagruel* ne s'embarrasse pas plus des règles de la langue que de celles de la morale ou de la psychologie. Noms de vêtements ou de torche-cul, de chapeaux ou de navires, il sème à tout vent et il jette à profusion ses distorsions et ses inventions.

Ce n'est pas seulement le langage qu'invente Rabelais. En vérité, c'est le roman moderne. Le roman naît quand les dieux s'effacent pour laisser place aux hommes et quand la dérision l'emporte sur la piété et sur la vénération. Les romans grecs et *L'Ane d'or* d'Apulée – que Rabelais et Cervantès connaissaient fort bien et dont ils se sont servis – sont les premiers à renoncer aux dieux et à remettre entre les mains des hommes un destin dérisoire. C'est leur humanisme plein de rires et de moqueries qui fait de Rabelais, puis de Cervantès, les fondateurs du roman moderne. Sauf la psychologie et la morale, qui donneront lieu plus tard à des variations très brillantes mais qui contribueront aussi à un alourdissement des œuvres, rien ne manque chez Rabelais de ce qui fait le roman d'aujourd'hui. *Gargantua* et *Pantagruel* sont des romans de formation, où l'imagination se donne libre cours et où figurent des personnages qui sont devenus des archétypes, comme Cosette ou Jean Valjean, comme Mme Bovary. Non seulement Gargantua et Pantagruel eux-mêmes, mais Panurge, sorte d'Ulysse immoral et rusé, Picrochole, l'ambitieux, frère Jean des Entommeurs, l'homme d'action et de main, sont passés dans le langage courant. Une foule de personnages secondaires, le philosophe Trouillogan ou Janotus de Bragmardo, bafouilleur et docteur en Sorbonne, viennent animer la scène. A chaque instant, les aventures les plus burlesques, où le réalisme n'est qu'un instrument au service de la pensée encyclopédique et de l'imagination romanesque, se combinent avec une polémique politique et religieuse dirigée à la fois contre les catholiques romains de l'île des Papimanes et les Réformés de l'île des Papefigues.

Polémiste, encyclopédiste, savant, grand voyageur épris de tolérance, moraliste sans morale, éducateur, ivrogne, humaniste camouflant son humanisme sous des torrents d'obscénités, romancier se servant du réalisme au seul bénéfice de l'imagination, linguiste maître du langage et créateur de mots, Rabelais est un précurseur dans tous les domaines et la plus comique de nos énigmes.

MONTAIGNE

(1533-1592)

Tours et détours de la nature et de la tolérance

Montaigne vit dans un des temps les plus troublés de l'histoire de France : les guerres de Religion. Il se situe entre Blaise de Monluc, catholique farouche dont la devise était : « Dieu pour guide, le fer pour compagnon », auteur de *Commentaires* pleins de massacres et de feu, appelés par Henri IV « la bible du soldat », et Agrippa d'Aubigné, protestant convaincu, le plus violent de nos poètes, auteur des *Tragiques* où passe, en alexandrins, un cortège interminable d'incendies et de viols. Entre ces deux extrêmes, Montaigne incarne la tolérance. Il est aidé dans ce choix raisonnable par un caractère où dominent la nonchalance et le goût de la tranquillité.

La curiosité, aussi. Juif par sa mère, Montaigne aime le calme, mais tout autant le savoir. Il naît l'année même où triomphe le *Pantagruel* de Rabelais, bréviaire du nouvel humanisme (1533). Confié par son père à un précepteur allemand du nom de Horstanus qui ne connaît pas le français, il est élevé en latin. Il apprendra plus tard, comme une langue étrangère, le français dont François Ier, nous le savons déjà, venait de rendre l'usage obligatoire dans les actes publics.

Devenu conseiller au parlement de Bordeaux, il y fait la connaissance d'Étienne de La Boétie à qui le lie une ardente amitié et qui devait mourir à trente-trois ans. Il s'installe dans la « librairie » de son château de Montaigne pour y lire et écrire. Il ne peut pas échapper complètement aux remous extérieurs. Il se rend à Paris et, plus longuement, à Bordeaux qui l'a choisi pour maire. Il entreprend surtout un long voyage de santé où il prend les eaux de Plombières et de Baden et qui le mène jusqu'à Rome. Mais pendant vingt années, l'essentiel de son activité consiste à rédiger ses *Essais*.

Comme Saint-Simon ou comme Proust, Montaigne est l'homme d'un seul livre. Il se confond avec lui. Il dit lui-même de son ouvrage qu'il est « consubstantiel à son auteur. Qui touche l'un touche l'autre. » Il ne cesse de le reprendre, de le corriger, de l'augmenter. Quelque mille pages en vingt ans – soit cinquante pages par an : une page environ par semaine. Voilà comment s'écrit un chef-d'œuvre qui traverse les siècles.

Le thème du livre, c'est la nature de l'homme. Ce n'est pas que l'auteur en ait une haute opinion : « La plus calamiteuse et fragile de toutes les créatures, c'est l'homme. » L'homme, à beaucoup d'égards, est inférieur aux animaux. Mais enfin, cette condition humaine, c'est la nôtre et, dans les livres, dans le monde et en lui-même, Montaigne part à sa recherche.

Les livres, et surtout ceux des Anciens pour qui il a un culte, sont une source inépuisable pour Montaigne, insatiable lecteur. Caton et Tite-Live, Tacite et saint Augustin lui sont constamment présents. Au point que les *Essais* peuvent passer aussi pour un recueil de citations commentées. Les contemporains eux-mêmes ne manquent pas à l'appel : les noms de Ronsard, de Du Bellay ou de Rabelais apparaissent dans les *Essais*.

Le monde extérieur tout entier lui est aussi le meilleur des maîtres. A la différence de Rabelais, il n'attend pas tout des études ni de ces matières inutiles qu'on impose aux enfants. Son enseignement, c'est d'abord dans la vie qu'il le trouve. Et il attend peut-être plus des exercices physiques, de la course, de la lutte, de l'équitation ou de l'escrime que du rabâchage scolaire. Il va assez loin sur ce chemin-là et dans la préférence qu'il donne aux gens simples sur les savants et les doctes : « Tenons d'ores en avant école de bêtise. »

Mais le vrai maître de l'auteur des *Essais*, c'est lui-même, non pas tant par égoïsme ni par suffisance, mais parce que « chaque homme porte la forme entière de l'humaine condition ». Les *Essais* annoncent déjà l'apostrophe de Hugo à son lecteur : « Insensé qui crois que je ne suis pas toi ! » et la célèbre conclusion des *Mots* de Jean-Paul Sartre : « Tout un homme, fait de tous les hommes et qui les vaut tous et que vaut n'importe qui. » A Pascal qui tempête : « Le sot projet qu'il a de se peindre ! », Voltaire répond : « Le charmant projet que Montaigne a eu de se peindre naïvement comme il l'a fait, car il a peint la nature humaine. »

Ce qui distingue les hommes des animaux, souvent bien mieux armés pour la vie, c'est qu'à la différence de l'animal l'homme n'a pas de loi : « Certes, c'est un sujet merveilleusement vain, divers et ondoyant, que l'homme. » Ce qu'est d'abord l'homme, c'est une incertitude fondamentale. De cette incertitude naît le refrain auquel on réduit trop souvent la philosophie de Montaigne : « Que sais-je ? »

Nourri sans doute par la lecture des *Hypotyposes* (ou « esquisses ») *pyrrhoniennes* du sceptique grec Sextus Empiricus et de quelques autres, le scepticisme de Montaigne a fait couler des flots d'encre. Il est sceptique, c'est une affaire entendue. Mais à peine a-t-on prononcé le mot de scepticisme qu'il faut aussitôt le contrôler et le corriger. Le scepticisme de Montaigne est lié à l'incertitude qui vient des hommes. Il entraîne à la fois leur abaissement collectif et, chez Montaigne lui-même, un penchant au conservatisme. Ce serait une erreur de voir en Montaigne un intellectuel révolutionnaire. Il aime trop son confort et sa nonchalance, il craint trop ce qui ennuie ou ce qui coûte de l'effort. Son but premier est de se protéger, en un temps difficile, des rigueurs de la vie. On a beaucoup répété que lorsque la peste s'est déclarée à Bordeaux dont il était le maire, Montaigne, alors absent, s'est bien gardé de regagner sa bonne ville. Ne prononçons pas le mot de lâcheté, mais ne fermons pas non plus les yeux sur ses propres aveux : « Même sous la peau d'un veau », il est toujours disposé à se mettre à l'abri des coups. Et encore : « Je suivrai le bon parti jusqu'au feu, mais exclusivement si je puis. »

L'amour, si plein de fièvre et de violence, ce partisan passionné de la modération le redouterait plutôt.
Il préfère de loin l'amitié – et surtout celle de La Boétie : « Parce que c'était lui, parce que c'était moi. »
Les enfants eux-mêmes lui sont plutôt indifférents : il
s'embrouille un peu dans les siens propres.

A ce scepticisme un peu frileux, un peu soucieux
de son confort, s'oppose pourtant une forme de stoïcisme. Non seulement, héritage sans doute de l'Antiquité latine, il a le culte des héros, mais, à la différence d'un Spinoza plus tard, la pensée de la mort
lui est un exercice familier : « Que philosopher, c'est
apprendre à mourir. »

Scepticisme et stoïcisme ne sont pour lui, en
vérité, que les formes extérieures d'un souci bien plus
profond : le culte de la nature. Ce qui est bien, ce qui
est vrai, ce qui est bon, c'est de suivre la nature.

Il la suit d'abord dans son style. « Le parler que
j'aime, c'est un parler simple et naïf, tel sur le papier
qu'à la bouche, un parler succulent et nerveux, court
et serré, non tant délicat et peigné comme véhément
et brusque. » Et ailleurs : « Je parle au papier comme
je parle au premier que je rencontre. »

Ce naturel dans le style, il le pousse si loin que sa
forme d'expression préférée, c'est la digression. Beaucoup de critiques ont cherché dans les *Essais*, comme
plus tard, avec plus de raison, dans les *Pensées* de Pascal, un plan secret et sous-jacent et un ordre caché. Il
n'y a pas de plan des *Essais*. L'œuvre entière est une
efflorescence perpétuelle, un *excursus* permanent qui
part dans tous les sens et qui finit toujours par retom-
ber sur ses pieds. L'exemple le plus classique est

fourni par le célèbre chapitre des « Coches » qui traite de la coutume de saluer les gens qui éternuent, du mal de mer, de la peur, du luxe vestimentaire et de la libéralité des rois, avant de jeter les fondements de la sociologie moderne et de la philosophie de l'histoire en traitant des peuples du Nouveau Monde et de la conquête espagnole. L'auteur lui-même reconnaît le caractère déconcertant de ses propos à bâtons rompus quand il déclare qu'il écrit « à sauts et à gambades ». Tout le charme de la langue de Montaigne est qu'elle est brisée et dansante. Il aime l'art « léger, volage et démoniaque ». Il faut le lire comme il écrit : avec une extrême liberté.

C'est cette dansante liberté, j'imagine, qui le fait tant admirer par un esprit comme Nietzsche, dont on n'attendait pas tant d'éloges : « Qu'un tel homme ait écrit, vraiment le plaisir de vivre sur cette terre en a été augmenté. [...] C'est à son côté que j'irais me ranger s'il fallait réaliser la tâche de s'acclimater sur cette terre. » Et c'est ce culte de la nature que souligne très bien Sainte-Beuve qui, pour une fois, ne se trompe guère : « Une chose qu'on n'a pas fait assez ressortir, c'est que Montaigne n'est pas un système de philosophie, ce n'est même pas avant tout un sceptique, un pyrrhonien : non, Montaigne, c'est tout simplement la nature. »

La morale d'une affaire où se mêlent la nonchalance, le goût de la nature et de la liberté, une ombre d'égoïsme et d'indifférence, c'est Montaigne lui-même qui la tire : « C'est une absolue perfection, et comme divine, de savoir jouir loyalement de son être. »

LE CLASSICISME

(1636-1778)

Écrire est un métier
dont la règle est de plaire

Qu'est-ce qu'un classique ? Le terme est ambigu. Il couvre des notions différentes. Un livre classique est en principe un ouvrage destiné aux classes, à l'enseignement, aux jeunes gens. Un classique est un auteur qui a fait ses preuves, dont l'œuvre est reconnue d'avance par la postérité. En ce sens, Chateaubriand, romantique, avec les *Mémoires d'outre-tombe*, Zola, naturaliste, avec *Les Rougon-Macquart*, Aragon, surréaliste, avec *Le Paysan de Paris*, et plus encore avec *La Semaine sainte* ou *Les Yeux d'Elsa*, sont d'emblée des classiques. Au même titre que Boileau, Racine ou La Bruyère. Mais quand on parle des *classiques*, et surtout du *classicisme*, on pense d'abord à une période historique et littéraire bien précise qui naît au XVIIe siècle et meurt au XVIIIe siècle et qui est dominée par une certaine idée de l'ordre, de la grandeur, de l'harmonie et de la nécessité de règles fixes.

Le XVIIe s'ouvre en 1610 avec la mort d'Henri IV.

On peut situer vers le milieu des années trente les débuts du classicisme. 1628 : mort de Malherbe. 1630 : mort d'Agrippa d'Aubigné. 1634-1635 : création par Richelieu de l'Académie française. 1636 : *Le Cid*. 1636 encore : naissance de Boileau. 1637 : le *Discours de la méthode*. 1639 : naissance de Racine. Entre le crépuscule de la Renaissance et l'aube du classicisme s'étend, à l'extrême fin du XVIe et au début du XVIIe, une période un peu confuse, pleine de désordres et de richesses. Rabelais, Montaigne, Ronsard et Du Bellay entourés de la Pléiade forment un ensemble assez clair. Et le classicisme est un bloc. C'est l'entre-deux qui est obscur.

A défaut de pouvoir traîner à loisir dans ces temps si attachants qui précèdent immédiatement le classicisme, proposons au moins quelques exemples qui donneront peut-être envie d'y revenir plus en détail. Voici du cardinal Du Perron, protestant converti, grand aumônier de France, choyé du pape Paul V, l'admirable *Cantique de la Vierge Marie* où résonnent déjà des échos de Péguy :

> *C'est cette myrrhe et fleur et ce baume odorant*
> *Qui rend de sa senteur nos âmes consolées ;*
> *C'est ce jardin reclus suavement flairant,*
> *C'est la rose des champs et le lys des vallées.*

Voici Théophile de Viau, mauvais garçon, libertin, auteur de poèmes obscènes qu'on ne citera pas ici. Voici Saint-Amant, aventurier, ivrogne et merveilleux poète :

Le soir et le matin, la nuit baise le jour;
Tout aime, tout s'embrasse et je crois que le monde
Ne renaît au printemps que pour mourir d'amour.

Voici Tristan L'Hermite, parfois mièvre et trop gracieux, parfois tout simple et délicieux :

Veux-tu, par un doux privilège,
Me mettre au-dessus des humains ?
Fais-moi boire au creux de tes mains
Si l'eau n'en dissout point la neige.

Ou :

Auprès de cette grotte sombre
Où l'on respire un air si doux,
L'onde lutte avec les cailloux,
Et la lumière avecque l'ombre.
[...]

Crois mon conseil, chère Climène :
Pour laisser arriver le soir,
Je te prie, allons nous asseoir
Sur le bord de cette fontaine.

Voici un total inconnu, et pourtant bien séduisant, sur lequel on s'attarderait volontiers, Étienne Durand, roué vif en place de Grève, peut-être père de Cinq-Mars :

Pourquoi courez-vous tant, inutiles pensées,
Après un bien perdu qui ne peut revenir ?

Quoi! ne savez-vous pas, chimères insensées,
Que d'un plaisir perdu triste est le souvenir?

Voici encore Racan, qui a quelque chose comme
trente ans :

Tircis, il faut penser à faire la retraite :
La course de nos jours est plus qu'à demi faite,
L'âge insensiblement nous conduit à la mort;
Nous avons assez vu sur la mer de ce monde
Errer au gré des flots notre nef vagabonde,
Il est temps de jouir des délices du port.

Et, pour le plaisir, un peu plus tard dans le siècle,
un pasteur dont personne ne connaît plus le nom,
Laurent Drelincourt :

Que, sans craindre la mort ni son noir appareil,
J'entre, au sortir du jour qui luit sur l'hémisphère,
Dans le jour où les saints n'ont que Toi pour soleil.

Et voici les plus grands. Maynard, d'abord, si
scandaleusement méconnu :

Pour adoucir l'aigreur des peines que j'endure,
Je me plains aux rochers, et demande conseil
A ces vieilles forêts dont l'épaisse verdure
Fait de si belles nuits en dépit du soleil.

L'âme pleine d'amour et de mélancolie,
Et couché sur des fleurs ou sous des orangers,
J'ai montré ma blessure aux deux mers d'Italie
Et fait dire ton nom aux échos étrangers.

Mathurin Régnier, ensuite, satiriste débraillé. Agrippa d'Aubigné, enfin, l'auteur des *Tragiques*, protestant véhément qui voit la mort de près, visionnaire, grand poète. Chez l'un ou l'autre de tous ces écrivains perce déjà, ici ou là, on le montrerait sans trop de peine, l'annonce lointaine du romantisme. C'est d'eux pourtant que surgira, quelques années à peine plus tard, le classicisme. C'est qu'auront pavé le chemin, parmi beaucoup d'autres, un précurseur éclatant et un salon animé par une femme du monde à qui – *rara avis* – la littérature doit beaucoup.

Le précurseur est Malherbe.

« Enfin Malherbe vint... » La formule de Boileau touche juste, comme toujours. A la différence de plusieurs des poètes que nous venons de rencontrer, Malherbe n'était ni un romantique, ni un vagabond, ni même peut-être un poète inspiré. Il était dédaigneux, bourru, un peu guindé. Il se limitait à son métier avec une surprenante modestie : « Un bon poète n'est pas plus utile à l'État qu'un bon joueur de quilles », et surtout cet aveu à Racan : « Si nos vers vivent après nous, toute la gloire que nous pouvons espérer est qu'on dira que nous avons été deux excellents arrangeurs de syllabes, que nous avons eu une grande puissance sur les paroles. » Et il se faisait en même temps une très haute idée de lui-même :

Ce que Malherbe écrit dure éternellement.

Tout le classicisme est déjà là. Modestie : le poète, l'écrivain est un artisan comme les autres. Son domaine est le langage. La Bruyère dira : « C'est un métier que de faire un livre, comme de faire une pendule. » Et, serviteur lui aussi du « Saint Langage », doué lui aussi d'une « grande puissance sur les paroles », Valéry, qui renoue sur plus d'un point avec la poétique de Malherbe, soutiendra que le propre du classique, c'est de connaître son métier. Mais orgueil en même temps : à la façon des Anciens, on écrit pour la postérité, et peut-être pour l'éternité.

C'est ce que fait Malherbe lui-même avec des vers un peu froids, un peu trop tenus et pourtant immortels :

Tout le plaisir des jours est dans leurs matinées.

Ou :

Et le peuple qui tremble aux frayeurs de la guerre,
Si ce n'est pour danser, n'orra plus de tambours.

Ou :

N'espérons plus, mon âme, aux promesses du monde ;
Sa lumière est un verre, et sa faveur une onde
Que toujours quelque vent empêche de calmer ;
Quittons ces vanités, lassons-nous de les suivre :
C'est Dieu qui nous fait vivre,
C'est Dieu qu'il faut aimer.

Un précurseur et un salon. Le salon est celui que tient Catherine d'Angennes, avec ses deux filles, Julie, puis Angélique, à l'hôtel de Rambouillet. Dans ses premières années, la célèbre « Chambre bleue » de l'hôtel de Rambouillet encourage la conversation et les divertissements littéraires, analyse les sentiments, affine le langage jusqu'à la préciosité. On y lira *L'Astrée*, roman célèbre et illisible d'Honoré d'Urfé. On y verra Malherbe, puis Voiture, qui écrit des lettres très amusantes et de petits poèmes :

> *Les demoiselles de ce temps*
> *Ont depuis peu beaucoup d'amants.*
> *On dit qu'il n'en manque à personne ;*
> *L'année est bonne.*

Un certain Sarasin, bien oublié :

> *Achille, beau comme le jour*
> *Et vaillant comme son épée,*
> *Pleura neuf mois pour son amour,*
> *Comme un enfant pour sa poupée.*

Et même Corneille, qui vole plus haut. Un soir, quelques années plus tard, Bossuet presque enfant y prononcera un sermon. Et des jeux de société sortiront, tout armées, les *Maximes* de La Rochefoucauld.

Bientôt, les salons, tels que celui de Mlle de Scudéry qui succéda à l'hôtel de Rambouillet, seront éclipsés par la cour qui devient, pour des raisons politiques, grâce à Louis XIV et autour de lui, le centre unique et éclatant de toute vie mondaine et sociale. Tout tourne autour du Roi-Soleil qui n'admettra aucune ombre et qui abat Fouquet, surintendant des Finances trop brillant et trop puissant, au moment même où surgit avec Molière, avec La Fontaine, avec

Racine et Boileau, précédés ou suivis de Pascal, de Bossuet, de La Rochefoucauld, de Philippe de Champaigne et de Le Sueur aussi, de Poussin, de Mansart, de Le Nôtre, de Lulli, de Couperin, ce qu'on a pu appeler l'*école de 1660*. Dépeints par Saint-Simon, Louis XIV et sa cour seront le foyer du classicisme et, d'une certaine façon, son moteur et son inspiration.

Ainsi apparaît un autre caractère du classicisme : issu des salons, organisé autour du roi et de sa cour, le classicisme est un phénomène où littérature et société sont intimement liées. La discipline, la hiérarchie, l'ordre sont consubstantiels au classicisme. Racine et Boileau exercent les fonctions d'historiographes du roi. Bossuet prêche à la cour, au Louvre ou à Saint-Germain, et s'occupe du Grand Dauphin. Molière est protégé contre les dévots, si puissants à la cour, par Louis XIV lui-même. Le moins bien vu, sans doute, est La Fontaine, indépendant, incontrôlable, trop lié à Fouquet. Mais la vengeance royale se limitera à retarder l'élection du fabuliste à l'Académie, autre instrument littéraire du pouvoir absolu. Le classicisme se confond avec le siècle de Louis XIV dont un des mérites majeurs aura été de comprendre que la gloire des lettres valait bien celle des armes.

Ce n'est pas de la poésie ni du roman que naît le classicisme : c'est du théâtre, genre essentiellement social et lié à la cour. Le parallélisme est frappant entre la chronologie politique et la chronologie littéraire. Le règne personnel de Louis XIV commence en 1661, à la mort de Mazarin. C'est précisément le départ de la formidable rafale des comédies de Molière et des tragédies de Racine qui, année après année, pendant quinze ou vingt ans, se succéderont sans trêve. Boileau, dans le même temps, fustige et légifère, les *Pensées* de Pascal sont offertes au public à la mort de leur auteur, La Rochefoucauld donne ses *Maximes* et La Fontaine ses *Fables*. Et Saint-Simon voit le jour.

L'instrument de ce miracle, c'est la langue française classique. Elle est encore toute jeune. Dans son usage courant, sous sa forme policée, elle n'a guère plus de cent ans. Plus encore que Malherbe, beaucoup plus qu'Honoré d'Urfé, et tous les précieux et précieuses réunis, et Guez de Balzac dans ses lettres, deux écrivains immenses forgent l'outil de la langue : Corneille avec ses vers, Pascal avec sa prose. L'un et l'autre, très différemment, unissent étroitement le fond et la forme. L'un et l'autre donnent à la langue sa souplesse et sa hauteur. L'un et l'autre rendent possible tout ce qui les suivra. Ils sont, à eux deux, les vrais créateurs de notre langue classique et ils la hissent, d'emblée, à une vertigineuse altitude.

La société, le théâtre, la langue conspirent à l'établissement d'un certain nombre de règles qui se confondront avec le classicisme : les règles de la grammaire, auxquelles Vaugelas attachera son nom, les trois règles de l'unité d'action, de temps, de lieu, destinées à accroître la vraisemblance et la clarté, les règles surtout de la bienséance et de la dignité. La littérature classique est écrite par d'honnêtes gens pour l'honnête homme.

On voit bien que c'est là que se joue le destin du classicisme. Sa grandeur vient de la soumission de l'individu à un ordre qui le dépasse, de sa modestie et de sa pudeur dans l'excellence, de sa réserve dans l'expression des sentiments et des passions. Son vieillissement sera lié à des règles vidées de leur sens, à un ordre arbitraire qui s'efforcera de survivre, à des préjugés qui essaieront en vain de se faire passer pour la grandeur et la grâce. Les règles fonctionnent, en vérité, quand le talent les soutient, quand le génie les habite. Dès que le génie éclate hors des règles et contre elles, c'est le génie qui a raison. Il est permis, et peut-être recommandé, de préférer les tragédies de Racine aux drames de Victor Hugo. Il est impossible de préférer le théâtre de Voltaire au théâtre de Hugo.

Les classiques eux-mêmes ne se faisaient pas d'illusions. Ils ne considéraient les règles que comme des recettes commodes pour encourager le talent. Molière le dit avec clarté : « Vous êtes de plaisantes gens avec vos règles dont vous embarrassez les ignorants, et nous étourdissez tous les jours. Il semble, à vous ouïr parler, que ces règles de l'art soient les plus grands mystères du monde ; et cependant ce ne sont que quelques observations aisées, que le bon sens a faites sur ce qui peut ôter le plaisir que l'on prend à ces sortes de poèmes. » Puisque écrire est un métier comme celui d'horloger, il faut bien qu'il ait des trucs, des tours de main, des recettes de fabrication. Mais les textes sont innombrables et ils répètent tous la même chose : il n'y a qu'une règle, c'est le plaisir du public.

La société, l'ordre, la hiérarchie, la bienséance, le langage, le métier, les règles, le plaisir du lecteur, il y a encore deux ingrédients nécessaires pour parvenir à la pleine puissance et à l'harmonie du classicisme. L'un est en l'homme et l'autre hors de lui.

En l'homme, à l'époque de Condé et de Turenne, au lendemain de la Fronde et de la vogue des duels, c'est ce que Corneille appelle l'honneur et Descartes – un des fondateurs, souterrain mais décisif, de la morale du classicisme – la générosité. Surtout au début du classicisme, hérités peut-être de la Renaissance, magnifiés mais aussi bridés par Louis XIV, il y a un goût de l'aventure et une sorte d'enthousiasme chevaleresque et hardi. On les trouve chez Descartes, chez Corneille, chez Pascal. Sous l'influence de libertins – qui se sera exercée jusque sur Pascal –, La Fontaine et Molière inclineront vers plus de sagesse raisonnable, de réalisme et de pessimisme. On pourrait soutenir que tout au long du classicisme se poursuivra un beau combat entre la générosité et le goût de l'aventure d'un côté et le réalisme et le goût de la vérité de l'autre. Dans ses œuvres les plus réussies, le classicisme est un réalisme travaillé par la générosité.

Hors de l'homme, il y a un acteur du classicisme qu'il est impossible de passer sous silence : c'est Dieu. Dieu est présent d'un bout à l'autre du classicisme, en position dominante ou en position d'assiégé. Il est présent chez Descartes, où il ne peut pas être trompeur, et encore plus chez Malebranche, où il est l'unique acteur et l'unique ressort. Il est présent, évidemment, chez Pascal et chez Bossuet. Il est présent chez les jansénistes, à Port-Royal, et chez Racine. Il est présent à la cour, chez Mme de Maintenon, et même chez les jésuites qui poussent aussi loin que possible les accommodements avec la société. Il n'y a guère que chez La Fontaine et chez Molière qu'il passe à l'arrière-plan – mais il se rattrape à l'instant

51

de la mort : La Fontaine se convertit et Armande
Béjart, la femme de Molière, obtient que le comédien
soit enterré en terre chrétienne. Il est absent chez
Montesquieu qui ne le combat même pas, mais qui
l'ignore. Il est à nouveau très présent, en sens inverse,
chez les philosophes du XVIIIᵉ et chez Voltaire, où il
ne s'agit plus que de l'expulser, au moins sous les
espèces de l'Église. A mesure que le XVIIIᵉ l'emporte
sur le XVIIᵉ, Dieu recule devant la raison : la raison, si
longtemps alliée à Dieu, se sépare de lui et se retourne
contre lui.

Il n'y a, en fin de compte, qu'un seul mystère du
classicisme : c'est la multiplicité inouïe des génies et
des talents. Pourquoi naissent-ils et se développent-ils
tous dans un si petit nombre d'années ? Pourquoi
semblent-ils pousser tous dans le même sens au lieu de
se combattre et de s'éparpiller ? Il y a Louis XIV, c'est
une affaire entendue, mais ce n'est pas lui qui fait
naître en même temps La Fontaine, Molière, Pascal,
Bossuet, Boileau et Racine. Le mystère de la cumulation des succès est aussi troublant que celui, à d'autres
époques, de la cumulation des échecs.

On en vient à comprendre l'incompréhensible,
et un peu vaine, querelle dite des Anciens et des
Modernes : le triomphe du classicisme finit, à bon
droit, par lui monter à la tête et il se demande si le
siècle de Louis XIV, peuplé de tant de talents, ne
serait pas l'égal du siècle de Périclès ou du siècle
d'Auguste. Le comique est que les plus illustres – Boileau, Racine, La Fontaine, La Bruyère –, se réclamant avec modestie de l'imitation des grands
ancêtres, constituent le clan des Anciens et que les

moins célèbres − Perrault, celui des *Contes*, et Fontenelle −, se réclamant du progrès, sont les champions des Modernes. Les Anciens l'emportent, bien entendu − et, par un paradoxe enchanteur, font triompher les Modernes.

Tout est simple, tout est compliqué. Ce qui fait tourner la tête, c'est que tant de génies, ensemble, aient fait naître tant de chefs-d'œuvre.

Corneille

(1606-1684)

L'amour est un honneur et l'honneur est aimé

Pierre Corneille est si figé dans sa gloire que la première chose à faire au moment de parler de lui est de briser la glace pour tâcher de lui rendre cette jeunesse et cet élan qui ont fait la nouveauté et l'incomparable grandeur du *Cid*.

La Renaissance est une période où la poésie, les essais, l'érudition ont été portés à un haut degré d'excellence. Le théâtre, en revanche, avait gardé quelque chose de maladroit et d'emprunté. Les grands noms du théâtre avant Corneille sont Jodelle, ami de Ronsard qui le fait entrer dans la Pléiade, et auteur, à vingt ans, de la première tragédie classique française, *Cléopâtre captive*, représentée devant Henri II ; Garnier, auteur des *Juives*, tragédie biblique avec chœurs, et d'un vers célèbre : « Qui meurt pour son pays vit éternellement » ; Montchrestien, économiste, aventurier, faussaire, assassin élégiaque, tué dans une auberge par les troupes du roi, créateur de l'expression : « économie politique », auteur d'une *Sophonisbe* et de *L'Écossaise*, pleines de violence et de tendresse mélancolique et chrétienne.

De longues déplorations lyriques tenaient lieu d'action et il faut attendre Alexandre Hardy, auteur de quelque six cents pièces, dont *Didon* ou *Coriolan*, pour introduire sur la scène de l'hôtel de Bourgogne l'action et une intrigue. Mais, encombrées d'érudition, se déroulant en même temps à des époques et dans des lieux très divers, les tragédies de Hardy manquaient cruellement de vraisemblance. Contrairement à ce que peuvent croire d'innombrables générations d'écoliers écrasés par l'ennui, ce n'est pas pour ajouter des difficultés arbitraires ni pour compliquer le jeu, mais au contraire pour procurer un minimum de vraisemblance et pour accroître le plaisir et l'intérêt du public que fut introduit le fameux principe des trois règles, formulé par Boileau dans son *Art poétique* :

> *Qu'en un lieu, qu'en un jour, un seul fait accompli*
> *Tienne jusqu'à la fin le théâtre rempli.*

Ce fut Jean Mairet qui, le premier, appliqua délibérément dans son théâtre la règle des trois unités dont il se fit le théoricien. Après une comédie tirée de *L'Astrée*, il donna successivement une *Silvanire* et encore une *Sophonisbe*. Deux ans après la *Sophonisbe* de Mairet éclatait le coup de tonnerre du *Cid*.

Racine est élevé, aux Granges de Port-Royal, par des jansénistes qui enseignent, contre les jésuites, que la grâce est tout et que l'homme, sans la grâce, est le jouet aveugle de ses passions. Aussi fera-t-il dire à un de ses héros, Oreste, dans *Andromaque* :

CORNEILLE

Je me livre en aveugle au destin qui m'entraîne.

Pierre Corneille, né à Rouen, fait de brillantes études chez les jésuites qui lui apprennent que l'homme est libre et que son salut dépend de lui. Auguste dira, dans *Cinna* :

Je suis maître de moi comme de l'univers.

Les jansénistes adoraient un Christ rude et aux bras étroits : les héros de Racine, et surtout ses héroïnes, sont livrés, pieds et poings liés, aux fureurs de l'amour. Les jésuites conseillaient les puissants de ce monde : les héroïnes de Corneille, et surtout ses héros, dominent leur destin et décident de leur avenir. Napoléon, évidemment, préfère Corneille à Racine dont il déplore « l'éternelle fadeur » et déclare qu'il l'aurait fait prince.

Fils d'avocat, Corneille occupe la charge d'avocat du roi à la table de marbre du Palais de Rouen et il ouvre sa carrière au théâtre avec cinq comédies, souvent très réussies, mais qui n'auraient pas suffi à lui assurer une célébrité durable : *Mélite, La Veuve, La Galerie du Palais, La Suivante, La Place royale,* suivies d'une tragédie : *Médée.* Richelieu le remarque et, avec Rotrou, Colletet, Boisrobert et L'Estoile, il appartient au fameux groupe des « Cinq Auteurs » qui constituent une sorte d'atelier collectif et écrivent de concert des pièces sur commande du terrible cardinal. En 1634, Richelieu fonde l'Académie française. En 1636, les troupes françaises l'emportent sur les Espagnols à Corbie. Et la même année triomphe *Le Cid.*

Si jeune, si vif, si fier, *Le Cid* connaît un succès prodigieux. C'est le premier de ces coups de tonnerre et de théâtre dont la littérature française, plus tard, avec *Andromaque*, ou le *Génie du christianisme*, ou les *Méditations poétiques*, ne sera pas avare. Du jour au lendemain, Corneille n'est pas seulement célèbre : il entre vivant dans la gloire. Ce ne fut pas du goût de tout le monde – ni de ses confrères, Scudéry ou Mairet, ni de Richelieu lui-même. Georges de Scudéry – il était le frère de Madeleine de Scudéry, romancière précieuse du *Grand Cyrus* (dix volumes) et de *Clélie, histoire romaine* (dix volumes encore), où figure la fameuse « Carte du Tendre » – se donna le ridicule d'écrire des *Observations sur le Cid* où il descendait la pièce en flammes. Poussée par Richelieu, l'Académie française confia à Chapelain le soin d'écrire les *Sentiments de l'Académie sur le Cid*. Moins désastreux que le libelle de Scudéry, ce factum officiel était un modèle de compromis chafouin et de cote mal taillée qui ne grandissait pas la jeune institution. Elle était bien obligée de reconnaître, avec une sorte d'étonnement, « l'agrément inexplicable » du chef-d'œuvre, mais elle faisait la petite bouche et chipotait d'un bout à l'autre. Les *Sentiments de l'Académie* en face du *Cid*, c'était les vieillards ergoteurs et maniaques en face de la beauté radieuse de Suzanne.

On a beaucoup discuté du rôle de Richelieu. Sa jalousie ne fait pas de doute. Mais il était trop intelligent pour ne pas voir, comme les académiciens eux-mêmes, la nouveauté et la grandeur du *Cid*. Il lança l'attaque contre Corneille, il laissa faire ses ennemis, et puis il se donna les gants d'atténuer les critiques contenues dans le manuscrit des *Sentiments de l'Académie*, respectueusement soumis par Chapelain à l'avis et à l'approbation du cardinal protecteur. Avec un cynisme dont il est difficile de lui savoir gré, il laissa tomber négligemment : « Il fallait y jeter quelques fleurs. »

Soyons justes : aussitôt après le *Cid*, le Cardinal fit anoblir la famille de Corneille et accorda, sur sa cassette personnelle, une pension de 1 500 livres à l'auteur. Peut-être pourrait-on dire que Richelieu, qui avait le sens de l'État et qui était démangé, comme la plupart des politiques, par la passion d'écrire, se réjouissait de voir la gloire de Corneille et son génie rejaillir sur la France et sur la langue française – mais que son cœur d'écrivain raté et jaloux de la grandeur des autres était blessé, sur le plan privé, par le triomphe de Corneille. Le public, en tout cas, ne s'y trompa pas. La formule « Beau comme *Le Cid* » passa à l'état de proverbe. Et Boileau put écrire dans ses *Satires* :

> En vain contre Le Cid *un ministre se ligue.*
> *Tout Paris pour Chimène a les yeux de Rodrigue.*

A la mort du Cardinal, Corneille se refusa et à célébrer sa mémoire et à la flétrir :

> *Qu'on parle mal ou bien du fameux Cardinal,*
> *Ma prose ni mes vers n'en diront jamais rien :*
> *Il m'a fait trop de bien pour en dire du mal,*
> *Il m'a fait trop de mal pour en dire du bien.*

Le ressort du théâtre de Corneille, et d'abord du *Cid*, c'est l'héroïsme et l'admiration. La fameuse opposition entre l'amour et l'honneur perd son sens dans cette lumière aveuglante. Selon la belle formule de Péguy, chez Corneille, « l'honneur est aimé d'amour, l'amour est honoré d'honneur. L'honneur est encore un amour et l'amour est encore un honneur. » Tout l'essentiel est dit.

Tiré d'une pièce de Guillen de Castro, joué pour la première fois sur la scène du théâtre du Marais, à Paris, dirigé par le grand acteur Montdory, *Le Cid* illustre admirablement l'ambition de Corneille, qui recoupe toutes les formules de Racine, de Molière ou de Boileau, et qui s'exprime chez lui avec simplicité et naïveté : « Le premier but doit être de plaire à la cour et au peuple » et « La poésie dramatique a pour but le seul plaisir des spectateurs ». Ce souci de plaire prend, pour Corneille, les formes les plus radicales : « Il jugeait de la bonté de ses pièces par l'argent qui lui en revenait. » Il s'agit, pour le public, d'admirer et, pour l'auteur, de plaire. Ainsi monte-t-on, l'un soutenant l'autre, jusqu'aux sommets de l'héroïsme et de l'art. L'élévation du thème et des héros est doublée et soutenue, bien entendu, par un style étincelant, par la virtuosité, par un brio sans égal dont *L'Illusion comique*, modèle, d'une subtilité toute moderne, du théâtre dans le théâtre, donne, la même année que *Le Cid*, un autre exemple éclatant.

Attaquée avec violence parce qu'elle mettait en scène des sentiments, non plus romains ou antiques, mais chrétiens, *Polyeucte* est, à mon sens, la plus belle tragédie de Corneille après *Le Cid*. On y trouve des vers éblouissants, parfois un peu chargés, mais toujours d'une puissance merveilleuse sur le cœur et sur l'âme :

Un je ne sais quel charme encor vers vous m'emporte.

Ou :

Je sais que c'est beaucoup que ce que je demande.

Peut-on trouver plus lourd ? Peut-on trouver plus beau ? Et toujours cette élévation qui fait respirer aux héros un air plus rare et plus pur.

Entre *Le Cid* et *Polyeucte*, deux chefs-d'œuvre que tout le monde connaît : *Horace* et *Cinna*. Je les relis, pour ma part, avec moins de plaisir que *Le Cid* ou *Polyeucte*. Ils sentent un peu l'huile et l'école. Peut-être parce que je les ai ânonnés dès l'enfance, ils m'ennuient un peu. Les beautés, bien sûr, n'y manquent pas. Peut-être, simplement, *Horace* et *Cinna*, qui n'ont pas la jeunesse radieuse du *Cid*, sont-ils victimes de leur destin scolaire et universitaire. Ils tournent autour de la politique, de la guerre, de l'affrontement entre les hommes, de l'orgueil, et aussi du pardon. Corneille avait été témoin, à Rouen, de la révolte des Va-Nu-Pieds contre le fisc et de la mission d'un religieux à poigne, envoyé par le Cardinal : le père de Pascal. Les événements auxquels il assistait lui ont inspiré des réflexions sur le thème punir ou pardonner qui est si présent dans *Cinna*.

Ce sont encore des événements contemporains liés aux problèmes du pouvoir et du pardon qui ont pu être à la source de *Nicomède*. Successeur de Richelieu, Mazarin avait fait arrêter, puis libérer, le prince de Condé, le prince de Conti et le duc de Longueville. *Nicomède*, où tout le monde reconnut Condé, valut à Corneille l'hostilité de Mazarin, qui suspendit ses gratifications, sans lui valoir la gratitude des princes. Des temps difficiles commençaient.

Après l'échec de *Pertharite*, Fouquet, le cher Fouquet, magnifique, imprudent, constamment aux frontières du licite et de l'illicite – il aurait sûrement, de nos jours, été mis en examen et, tout en s'inscrivant dans la ligne des rois justiciers, Louis XIV ne fait que jouer d'avance le rôle de nos juges aux *mani pulite* –, entre en scène. Il alloue à Corneille 2 000 livres qui lui seront reprochées lors du procès de son bienfaiteur. Corneille connaît encore de grands succès, avec *Sertorius*, par exemple, qui marque peut-être, pour ses contemporains au moins, le sommet de sa carrière. Il quitte Rouen pour s'installer à Paris où l'attend, il l'ignore encore, le danger le plus redoutable qu'il ait jamais connu.

Un an après *Agésilas*, le succès honorable d'*Attila*, pièce jouée par la troupe de Molière et pleine de beautés gâchées par un saignement de nez intempestif du héros, est éclipsé par le triomphe d'*Andromaque* de Racine. Boileau, ami de Racine, ne manque pas d'enfoncer le clou, avec un peu d'injustice :

> *Après l'*Agésilas,
> *Hélas !*
> *Mais après l'*Attila,
> *Holà !*

Tout le trajet de Corneille est désormais marqué du signe fatal de la rivalité avec Racine. Le plus âgé décline tandis que monte le plus jeune. Le duel, manigancé par Henriette d'Angleterre, entre la *Bérénice* de Racine et *Tite et Bérénice* de Corneille tourne à l'avantage de Racine. *Psyché*, qu'il écrit avec Molière – on a soutenu, un peu en vain, que tout Molière était de Corneille –, constitue encore un miracle de tendresse et de grâce. Pendant que Corneille donne ses dernières pièces, *Pulchérie* et *Suréna* – où figurent d'ailleurs des vers hardis et superbes, en avance sur Hugo et sur le romantisme :

Toujours aimer, toujours souffrir, toujours mourir –,

Racine triomphe, coup sur coup, avec *Bajazet*, avec *Mithridate*, avec *Iphigénie*.

Ressorts du théâtre de Corneille, l'héroïsme et l'admiration battent en retraite devant les souffrances et la passion qui règnent sur le théâtre de Racine. Il y a quelque chose de déchirant dans la vieillesse et le chagrin de l'auteur du *Cid*, éclipsé par son jeune rival. Corneille a encore ses partisans qui le défendent contre Racine – « Racine passera comme le café », écrit, doublement mauvais prophète, Mme de Sévigné –, mais l'ascension de l'auteur d'*Andromaque* et d'*Iphigénie* est irrésistible.

Corneille, semble-t-il, n'est pas tombé dans la misère que dépeint avec trop de complaisance une légende controversée. L'amertume, pourtant, devait le consumer. Il était orgueilleux, il avait conscience de son génie, il avait écrit des chefs-d'œuvre qui avaient bouleversé la cour et la ville ; après ses essais du début il était même revenu à la comédie avec *Le Menteur* qui se déroulait dans le cadre de la place Royale, l'actuelle place des Vosges, et le succès, à nouveau, avait couronné ce jaillissement de poésie et d'invention ; il était le premier et le plus noble des grands poètes tragiques français – et voilà que sa place lui était contestée et ravie par un ambitieux qui n'était même pas né quand *Le Cid* triomphait, et que les passions emportaient. Au soir de sa vie, l'obscurité le guettait.

Peut-être, alors, répétait-il en lui-même un de ses vers les plus tendres et les plus mélancoliques – parce que, lui aussi, figurez-vous, il savait en écrire :

Je cherche le silence et la nuit pour pleurer.

Ou peut-être récitait-il, pour s'affermir, les vers admirables de ses poèmes religieux, les *Sept Psaumes pénitentiaux* ou les *Hymnes du Bréviaire* :

Parle, parle, Seigneur, ton serviteur écoute ;
Je dis ton serviteur, car enfin je le suis.
Je le suis, je veux l'être, et marcher dans ta route
  Et le jour et la nuit.

Ou :

Au grand jour du Seigneur, sera-ce un sûr refuge
D'avoir connu de tout et la cause et l'effet,
Et d'avoir tout compris suffira-t-il au Juge
Qui ne regardera que ce qu'on aura fait ?

« Hier, à Chambord, écrit Dangeau dans son *Journal* avec une terrible sobriété, on apprit la mort du bonhomme Corneille. » Le bonhomme Corneille, pourtant, n'était pas tout à fait mort. Il vivait encore dans le souvenir. Il n'était pas oublié, il ne le serait plus jamais. Quand Thomas Corneille remplaça son frère à l'Académie française, il fut reçu par Racine. L'auteur d'*Andromaque*, qui avait tant fait souffrir l'auteur du *Cid*, prononça un éloge peut-être un peu tardif mais superbe du théâtre de Pierre Corneille.

RETZ

(1613-1679)

Une erreur de distribution

« Voilà un dangereux esprit », s'écrie Richelieu. Et Mazarin, en écho : « C'est le plus méchant homme du royaume. » Avec un peu d'effroi qui cache mal l'admiration, Chateaubriand dit tout en quelques mots : « C'est l'idole des mauvais sujets. » Dans un siècle d'ordre et de raison, Jean-François Paul de Gondi, cardinal de Retz, est un ferment de révolte.

Il appartient à une famille où l'évêché, puis l'archevêché, de Paris était héréditaire de père en fils. Ou peut-être d'oncle en neveu. « Je sors, écrit-il, d'une maison illustre en France et ancienne en Italie. » La réalité est moins brillante. La grand-mère vendait des chiens. La famille venait de Florence. Protégé de Catherine de Médicis, un de ses membres, Antoine, fut maître d'hôtel d'Henri II. L'ascension commence avec ses deux fils. Maréchal de France et gouverneur de Provence par la grâce de la reine, le fils aîné d'Antoine, Albert, épouse Catherine de Clermont qui lui apporte en dot la baronnie de Retz. A

trente-sept ans, Pierre, le frère d'Albert, est évêque de
Paris avant de devenir cardinal. Changé en fief de
famille, l'évêché de Paris passe de Pierre à son neveu
Henri, fils aîné d'Albert, le maréchal. Puis au frère
cadet d'Henri, Jean-François, pour qui Paris, qui
dépendait jusqu'alors de l'archevêque de Sens, est
érigé en archevêché par le pape Grégoire XV. Le
troisième fils du maréchal, Philippe Emmanuel,
occupait une fonction qui fait rêver : il était général
des galères et saint Vincent de Paul était son aumônier. C'est le père de notre mauvais sujet.

Destiné à monter, de gré ou de force, sur le trône
archiépiscopal de Paris, il avait « l'âme la moins ecclé-
siastique de l'univers ». Qu'est-ce qu'il aimait ?
L'Antiquité. Et quoi d'autre ? Baiser. Et encore ?
L'ambition. « Il a la galanterie en tête, nous dit Talle-
mant des Réaux, et veut faire du bruit, mais sa passion dominante, c'est l'ambition. » Et lui-même
l'avoue, en fanfaron de cynisme : « Je ne pouvais me
passer de galanterie. » Évêque de Corinthe *in partibus*,
puis coadjuteur de l'archevêque de Paris, avant de
devenir lui-même cardinal et archevêque, la liste de
ses maîtresses est impressionnante : Mme du Châtelet,
Mlle des Roches, la princesse de Guéménée, la maréchale de la Meilleraye, Mme de Pommereul, Mlle de
Chevreuse. Il s'attaque à la duchesse de Longueville,
la sœur du Grand Condé. Il va jusqu'à lever les yeux
sur Anne d'Autriche. Il tourne autour de Mlle de
La Vergne, la future Mme de La Fayette. Mais, nous
dit-il, « mes inconstances et mes différentes amours
l'avaient mise en garde contre moi ». On la
comprend. C'est le duc de Richelieu avant la lettre.

Avec une ombre de sacrilège : « On n'était pas fâché de voir la pourpre soumise, tout armée et éclatante qu'elle était. »

Conspirations. Fronde. Prison à Vincennes, puis à Nantes. Évasions. Missions à Rome. Exil. Et peut-être même conversion. Tout le tremblement. Ses manœuvres politiques débouchent sur un échec éclatant. Il n'est pas impossible qu'il ait plus aimé la bataille que la victoire et qu'il se soit contenté volontairement de « l'éventail des possibles ». Par une démarche classique qui sera celle de Chateaubriand avec les *Mémoires d'outre-tombe*, il transfigurera en succès les échecs de sa vie en écrivant ses *Mémoires*.

D'un bout à l'autre de ces *Mémoires*, Retz est étonnant d'immoralité et de grandeur d'âme. « Je pris après six jours de réflexion le parti de faire le mal par dessein ; ce qui est sans comparaison le plus criminel devant Dieu, mais ce qui est sans doute le plus sage devant le monde. [...] Parce qu'on évite par ce moyen le plus dangereux ridicule qui se puisse rencontrer dans notre profession, qui est celui de mêler à contretemps le péché avec la dévotion. » Rappelons que c'est un cardinal qui parle. Le cardinal de Retz, c'est Valmont devenu, par une erreur de distribution, archevêque de Paris.

Retz est un conteur merveilleux. Ses formules sont meurtrières. Ses portraits, saisissants. Voici Richelieu : « Il avait assez de religion pour ce monde. » Voici le prince de Conti : « Ce chef de parti était un zéro qui ne multipliait que parce qu'il était prince du sang. » Il ne ramasse pas, à la façon de La Rochefoucauld, un système entier en une maxime.

Mais il sème de réflexions politiques ou morales des intrigues menées au pas de charge et des aventures qui se succèdent sans fin : « Il n'y a rien dans le monde qui n'ait son moment décisif et le chef-d'œuvre de la bonne conduite est de connaître et de prendre ce moment. »

Il court surtout à toute allure à travers son siècle avec emportement et ironie. Et les trouvailles se bousculent. « Entre les trois grands styles de la prose du XVIIe siècle, Pascal, Retz, Saint-Simon, écrit André Suarès, Pascal est le style de la pensée, Saint-Simon celui du peintre et le cardinal celui de l'action. Les trois plus grands styles de France. »

LA ROCHEFOUCAULD

(1613-1680)

Un grand seigneur aveugle voit la vie en noir

Appartenant à l'une des plus anciennes et des plus illustres familles du royaume, François, prince de Marcillac, duc de La Rochefoucauld, est un grand seigneur rebelle et pessimiste. Il paraît à la cour à seize ans. Le duc de Buckingham, qui avait tant plu à Anne d'Autriche, est son modèle. Conspirateur et soldat, La Rochefoucauld est brave, ambitieux, imprudent : il passe huit jours à la Bastille et trois ans en exil. Il est l'amant de Mme de Longueville, la sœur ardente du Grand Condé, convoitée en vain, on s'en souvient, par ce voyou de Retz, et se laisse berner par Mazarin. Il participe à la Fronde, s'allie aux Espagnols, voit son château rasé sur ordre du cardinal et, au combat de la porte Saint-Antoine, à Paris, reçoit en plein visage un coup de mousquet qui le laissera presque aveugle.

En 1665, deux ans avant *Andromaque*, l'année même où Molière écrit *Dom Juan*, où Bossuet prêche le carême à Saint-Thomas du Louvre, où La Fontaine publie ses *Contes* et où Poussin meurt à Rome, il donne ses *Maximes* au public. Sa femme et sa mère disparaissent. Un de ses fils est tué au passage du Rhin, un autre blessé, le fils de Mme de Longueville est tué aussi. Lui-même expire à son tour dans les bras de Bossuet. « Il y a toujours eu du je ne sais quoi dans M. de La Rochefoucauld », écrit son ami et rival le cardinal de Retz. Il est peut-être le plus grand de ces fameux moralistes français dont on nous rebat les oreilles. On peut se demander aussi si ce moraliste n'a pas, en vérité, l'âme d'un romancier.

Les *Maximes* sont d'abord un jeu, un de ces jeux auxquels se livraient Mme de Sablé, Mme de La Fayette, Mme de Sévigné, La Rochefoucauld et quelques autres. On échangeait des recettes de cuisine, on jouait avec les mots, on respirait encore l'air de la préciosité et on forgeait des pensées, ramassées et piquantes. La Rochefoucauld excellait dans cet art et ses *Maximes* sortent de là.

« Il n'y a qu'une vérité dans ce livre », disait Voltaire. Et il avait raison. Surgies d'une œuvre collective et d'un jeu de salon, les *Maximes* constituent une sorte de système en miniature, dominé par une idée-force et une seule : l'intérêt personnel règne partout dans les âmes et il se donne des allures vertueuses, alors que les vertus ne sont que les masques de nos désirs. « Nos vertus ne sont le plus souvent que des vices déguisés » ou « Les vertus se perdent dans l'intérêt comme les fleuves se perdent dans la mer ». La démarche constante est de dissoudre chaque vertu dans les passions qui l'avoisinent. Le pessimisme de

La Rochefoucauld se traduit en littérature par une formule qu'il arrange et décline de toutes les façons possibles : l'amour-propre.

L'amour-propre, le désir, la passion, l'intérêt ont partie liée. Tout part de l'égoïsme et revient à l'égoïsme. Les jansénistes applaudissaient : ils retrouvaient dans cette analyse impitoyable où le christianisme n'a aucune part la corruption de la nature sans la grâce. La Cour et les mondains étaient enchantés par la forme élégante et piquante donnée à la conception la plus noire de la vie. « Faites, je vous prie, mes compliments à M. de La Rochefoucauld, écrit Mme de Maintenon à Mlle de Lenclos, et dites-lui que le livre de Job et le livre des *Maximes* sont mes seules lectures. »

Il y a une descendance du pessimisme de La Rochefoucauld qui court à travers les siècles et les cultures. Il mène à Candide qui mène à Chamfort qui mène à Stendhal qui mène à Schopenhauer. Indéfiniment répétées, pillées, copiées, ses *Maximes* constituent « les proverbes des gens d'esprit » qui sont revenus de tout et qui changent en formules tout le malheur du monde et toutes les bassesses de l'âme. Elles brillent dans une clarté transparente où se glisse parfois, pour les rehausser, une ombre de mystère. « Je lis ces *Maximes*, écrit la bonne Mme de Sévigné. Il y en a de divines. Il y en a, à ma honte, que je n'entends pas. »

C'est que le côté répétitif et un peu mécanique du parti pris se développe plus d'une fois avec une profondeur et une subtilité étonnantes. Écoutez La Rochefoucauld dans un de ses exercices à mon sens les mieux réussis : « L'amour-propre est l'amour de soi-même et de toutes choses pour soi. [...] Rien n'est si impétueux que ses désirs, rien de si caché que ses desseins, rien de si habile que ses conduites : ses souplesses ne se peuvent représenter, ses transformations passent celles des métamorphoses et ses raffinements ceux de la chimie. [...] Il est dans tous les états de la vie et dans toutes ses conditions ; il vit partout et il vit de tout, il vit de rien ; il s'accommode des choses et de leur privation ; il passe même dans le parti des gens qui lui font la guerre, il entre dans leurs desseins et, ce qui est admirable, il se hait lui-même avec eux, il conjure sa perte, il travaille même à sa ruine ; enfin il ne se soucie que d'être et pourvu qu'il soit, il veut bien être son ennemi. »

Cité un peu trop longuement, ce texte, moins connu que les éternels : « Le soleil ni la mort ne se peuvent regarder fixement » ou « Il y a de bons mariages, il n'y en a point de délicieux », ne me paraît pas seulement traduire mieux qu'aucun autre une certaine forme d'esprit où le fond et la forme, le sens et le son atteignent à l'équilibre dans une sorte de perfection. Il annonce aussi, non plus Schopenhauer, mais tous les abîmes de Freud et de cet inconscient où ce qui se passe en cachette ne cesse jamais d'être dissimulé sous de trompeuses apparences.

La Rochefoucauld est étroit, obstiné, souvent arbitraire. Mais il vise juste et rien n'est plus moderne que la cruauté de ce grand seigneur d'un autre âge.

« Il met régulièrement dans le noir de la nature humaine », écrit Nietzsche. Mme de La Fayette, dans son langage, ne disait pas autre chose à la marquise de Sablé : « Ah ! quelle corruption il faut avoir dans l'esprit et dans le cœur pour être capable d'imaginer tout cela ! J'en suis si épouvantée que, si les plaisanteries étaient des choses sérieuses, de telles maximes gâteraient plus les affaires que tous les potages qu'il mangea l'autre jour chez nous. »

MOLIÈRE

(1622-1673)

Le triomphe du vrai

Au même titre que Hugo, que la baguette de pain, que le coup de vin rouge, que la 2 CV Citroën et que le béret basque, Molière est un des mythes fondateurs de notre identité nationale. Et personne ne sait d'où peut bien venir le nom qu'il s'est choisi pour monter sur les planches.

Molière s'appelait Poquelin. Jean-Baptiste Poquelin. Son père était tapissier et valet de chambre du roi. Avec « survivance » – c'est-à-dire que la fonction était héréditaire. La famille était assez aisée pour permettre au garçon, évidemment doué, de poursuivre des études. Il fréquente le collège de Clermont – aujourd'hui Louis-le-Grand – où il rencontre de grands seigneurs comme le prince de Conti et suit, en compagnie de Cyrano de Bergerac et de quelques autres, les cours de Gassendi, l'adversaire de Descartes. Très vite, le théâtre l'attire, irrésistiblement. Il renonce à l'avenir qui s'ouvrait tout naturellement devant lui, adopte le nom de Molière et réalise le rêve de toute

77

une foule de jeunes gens : avec les Béjart, une famille de comédiens, il fonde une troupe nouvelle. C'est l'Illustre-Théâtre.

Comme il est de règle en pareil cas, l'Illustre-Théâtre fait faillite en moins de deux ans. Molière part alors pour une longue tournée de douze ans en province, dans le Midi de la France. Il réunit une troupe brillante avec Madeleine Béjart et Marquise du Parc – Marquise n'est pas un titre, mais un surnom devenu prénom –, dont Corneille, déjà âgé – il a cinquante-deux ans –, puis Racine vont devenir amoureux. Il a des protections : le duc d'Épernon et le prince de Conti, son condisciple du collège de Clermont. Mais Conti, assez vite, va se convertir au jansénisme et devenir hostile au théâtre et aux comédiens. A son retour à Paris, Molière obtiendra l'appui de Monsieur, frère du roi, puis de Louis XIV lui-même, et, après un passage par la salle du Petit-Bourbon, il pourra s'installer au théâtre du Palais-Royal, fondé jadis par Richelieu. Sa grande carrière commence. Elle ne s'appuie pas seulement sur le roi et les princes. Elle s'appuie sur le public et sur une bande d'amis qui ne sont pas négligeables : La Fontaine, plus âgé que Molière de quelques mois, Boileau, le plus sérieux, mais peut-être moins qu'on ne croit, et Racine, le plus jeune, le plus ambitieux et le moins sympathique. Il faut imaginer les quatre amis attablés, dans un cabaret mal famé, devant du vin qui coule à flots. Ils boivent, ils discutent et ils rient. Jamais autant de génie n'a été rassemblé.

En vers ou en prose, des *Précieuses ridicules* et de *L'École des femmes* au *Malade imaginaire*, en passant par *Dom Juan*, *Le Misanthrope*, *Tartuffe*, *L'Avare*, *Les Femmes savantes*, les chefs-d'œuvre défilent. Les difficultés ne manquent pas non plus. Molière a épousé Armande Béjart, de vingt ans plus jeune que lui, sœur de Madeleine avec qui il a vécu – les ennemis disent : sa fille –, et elle lui en fait voir de toutes les couleurs. Racine enlève Marquise du Parc. Le comédien Baron séduit Armande. Conduits par l'archevêque Péréfixe et le président Lamoignon, les prudes et les dévots, qui combattent les libertins et qui sont puissants à la cour et au Parlement, lui font une guerre de tous les jours, l'accusant d'inceste avec Armande et lui promettant l'excommunication et le bûcher. La vie de Molière est, inextricablement, un triomphe continu et une lutte permanente jusqu'à cette quatrième représentation du *Malade imaginaire* où la fiction, devenant réalité, met fin à la fois à sa carrière d'acteur et à son existence. Comédien et martyr, il meurt sur la scène dans un rôle de malade. Il faut qu'Armande se jette aux pieds de l'archevêque et du roi pour que, suivi dans la brume du soir par de nombreux amis, le corps du plus grand auteur comique de tous les temps puisse être enterré au cimetière. Quelques années plus tard, la troupe de Molière fusionnera avec les acteurs du Marais et avec l'hôtel de Bourgogne : ce sera la naissance de la Comédie-Française.

Molière avait commencé par écrire et jouer de grosses farces. Il en reste quelque chose dans ses pièces les plus célèbres. Montherlant raconte que sa grand-mère, qui l'avait emmené voir *George Dandin* à la Comédie-Française, s'était levée brusquement et l'avait poussé vers la sortie en s'écriant : « Allons-nous-en ! C'est trop bête. » Boileau avait déjà écrit :

Dans le sac ridicule où Scapin s'enveloppe
Je ne reconnais pas l'auteur du Misanthrope.

Autour de 1660, il est à l'origine d'une véritable révolution théâtrale. Cette révolution consiste à hisser la comédie, qui était un genre mineur et assez méprisé, à la dignité de la tragédie, à remplacer l'imagination par la peinture de la réalité et à faire de la vérité le ressort du théâtre.

Pendant que Racine triomphe, Molière ne cesse de jouer Corneille en même temps que Molière. Il marque ainsi que la nouvelle comédie a droit de cité au même titre que les tragédies les plus admirées. Fondée sur la vérité, cette nouvelle comédie remplace l'intrigue par le portrait. Elle renonce à ce qui faisait jusque-là l'essentiel du théâtre, le merveilleux, l'invraisemblable, l'imagination la plus débridée, au profit de quelque chose de tout à fait nouveau : le naturel. Il s'agit de peindre les gens de tous les jours : les princesses, les courtisans, les séducteurs, les coléreux ou les avares. « Vous n'avez rien fait, écrit Molière en parlant du théâtre, si vous n'y faites reconnaître les gens de votre siècle. » Ce qu'inaugure Molière, c'est le réalisme classique. Il prendra mille figures qui nous sont devenues familières : Alceste, le juste intraitable ; Célimène, la coquette ; dom Juan, le séducteur ; Tartuffe, qui va donner son nom, gloire suprême, à tous les hypocrites ; le bourgeois gentilhomme, qui veut se faire aussi gros que les courtisans de Versailles ; le malade imaginaire, qui finira par avoir la peau de son génial créateur ; et, flanquée de son petit chat à la santé délicate, Agnès dont l'innocence finit par inquiéter.

Pour faire vivre ces personnages, qui nous paraissent si évidents mais qui étaient, en leur temps, d'une révolutionnaire nouveauté, Molière a des recettes. Il élimine les traits secondaires, il exagère les traits dominants et significatifs. L'avare n'est qu'un avare, le misanthrope n'est qu'un misanthrope. On a pu parler d'une « hyperbole des caractères ». Les portraits sont grossis, mais ils ne sont pas simplifiés. Ils sont même souvent complexes. Et pour mieux peindre les caractères, Molière peint aussi les milieux : une famille, un salon, une maison. Il les peint comme ils sont et pour amuser le public.

Le but de Molière, comme de tous les classiques, nous le savons déjà, est d'abord de plaire. Molière se moque pas mal des règles. Il illustre mieux que personne cette liberté des classiques qu'incarnent aussi, à leur façon, un Descartes qui s'oppose au sacro-saint Aristote ou un Saint-Simon qui écrit à la diable pour l'immortalité. Ce qui frappe chez les classiques, c'est que, contrairement aux idées reçues, ils sont peut-être les seuls à ne pas constituer une école et à ne pas s'encombrer de règles. Les Parnassiens sont bardés de règles et les surréalistes forment un groupe. Les classiques sont libres parce qu'ils ont du génie – ou peut-être ont-ils du génie parce qu'ils sont vraiment libres – et ils ne pensent qu'à une chose : le plaisir du public. S'il y a des recettes et des règles, dont Boileau est le maître, elles ne tendent qu'à cette fin. « Le secret, écrit Boileau, est d'abord de plaire et de toucher. » Et Racine, dans des termes presque identiques : « La principale règle est de plaire et de toucher. [...] Je conjure les spectateurs d'avoir assez bonne opinion d'eux-mêmes pour ne pas croire qu'une pièce qui les touche et qui leur donne du plaisir puisse être absolument contre les règles. » Molière ne dit rien d'autre : « Je voudrais bien savoir si la grande règle de toutes les règles n'est pas de plaire. [...] Ne cherchons pas de raisonnement pour nous empêcher d'avoir du plaisir. »

Ce plaisir, que Racine nous donne dans la terreur et les larmes, Molière nous le donne dans les rires. On sait que Molière ne reculait pas devant les contorsions, les gesticulations, les grimaces et que, déhanché et les pieds en dedans, il n'en faisait pas moins que Grock ou que Charlot. Il donnait à sa voix un débit très particulier et très rapide, entrecoupé de hoquets. Plus tard, il tira de sa toux des effets très comiques : c'était un symptôme de sa tuberculose. Cette bouffonnerie où toutes les œillades étaient comptées et qui déclenchait le rire du public se combine, chez Molière, avec la gravité. La commedia dell'arte est très présente dans son théâtre et le rire, pourtant, s'y achève en sanglots. Parce que la vie est comme ça. Le comique de Molière n'en finit jamais de frôler le tragique. L'exclamation d'Alceste, dans *Le Misanthrope*, pourrait s'étendre à l'ensemble du théâtre de Molière :

> *Par la sambleu ! messieurs, je ne croyais pas être*
> *Si plaisant que je suis.*

Le Misanthrope peut déjà déconcerter les spectateurs en faisant d'Alceste, qui est un honnête homme, l'objet du rire des autres. *Dom Juan*, qui fait rire à travers Sganarelle, mais qui tourne autour de la parole donnée, du temps qui passe et qui dure, de la vertu et de Dieu, désorienta franchement le public de son temps. Musset n'est pas mauvais critique quand il parle de Molière :

Quel grand et vrai savoir des choses de ce monde
Quelle mâle gaieté, si triste et si profonde
Que, quand on vient d'en rire, on devrait en pleurer.

On pourrait appliquer au théâtre de Molière ce que Dumas fils dit du roman : « Un bon roman est celui qui amuse tant qu'on le lit et qui attriste quand on l'a fini. »

Molière était « fort gai » selon La Fontaine, et pourtant pensif et contemplateur. Il a peint la nature et la passion, qui ne sont ni simples ni invraisemblables, mais compliquées et vraies. Il se moquait des règles et des genres et l'émotion, chez lui, se mêle sans cesse au rire. Il est probablement le plus grand poète comique de tous les temps, sans excepter Plaute, le Latin, ni Aristophane, le Grec. Sa puissance dramatique et comique s'exprimait dans une langue libre et hardie, à la fois classique et populaire, puisée aux sources de son siècle et du siècle précédent. La vivacité et le mouvement, le charme aussi, et la vie, lui appartiennent en propre. A l'étranger et chez nous, on parle souvent du français comme de « la langue de Molière ». Parce qu'il était comédien, il n'avait pas été élu à l'Académie française. Je ne sais plus quel immortel, oublié de tous, avait trouvé l'inscription à graver sous son buste :

Rien ne manque à sa gloire ; il manquait à la nôtre.

PASCAL

(1623-1662)

L'amour de Dieu
enflamme un géomètre de génie

Comme la fortune, comme l'amour, comme le bonheur et le malheur, comme les ennuis qui s'additionnent avant de se multiplier, le génie d'une époque est cumulatif. Voir le siècle de Périclès, voir l'âge d'or des Romains, voir la Renaissance, le romantisme, l'entre-deux-guerres en France. Voir surtout notre classicisme. 1621 : naissance de La Fontaine. 1622 : naissance de Molière. 1623 : naissance de Pascal. Chaque pommier donne ses pommes. Chaque année sonne comme une victoire.

Jusqu'à trente et un ans, Pascal est génial, savant, sceptique et libertin. Privé de sa mère à trois ans, enfant d'une précocité maladive et effrayante à qui son père refuse les livres de peur de le fatiguer, il réinvente la géométrie tout seul en traçant à la craie des figures sur le parquet. A sept ans, il est déjà Euclide. A seize ans, il rédige un *Essai sur les coniques* où, d'après le père Mersenne, le correspondant et l'ami de Descartes, « il passait sur le ventre de tous ceux qui avaient traité le sujet ». A vingt ans, il prend place avec un naturel hallucinant parmi les grands esprits de son temps. A l'exception de la fameuse brouette que lui prête la légende, il est déjà l'auteur d'une quantité d'inventions. A vingt-cinq, maître de sa fortune par la mort de son père, il mène, revenu de tout, une vie de grand seigneur, dissipé et futile. Après Archimède enfant, il est Rimbaud mondain. Il a tout lu, sauf les romans : il n'en a jamais ouvert un seul. Il apparaît comme un génie universel qui s'occupe de tout – sauf de littérature. Et qui s'étourdit.

Il fréquente le monde spirituel et brillant du duc de Roannez, du chevalier de Méré et d'un personnage étonnant, riche bourgeois désabusé et sceptique, au goût littéraire le plus sûr, Damien Miton (ou Mitton). Il n'est pas impossible qu'il soit tombé amoureux et qu'il ait songé à se marier. Il s'intéresse au jeu, qui occupe beaucoup les hommes du monde, et, à la demande de Méré, il résout le « problème des partis », c'est-à-dire le problème posé par la répartition équitable des gains, selon les lois du hasard, quand une partie est prématurément interrompue. Le père Rapin, dans ses *Mémoires*, s'épouvante de ces jeunes gens qui font bonne figure dans les laboratoires et grande figure dans le monde : il les voit en magiciens et, pour un peu, en démons. Ce sont des libertins. Le livre de chevet de Pascal n'est pas les Écritures saintes, mais les *Essais* de Montaigne. Et dans sa propre chambre trône un buste de leur auteur. A trente et un ans, Pascal se convertit. Il lui reste huit ans à vivre. Il les vivra en chrétien.

Vérité ou légende, un accident de voiture sur le pont de Neuilly, le 8 novembre 1654, lui fait voir la mort d'assez près. Dans la nuit du 23 novembre, il se passe quelque chose d'indicible. De ce jour, il porte sur lui la prière haletante qui est la marque visible de son retour définitif à Dieu : « FEU. Dieu d'Abraham, Dieu d'Isaac, Dieu de Jacob, non des philosophes et des savants. Certitude. Certitude. Sentiment, joie, paix. Dieu de Jésus-Christ. [...] Oubli du monde et de tout, hormis Dieu. [...] Joie, joie, joie, pleurs de joie. »

Paul Valéry ne nourrit pas une indulgence excessive pour cette crise mystique « d'une des plus fortes intelligences qui aient paru » : « Il se perd à coudre des papiers dans ses poches quand c'est l'heure de donner à la France la gloire du calcul de l'infini. » Et les philosophes du XVIIIe siècle soutiennent qu'au moment ou à partir de l'accident de Neuilly et de la nuit de novembre une espèce de folie se déclare chez Pascal : il croit voir un abîme s'ouvrir à ses côtés. Si folie il y a, c'est une folie créatrice. L'accident et la crise mystique sont de 1654. Les *Provinciales* sont de 1656. Ce qui est vraisemblable, c'est que l'accident de Neuilly ébranle l'imagination du libertin, que son imagination si vive le jette dans la dévotion et que, poussée jusqu'aux extrémités les plus sombres et les plus violentes, la dévotion l'épuise et que l'épuisement le tue.

Aussitôt après l'accident et après la nuit mystique, Pascal noue des relations étroites avec les solitaires de Port-Royal où il fait plusieurs retraites. Le jansénisme, en vérité, ne lui était pas tout à fait étranger. Plusieurs années plus tôt, son père, Étienne Pas-

cal, avait glissé sur la glace et s'était démis la cuisse.
Deux gentilshommes normands s'étaient occupés de
lui et avaient apporté dans leur trousse de médecin
des œuvres de Jansénius, d'Arnauld et de Saint-
Cyran. Mais c'est seulement après 1654 que Pascal se
donne à jamais au jansénisme. Il s'entretient avec le
Grand Arnauld, avec Arnauld d'Andilly, son frère,
avec Le Maistre de Sacy, son neveu, avec Nicole,
avec Lancelot, avec tous ces esprits de rigueur et
d'exception, affolés de hauteur, qui revivent dans le
Port-Royal de Sainte-Beuve. Il se met à répandre dans
le monde qu'il avait fréquenté les idées de ses nou-
veaux amis, partisans de Jansénius et de Saint-Cyran.
Les idées courent, les passions flambent à l'époque où
Racine prend le relais de Corneille. La conversion de
Pascal entraîne celle du duc de Roannez et de
Domat, le jurisconsulte. L'*Entretien avec M. de Sacy sur
Épictète et Montaigne* date de 1655.

Les *Provinciales*, qui attaquent les jésuites, dont le
pouvoir n'est pas mince, avec une stupéfiante violence
polémique, font un bruit de tonnerre. Déjà, dix ans
plus tôt, le Grand Arnauld s'en était pris aux jésuites
avec son traité *De la fréquente communion* qui posait la
question, franchement vieillie aujourd'hui, des rapports entre les bals et les saints sacrements. Pascal va
plus loin et plus fort. Dans les débuts de ce siècle de
Louis XIV en train d'asseoir son pouvoir absolu, il est
la piété et la subversion mêmes. Le débat sur la
« grâce suffisante » et la « grâce efficace » qui fait
l'essentiel des *Provinciales* nous échappe un peu de nos
jours et ne nous dit plus grand-chose. Mais l'ironie, la
subtilité, le maniement des arguments, nous voyons

toujours qu'ils sont incomparables. S'il ne nous restait de Pascal que les *Provinciales*, elles suffiraient à lui assurer une formidable réputation de polémiste. Mais il n'en est qu'aux prémices de sa gloire universelle. Il a d'autres projets en tête.

A partir de 1657, il travaille sans relâche à la préparation d'un grand livre sur la défense de la religion, livre qu'il n'aura pas le temps de mener à son terme et dont les matériaux, notes, indications, plans et fragments divers vont constituer ce que nous appelons les *Pensées*. En 1662, exténué par le travail et par les exercices d'une piété exaltée, il meurt aux Incurables, « en la compagnie des pauvres » et avec ravissement. Il a trente-neuf ans.

Ouvrage d'une force et d'une séduction sans égales, les *Pensées* ont fait le désespoir et les délices de leurs éditeurs successifs. Parce qu'il s'agit de fragments, il y a toute une histoire du texte – les fameuses « liasses » –, de son plan supposé et de ses interprétations. Peut-être l'inachèvement du livre toujours en chantier, qui pose tant de problèmes difficiles aux spécialistes et aux lecteurs, est-il en fin de compte un atout supplémentaire. Chacun y trouve ce qu'il veut, un mystère entoure l'ouvrage, rien n'est plus moderne que cette discontinuité.

La lecture la plus simple et la moins risquée est celle qui se fait à partir de la parenté et de l'opposition entre Montaigne et Pascal. Comme Montaigne, Pascal part de la misère de l'homme. L'homme est faible, la vérité lui échappe, il est incapable de connaître la nature et de se connaître lui-même. Contre ceux qui croient au savoir comme Descartes

– « Descartes, incertain et inutile » –, Pascal se range dans le camp des sceptiques, comme Montaigne. Mais aussitôt apparaît une différence fondamentale entre Montaigne et Pascal : Montaigne doute en souriant, Pascal doute en souffrant.

Montaigne ne dépasse pas le niveau de l'infirmité humaine. Il trouve l'homme misérable et petit, et il s'en amuse. Pascal trouve l'homme misérable et sublime, et ce contraste cruel le déchire. Il montre pourtant le chemin pour sortir de l'impasse. Puisque l'homme est à la fois si petit et si grand, au dédain qu'il inspire succède la pitié pour sa grandeur piétinée. L'homme est un « imbécile ver de terre », un « cloaque d'incertitude et d'erreur ». Et le « dépositaire du vrai ». « Car enfin qu'est-ce que l'homme dans la nature ? Un néant à l'égard de l'infini, un tout à l'égard du néant, un milieu entre rien et tout. » Il est le rebut et la gloire de l'univers.

Cette dialectique de la misère et de la grandeur est liée à Dieu, à la grâce et à la charité, qui est « d'un ordre infiniment plus élevé », qui est « d'un autre ordre, surnaturel ». On pourrait dire que Pascal, c'est Montaigne revu à la lumière des Béatitudes : « S'il se vante, je l'abaisse ; s'il s'abaisse, je le vante. » Un peu de pédantisme, voulez-vous ? « *Cum infirmus, tum potens.* » Le sceptique se change en apologétiste. Les *Pensées* sont un recueil de fragments fulgurants – et un manuel inachevé de propagande religieuse.

« Jésus sera en agonie jusqu'à la fin du monde : il ne faut pas dormir pendant ce temps-là. » Entre Jésus et Pascal s'instaure, avec une simplicité et une force merveilleuses, un dialogue qui a bouleversé des générations successives de lecteurs. A l'angoisse du libertin savant changé en mystique et en janséniste, Jésus répond par des paroles foudroyantes : « Console-toi, tu ne me chercherais pas si tu ne m'avais trouvé. Je pensais à toi dans mon agonie, j'ai versé telles gouttes de sang pour toi. »

Pascal n'est pas seulement un écrivain catholique. Comme Bossuet, comme Bloy, comme Péguy, comme Claudel, il est un catholique qui écrit pour convaincre. Mais son génie est tel qu'il ne s'adresse plus seulement aux croyants, mais à tous ceux qui s'interrogent sur le mystère de l'existence. Et telle est la force de la pensée et des mots que, lui qui ne croit plus qu'à Jésus, il n'est pas besoin de croire pour le lire encore avec passion et avec admiration. Aragon est communiste et ceux qui ne croient ni en Staline ni en Marx lisent encore avec bonheur non seulement *Aurélien*, *La Semaine sainte* ou *Les Yeux d'Elsa*, mais *L'Affiche rouge* ou *Hourra l'Oural* qui sont des poèmes engagés. Pascal est capable d'émouvoir et de bouleverser même ceux pour qui Jésus n'est qu'un homme comme les autres, le plus grand sans doute, le plus impérissable dans la mémoire des siècles, mais un homme parmi les autres.

S'il faut situer Pascal non plus par rapport à Jésus et aux Écritures, mais, selon la synchronie, dans la culture de son temps et, selon la diachronie, dans l'histoire des idées, on pourrait dire que les mondains, les esprits superficiels et le bon sens quotidien croient que le bonheur est hors de nous ; que les stoïciens et les philosophes pensent que le bonheur est en nous ; et que Pascal, dans la lignée de saint Augustin plutôt que de saint Thomas d'Aquin dont se réclamaient les jésuites, veut nous convaincre que le bonheur est à la fois hors de nous et en nous – parce qu'il est en Dieu. Toute la force du Pascal des *Pensées* est dans ce va-et-vient perpétuel entre un Dieu tout-puissant, mais crucifié, et un homme misérable, élevé au-dessus de lui-même par la grâce et la charité.

Pascal brille dans la science, dans la polémique, dans la théologie, dans la philosophie. C'est un génie universel. Il est dépassé comme savant. Il est indépassable comme écrivain. Il a porté à l'incandescence la géométrie enflammée par l'amour de Dieu : sa place est immense dans cette littérature que son génie méprisait. Corneille est le créateur de notre vers classique. Pascal est le créateur de notre prose classique. A eux deux, avec *Le Cid*, avec les *Provinciales* et les *Pensées*, ils président à la naissance de ce que Thucydide appelait χτῆμα ἐίς 'αει, un trésor pour toujours : la langue française classique.

BOSSUET

(1627-1704)

Le dernier Père de l'Église

Par un paradoxe qui aurait frappé de stupeur la foule de ses contemporains, qui se pressaient sous sa chaire, Bossuet est une victime : Pascal lui fait de l'ombre. « L'auteur de l'*Histoire des variations*, écrit Thibaudet, tient bien moins de place dans les nourritures intellectuelles et morales de notre époque que celui des *Provinciales* et des *Pensées*. [...] On le salue respectueusement quand on le rencontre, mais on ne se dérange pas de son trottoir pour venir lui presser chaleureusement les deux mains. » Autant l'avouer tout de suite : « planté au milieu du siècle de Louis XIV comme un marbre, d'autres disent comme une borne », l'aigle de Meaux nous apparaît aujourd'hui comme une espèce de raseur solennel dont seuls quelques khâgneux connaissent encore le nom et que personne ne lit plus. C'est sans doute une erreur. « Bossuet, écrit Claudel, est le plus grand maître de la prose française. » Et Valéry : « Dans l'ordre des écrivains, je ne mets personne au-dessus de Bossuet. »

Né à Dijon, fils et neveu de magistrats, il fait ses études chez les jésuites de la ville et les poursuit au collège de Navarre, à Paris. On raconte qu'arrivant à quinze ans à Paris, le premier spectacle qui s'offrit à ses yeux fut celui de Richelieu, déjà mourant, porté dans sa litière, drapée de tentures rouges. Jacques Bénigne est déjà un élève brillant et un génie précoce. Un certain marquis de Feuquières l'introduit à l'hôtel de Rambouillet où, adolescent de seize ou dix-huit ans, on l'invite, après le souper, à prononcer un sermon. « Je n'ai jamais vu prêcher, dit Voiture, ni si tôt ni si tard. » A trente ans, déjà célèbre en Lorraine où il lutte contre les protestants, il est appelé à Paris pour prêcher au couvent Saint-Thomas d'Aquin. Il mène la vie la plus simple et la plus digne : « Dieu sait que je ne cherche pas à m'élever, écrit-il au maréchal de Bellefond. Je n'ai, que je sache, aucun attachement aux richesses ; et je puis peut-être me passer de beaucoup de commodités. » En 1661, l'année qui précède *Sertorius* de Corneille, *L'École des femmes* de Molière, et la mort de Pascal, il prêche au Louvre devant le roi. Frappé du talent du grand prédicateur, Louis XIV écrit à son père pour le féliciter d'un tel fils. Les oraisons funèbres défilent et lui valent l'évêché de Condom et, l'année d'après, la charge de précepteur du Dauphin de France. Il se consacre tout entier à l'éducation de son royal élève qui n'en mérite pas tant et élargit encore son savoir pour se montrer digne de sa tâche. A quarante-trois ans, il est élu à l'Académie française et devient évêque de Meaux.

Peut-être parce que l'indépendance d'esprit se joint chez lui à la foi – « Vous devez considérer, Sire, que le trône que vous occupez est à Dieu, que vous y tenez sa place et que vous y devez régner selon ses lois » –, il connaît des échecs ou des déceptions : il ne sera ni cardinal ni archevêque de Paris. Peu importe : son existence entière est dominée par la foi. C'est un militant avant d'être un auteur. Ce croyant intraitable est sensible en même temps aux vertus de la science, du savoir, du travail. Il dispose d'un admirable arsenal intellectuel, littéraire et rhétorique. Avec une force, une hauteur, une simplicité de moyens qui ne se démentiront jamais, il sera épistolier, polémiste, historien, écrivain politique, et surtout orateur : sept volumes de prédications, quinze volumes de lettres, trente et un volumes d'œuvres complètes. « Faisant honte, dans une vieillesse si avancée, à l'âge moyen et robuste des évêques, des docteurs et des desservants les plus instruits et les plus laborieux, [...] il meurt, écrit Saint-Simon, les armes à la main. » Selon la formule de La Bruyère, il est « le dernier des Pères de l'Église ».

A nos yeux, il est d'abord un orateur sacré, le plus accompli, peut-être, de tous les temps. Ses oraisons funèbres les plus célèbres, celle d'Henriette de France, épouse de Charles Ier, roi d'Angleterre, celle d'Henriette d'Angleterre, fille d'Henriette de France et de Charles Ier, épouse du duc d'Orléans, enlevée à la fleur de l'âge dans des circonstances mystérieuses, ne sont rien d'autre que des sermons, chargés de faire « entendre aux hommes de grandes et terribles leçons ». Il écrivait souvent ses sermons ou ses oraisons funèbres. Mais il improvisait aussi beaucoup. « Il s'abandonnait, dit dans ses *Mémoires* l'abbé Ledieu qui fut son secrétaire, à son mouvement sur les auditeurs. » Ce *mouvement* est la clé et le ressort de Bossuet. Il s'appuie sur toutes les ressources de la rhétorique : « Dès ce soir, tu seras avec moi dans la maison de mon père. Dans la maison de mon père : quel séjour ! Avec moi : quelle compagnie ! Dès ce soir : quelle promptitude ! » Le plus surprenant, c'est que, dans ce genre si menacé par le vieillissement, une foule de formules sont encore vivantes – et même souvent présentes à notre mémoire : « Restait cette redoutable infanterie de l'armée d'Espagne, dont les gros bataillons serrés, semblables à autant de tours, mais à des tours qui sauraient réparer leurs brèches, demeuraient inébranlables à travers tout le reste en déroute et lançaient des feux de toutes parts. » (Oraison funèbre du Grand Condé.) Ou : « O nuit désastreuse ! ô nuit effroyable où retentit tout à coup comme un éclat de tonnerre cette étonnante nouvelle : Madame se meurt, Madame est morte ! » (Oraison funèbre d'Henriette d'Angleterre.) Ou : « Je réserve au troupeau que je dois nourrir de la parole de vie les restes d'une voix qui tombe et d'une ardeur qui s'éteint. » Ou encore, inspirée de Tertullien, cette image célèbre de la mort qui semble sortir d'un tableau espagnol et qui devait faire frémir les courtisans de Versailles : « Notre chair change bientôt de nature ; notre corps prend un autre nom ; même celui de cadavre [...] ne lui demeure pas longtemps : il devient un je ne sais quoi qui n'a plus de nom dans aucune langue ; tant il est vrai que tout meurt en lui, jusqu'à ces termes funèbres par lesquels on exprimait ses malheureux restes. » La mort est toujours présente chez Bossuet, et il l'oppose avec vigueur à « cette recrue continuelle du genre humain » qu'est l'enfance, appelée elle aussi à se faire tuer par l'âge, par l'accident, par la maladie et la mort. Parce qu'il est un orateur chrétien, il ne cesse de crier aux hommes qu'il ne faut pas aimer le monde et qu'il faut aimer Dieu. « Eh bien, mon âme, est-ce donc si grande chose que cette vie ? Et si cette vie est peu de chose, parce qu'elle passe, qu'est-ce que les plaisirs, qui ne tiennent pas toute la vie, et qui passent en un moment ? » Toute son œuvre se confond avec ce défi qu'il lance inlassablement à ceux qui l'écoutent, aux grands, aux princes, au roi lui-même : « C'est une entreprise hardie que d'aller dire aux hommes qu'ils sont peu de chose. »

Sa grave et rude ironie est proche parente de celle des *Provinciales*. Moins cruelle que celle de Swift, et plus pieuse, évidemment, elle annonce celle des *Lettres persanes*. Il dénonce la superficialité brillante de ceux à qui il s'adresse, « car que ne peut un bon mot sur un bel esprit ? » Prêchant la charité devant des courtisans évaporés, il les fustige en ces termes : « C'est ainsi que savent aimer les hommes du monde. Démentez-moi, messieurs, si je ne dis pas la vérité. [...] Si je parlais en un autre lieu, j'alléguerais peut-être la Cour pour exemple ; mais puisque c'est à elle que je parle, qu'elle se connaisse elle-même. »

L'intéressant est que Bossuet ne mettait pas très haut cette éloquence sacrée où il a triomphé avec plus d'éclat que personne. Il ne l'aimait guère. Il la jugeait « peu utile ». Il développe contre elle, dans les *Pensées chrétiennes et morales*, des arguments d'une force et d'une subtilité étonnantes : « Condition périlleuse des prédicateurs à qui il n'y a rien, ni tant à espérer, ni tant à craindre que la satisfaction et même le profit de leurs auditeurs. » On peut longtemps rêver sur la formule : *et même le profit.* Ce que cherche l'orateur sacré, c'est à s'effacer le plus possible devant celui qu'il appelait « l'orateur invisible » – et qui n'est autre que Dieu et sa divine vérité.

Il se veut aussi, et peut-être d'abord, polémiste – contre les protestants, contre Fénelon et le quiétisme, contre le père Caffaro qui marquait de l'indulgence à l'égard de la comédie et des spectacles – dans *Histoire des variations des Églises protestantes*, dans *Relations sur le quiétisme* ou dans *Maximes et réflexions sur la comédie* ; conseiller du prince dans *Politique tirée de l'Écriture sainte* ; et surtout historien dans le *Discours sur l'histoire universelle*. Son souci constant et unique est la recherche d'une vérité dont il ne doute pas un instant et qu'il cherche à imposer. Après avoir évoqué, dans son *Sermon sur l'ambition*, la gloire et la grandeur que les hommes poursuivent en vain, il a cette formule éloquente : « C'est trop parler de la fortune dans la chaire de la vérité. »

En ce sens, Bossuet est un représentant éminent du despotisme intellectuel. C'est ce qui a fait sa grandeur, c'est ce qui fait aujourd'hui son malheur. A la façon d'un Richelieu qui aurait choisi Dieu au lieu de choisir le pouvoir, Bossuet veut convaincre – et il brise ceux qui résistent. Selon le mot de Rémusat, « Bossuet, après tout, est un conseiller d'État ». C'est « le sublime orateur des idées communes ». C'est un homme de gouvernement : voilà son fort et son faible. Il aura, dans la postérité, la mauvaise fortune qui

s'attache d'ordinaire aux hommes de gouvernement :
il a été peu aimé ou mal aimé. Ce qui avait fait son
éclat s'est retourné contre lui : dans notre âge de la
mort de Dieu, on n'a plus vu en lui que l'homme sûr
de son système et de sa vérité.

Montesquieu, pourtant, le lira, en prendra le
contre-pied et lui devra beaucoup – un peu comme
Marx doit beaucoup à Hegel dont il renverse le système. Et surtout, admirable interprète des croyances
de son temps, défenseur de la tradition par amour de
l'éternité, écrivain accordé plus et mieux qu'aucun
autre à la splendeur ordonnée des jardins à la française, c'est par la pureté et la puissance de son style
que survit Bossuet.

BOILEAU

(1636-1711)

Avertissement aux jeunes gens tentés par le succès

A première vue, un emmerdeur. Un pion, un pédant, un régent de collège qui ne jure que par les règles. Regardons-y d'un peu plus près : c'est un bon compagnon. Avec trois autres amis, il forme la bande des quatre, la première bande des quatre, et ils vont, tous ensemble, bras dessus, bras dessous, s'enivrer d'avenir, de poésie et de vin à *La Pomme de pin* ou au *Mouton blanc*. Cette bande des quatre-là, que nous avons déjà croisée, c'est la fameuse *école de 1660* qui aura pour règles la nature, la raison, la vérité et le plaisir du public. Ils s'appellent Molière, La Fontaine, Boileau et Racine. Et le moins sympathique des quatre n'est sûrement pas Boileau. Je crains que celui dont on ferait bien de se méfier ne soit le grand Racine : le caractère de Racine n'est pas à la hauteur de son génie. Il fauche sa maîtresse à Molière, il trahit ses amis. Boileau reste fidèle à tous et, d'une certaine façon, il est leur maître à tous.

Leur maître à tous... entendons-nous. On voit souvent Boileau comme un vieux maître d'école qui taperait sur les doigts de ses disciples plus jeunes en leur serinant les trois règles de l'unité de lieu, de temps et d'action. Boileau, évidemment, est bien plus jeune que Corneille. Quinzième enfant d'un greffier du parlement de Paris, il naît en 1636 : c'est l'année du *Cid* et de son triomphe. Et il est plus jeune aussi, et de beaucoup – une quinzaine d'années –, que La Fontaine et Molière, quasi contemporains l'un de l'autre. Il est plus vieux que Racine, mais de très peu : Racine n'est que de trois ans le cadet de Boileau. L'image du vieux Boileau en train de donner des leçons à sa troupe de disciples vole aussitôt en éclats. Ce sont tous des copains qui vont se soûler ensemble.

La légende veut que Boileau ait connu dans sa petite enfance des malheurs effrayants : un jars castrateur, ou peut-être un dindon, lui aurait mangé le pénis. Helvétius, qui rapporte l'histoire dans son ouvrage *De l'esprit*, va même un peu plus loin : il voit dans cette anecdote, ou plutôt dans ce drame, le motif de « l'aversion qu'il eut toujours contre les jésuites ». Il faut savoir, pour comprendre cet épisode de notre histoire littéraire, que ce sont les jésuites qui ont importé en France la race brutale des dindons.

L'échec est le drame d'une quantité d'écrivains. Le drame de Boileau, c'est que sa carrière est réussie. Après le collège d'Harcourt et le collège de Beauvais (qui, malgré son nom, se situe à Paris), il étudie la théologie et le droit. Mais ce qui l'intéresse, c'est la littérature et de se moquer des gens. Quand il est jeune, il est frondeur et passionné. Et ce qu'il aime pardessus tout, c'est d'attaquer les puissants. Ces puissants, aujourd'hui, sont tout à fait oubliés. Ce qui fait que nous avons l'impression – erronée – qu'il mène des combats gagnés d'avance. C'est le contraire qui est vrai. Boileau brocarde les salons où se font les réputations et dénonce avec audace, presque avec imprudence, des poètes consacrés et adulés par le public. Il se moque des Chapelain, des Quinault, des Saint-Amant – pour Saint-Amant, il a tort, à mon avis –, des Cotin, des Desmarets, des auteurs « trottant de cuisine en cuisine », des poètes à gages « vendant au plus offrant leur encens et leurs vers ». Boileau est un polémiste redoutable et il se bat pour la simplicité et pour la vérité avec le goût le plus sûr. Dans la fameuse querelle, un peu rasante, des Anciens et des Modernes, il prend parti avec véhémence contre Perrault et Fontenelle qui, appuyés par l'Académie, préfèrent les Modernes aux Anciens. Il est en même temps un des premiers à admirer La Fontaine. Il défend Molière quand *Tartuffe* est attaqué. Il soutient Racine dans la bataille autour de *Phèdre*. Il est le maître du goût et de la formule. Son talent d'ironiste, de polémiste et de théoricien éclate dans les *Satires*, dans les *Épîtres* et dans *L'Art poétique*.

La vérité est que, simple, vrai – « Je ne sais ni tromper, ni feindre, ni mentir » –, intelligent, généreux, dépourvu d'amertume et de méchanceté, mais non pas de talent, Boileau n'a pas de génie poétique. Ses œuvres sont pleines de formules ingénieuses dont il nous arrive de nous souvenir :

J'appelle un chat un chat et Rolet un fripon.

103

Ou :

> *J'imite de Conrart le silence prudent.*

Ou :

Rien n'est beau que le vrai, le vrai seul est aimable.

Ou :

> *Ce que l'on conçoit bien s'énonce clairement*
> *Et les mots pour le dire arrivent aisément.*

Et surtout :

Qu'en un lieu, qu'en un jour, un seul fait accompli
Tienne jusqu'à la fin le théâtre rempli.

Il n'est jamais brûlé par la flamme de la poésie. Ses propres vers, dans *L'Art poétique*, le dépeignent assez bien :

> *C'est en vain qu'au Parnasse un téméraire auteur*
> *Pense de l'art des vers atteindre la hauteur*
> *S'il ne sent point du ciel l'influence secrète,*
> *Si son astre en naissant ne l'a formé poète.*

Son astre en naissant n'a pas formé Boileau poète. Son aimable froideur raisonnable et didactique annonce déjà la poésie du XVIIIe siècle – c'est-à-dire l'absence de poésie. On l'admire, il amuse – épopée burlesque rédigée à la suite d'un pari avec Lamoignon, *Le Lutrin* se lit encore sans ennui –, on ferait bien aujourd'hui encore de suivre ses conseils :

> *Travaillez à loisir, quelque ordre qui vous presse,*
> *Et ne vous piquez point d'une folle vitesse;*
> *[...]*
> *Hâtez-vous lentement et, sans perdre courage,*
> *Vingt fois sur le métier remettez votre ouvrage :*
> *Polissez-le sans cesse et le repolissez;*
> *Ajoutez quelquefois, et souvent effacez,*

on salue son talent, on va jusqu'à regretter de n'avoir pas eu l'occasion de vider quelques chopines avec lui – il n'enflamme jamais, il ne vous fait jamais chavirer, il ne vous fait pas entrer dans les royaumes enchantés.

Il est arrivé un autre malheur à Boileau : sur la recommandation sans doute de Mme de Montespan, il est nommé, en même temps que Racine, historiographe du roi. Sa carrière officielle commence. Il entre à l'Académie où ses attaques lui ont valu beaucoup d'ennemis, mais dont le roi lui-même lui ouvre la porte. Il achète à Auteuil une maison de campagne. Il chante, en poète courtisan, les victoires de Louis XIV :

> *Grand roi, cesse de vaincre ou je cesse d'écrire.*

Il trouve encore le moyen de s'amuser :

> **Comment en vers heureux assiéger Doësbourg,**
> **Zutphen, Wageninghen, Harderwic, Knotzembourg?**

105

Le temps aussi de reprendre contre les jésuites le combat de Pascal. Le temps enfin, quelques années avant de mourir lui-même, de recueillir les dernières paroles de son ami Racine qu'il avait tant admiré :

Que tu sais bien, Racine, à l'aide d'un acteur,
Émouvoir, étonner, ravir un spectateur !

Boileau vaut beaucoup mieux que sa réputation. C'était un homme honnête et courageux et il aimait la littérature. Il a écrit des mots dont je ne suis pas sûr qu'ils soient vrais mais dont je suis sûr qu'ils sont beaux et dont devraient se souvenir tous ceux qui se mêlent d'écrire :

Le vers se sent toujours des bassesses du cœur.

Non seulement on voudrait – vœu insensé et pieux – avoir été son ami, mais on s'aperçoit avec surprise que de ce poète sans génie poétique, au goût le plus sûr pourtant et d'une intelligence merveilleuse, on connaît une foule de vers. Les romantiques l'ont pris pour tête de Turc, mais Borges l'admirait et le savait par cœur. Il répétait souvent :

Le moment où je parle est déjà loin de moi

et pensait que l'auteur de ce vers n'était pas négligeable. L'avis de Borges non plus. A une époque où le poète aspire à être maudit, où l'écrivain se situe en marge et dans les interstices, où toute fonction est suspecte, le grand malheur de Boileau, c'est son succès. Il

106

a brisé sa carrière. On peut lui appliquer le mot assez vif de Cioran : «J'ai connu toutes les formes de déchéance, y compris le succès. »

Il y eut beaucoup de monde à ses obsèques. Selon la légende, un badaud se serait écrié : « Il avait bien des amis ; on raconte pourtant qu'il disait du mal de tout le monde. »

RACINE

(1639-1699)

Les horreurs de l'amour

« Entre Ronsard et Chénier, écrit Jules Renard au début de son irrésistible *Journal,* on cherche en vain un poète. » Racine est là pour le démentir. Il incarne le théâtre, bien sûr, et la tragédie classique. Mais aussi, et surtout, le plus parfait alliage entre la poésie et le théâtre. Auteur de pièces religieuses, de tragédies sanglantes qui ont fait couler des torrents de larmes, et même d'une comédie, Racine est la poésie même et, avec Ronsard, le plus grand poète français avant Hugo et Baudelaire.

Il devait beaucoup aux jansénistes de Port-Royal – l'ancien avocat Antoine Le Maître, le moraliste Nicole, l'helléniste Lancelot –, qui lui apprirent le latin et le grec, et beaucoup à Molière qui accueillit ses premières pièces, *La Thébaïde ou les Frères ennemis* et *Alexandre le Grand,* qui ne cassaient pas trois pattes à un canard. Racine, dédaigneux et sûr de lui, et dont le caractère n'était pas à la hauteur du génie, n'éprouva pas beaucoup de scrupules à trahir coup sur coup et ses maîtres et son ami.

Dans une brochure qui visait un auteur à nos yeux un peu obscur, Desmarest de Saint-Sorlin, membre depuis plus d'une trentaine d'années de la toute jeune Académie française, Nicole traita les poètes qui montaient sur la scène d'empoisonneurs publics « non des corps, mais des âmes ». Racine prit la critique pour lui et attaqua avec violence Port-Royal et ses anciens maîtres. A Molière, il faucha Marquise du Parc, sa maîtresse, qui avait déjà tellement plu à Corneille. Une brouille s'ensuivit entre Molière et Racine, jusqu'alors inséparables, et Racine, retirant ses pièces à la troupe de Molière qui officiait au Palais-Royal, les porta à la troupe rivale, à l'hôtel de Bourgogne.

C'était grand dommage pour Molière. Trente ans après le coup de tonnerre du *Cid*, *Andromaque* fut un immense succès. A vingt-huit ans, la gloire fondait sur Racine.

Les Plaideurs, qui se lisent encore avec beaucoup de plaisir et d'amusement, montrèrent que Racine savait faire une comédie comme Molière. *Britannicus* prouva que le même Racine pouvait réussir, comme Corneille, une tragédie politique et romaine. Montée peut-être, on l'a vu, par Henriette d'Angleterre, la rivalité entre la *Bérénice* de Racine et *Tite et Bérénice* du vieux Corneille tourna à l'avantage du plus jeune. Jouée trente fois de suite, ce qui était exceptionnel, *Bérénice*, à son tour, connut un succès sans égal.

C'est de *Bérénice* que date l'image du tendre Racine, qui est aussi le cruel Racine. « Tendre et cruel » : la formule est devenue un des ponts aux ânes les plus redoutables, un des lieux communs les plus sinistres quand elle figure sur la quatrième page de couverture de nos romans d'aujourd'hui. Au temps de Racine, et pour lui, elle avait encore un sens. L'amour, dans ses tragédies, est un poison délicieux. Sous les apparences les plus douces et les plus séduisantes, il est une fatalité qui traîne derrière soi tous les supplices de l'enfer. Le théâtre de Racine met en scène quelques femmes, belles et jalouses, consumées par la passion. Elles aiment avec une sûreté infaillible qui elles ne devraient pas aimer et, comme Ariane à Naxos :

> *Ariane, ma sœur, de quel amour blessée*
> *Vous mourûtes aux bords où vous fûtes laissée...,*

elles vont finir par en mourir. Phèdre devrait aimer Thésée, son mari : elle aime Hippolyte, son beau-fils. Monime devrait aimer Mithridate, et elle aime Xipharès. Les hommes eux-mêmes n'échappent pas à ces erreurs de parcours qui traduisent la faiblesse misérable du cœur humain, si souvent dénoncée par Port-Royal et par les jansénistes : Pyrrhus devrait aimer Hermione et il aime Andromaque. Et lorsque, par exception, il n'y a pas de drame entre des hommes et des femmes qui s'aiment d'un amour tendre, alors ce sont les dieux qui fondent sur eux – et c'est *Iphigénie*. Ou le diable apparaît – et c'est Néron, dans *Britannicus*.

On ne refera pas ici le trop célèbre parallèle entre Corneille et Racine. On dira seulement que Corneille, c'est un théâtre d'hommes, avec des femmes ; et que Racine, c'est un théâtre de femmes, avec des hommes. Que chez Corneille la volonté ne cesse jamais, après quelques spasmes, de l'emporter sur les passions ; alors que chez Racine la passion, en un jeu d'enfer, l'emporte sur la volonté. Et enfin que Corneille nous présente des héros triomphants ; et Racine des victimes condamnées. Pour Corneille, une tragédie est une grande aventure héroïque qui peut finir bien ; pour Racine, c'est une aventure passionnelle et intime qui ne peut finir que mal.

La passion, chez Racine, joue le rôle du bourreau. On pourrait soutenir que la psychologie, si chère aux auteurs de théâtre, tient une place assez mince dans les tragédies de Racine parce que la passion occupe d'avance tout l'espace et que tout est déjà joué avant que le rideau se lève. Quand la pièce commence, il est déjà trop tard : la machine infernale s'est mise à fonctionner et toute l'intrigue ne consiste qu'à écouter, dissimulé sous des mots enchanteurs, son sinistre tic-tac. Le théâtre de Corneille, ce sont des hommes en lutte − et parfois contre eux-mêmes. Le théâtre de Racine, c'est une bombe qui explose.

En règle générale, les tragédies de Racine se terminent en désastre, et le plus souvent par la mort. Et la fin de *Bajazet* − pièce qui met en scène des contemporains, mais éloignés dans l'espace au lieu d'être éloignés dans le temps − est un véritable massacre. Dans la préface de *Bérénice*, Racine écrit : « Il n'est pas nécessaire qu'il y ait des morts et du sang dans une tragédie. » Non, ce n'est pas nécessaire. Mais ce qui est nécessaire, c'est que les cœurs soient broyés. Ce que cache et exprime à la fois la musique sans pareille des mots, c'est la souffrance des cœurs privés de tout espoir. L'univers de Racine – tendre et cruel Racine... – est lumineux et très noir.

BÉRÉNICE

Moi-même j'ai voulu vous entendre en ce lieu.
Je n'écoute plus rien, et pour jamais adieu.
Pour jamais! Ah! Seigneur, songez-vous en vous-même
Combien ce mot cruel est affreux quand on aime?
Dans un mois, dans un an, comment souffrirons-nous,
Seigneur, que tant de mers me séparent de vous,
Que le jour recommence et que le jour finisse
Sans que jamais Titus puisse voir Bérénice,
Sans que, de tout le jour, je puisse voir Titus?
Mais quelle est mon erreur et que de soins perdus!
L'ingrat, de mon départ consolé par avance,
Daignera-t-il compter les jours de mon absence?
Ces jours, si longs pour moi, lui paraîtront trop courts.

Après *Andromaque,* après *Bérénice,* Racine est au sommet d'une gloire construite à coups de passions. Il lui faut, une nouvelle fois, affronter son vieux rival sur le terrain même de Rome et c'est *Mithridate,* dont le succès est d'autant plus éclatant qu'il coïncide avec l'échec de l'avant-dernière pièce de Corneille : *Pulché-rie.* Il y a quelque chose de déchirant dans le déclin de l'auteur du *Cid* éclipsé par son jeune rival et dans le triomphe des troubles du cœur sur la volonté du héros. Dans le triomphe aussi de la logique des caractères et de leur discours sur les intrigues de Corneille. Dans le triomphe de la pitié sur l'admiration et de l'horreur sur la grandeur.

En 1673, à trente-trois ans, Racine est reçu à l'Académie française. L'année d'après, *Iphigénie en Aulide* est créée à la cour : elle constitue le clou d'une fête somptueuse donnée par le roi à son retour de la campagne de Franche-Comté qui devait mener plus tard au traité de Nimègue et valoir à Louis XIV le nom de *Louis le Grand.* Cinq mois plus tard, jouée par la Champmeslé, la pièce triomphe à Paris où elle remporte un des plus grands succès du siècle.

> *Jamais Iphigénie en Aulide immolée*
> *N'a coûté tant de pleurs à la Grèce assemblée*
> *Que, dans l'heureux spectacle à nos yeux étalé,*
> *En a fait sous son nom couler la Champmeslé.*

Toujours folle du vieux Corneille, Mme de Sévigné a beau écrire à sa fille : « Racine fait des comédies pour la Champmeslé : ce n'est pas pour les siècles à venir », l'auteur d'*Andromaque,* de *Bérénice,* d'*Iphigénie* est définitivement le plus grand tragédien de son temps – et peut-être de tous les temps. A la stupeur éblouie de ses contemporains, il peut être égalé à Eschyle, à Sophocle, à Euripide qui apparaissent comme des maîtres et presque des demi-dieux. Partisan des Anciens, Racine, plus que personne, fait triompher les Modernes.

Quand *Phèdre,* la dernière tragédie profane de Racine, et à mon sens la plus belle de toutes, est jouée à son tour, Corneille est hors du jeu. Mais, née du

triomphe même et de l'admiration générale, l'hostilité
ne désarme pas et d'autres rivaux entrent en scène.
Soutenu par les terribles Mancini – le duc de Nevers
et ses deux sœurs, la duchesse de Bouillon et la
duchesse de Mazarin –, Pradon présente *Phèdre et Hippolyte* au Théâtre Guénégaud. Une véritable cabale est
montée contre Racine. La duchesse de Bouillon avait
loué les places pour six représentations et elle faisait
siffler Racine à l'hôtel de Bourgogne pendant qu'elle
faisait applaudir Pradon rue Guénégaud. Un sonnet,
attribué à Racine, attaqua alors le duc de Nevers,
avec une allusion transparente à ses relations inces-
tueuses avec sa sœur, la duchesse de Mazarin. Le sonnet n'était pas de Racine, mais le poète eut d'autant
plus de mal à se disculper qu'entretenue par des ano-
nymes qui ne manquaient pas d'un talent subalterne
la guerre des sonnets se poursuivait sur les mêmes
rimes. Grâce à la coterie des Mancini, on put croire
que la pièce de Pradon allait l'emporter. Et Racine fut
au désespoir.

La *Phèdre* de Racine, qui finit par triompher
assez vite de la *Phèdre* de Pradon rendue à ses intrigues
et à sa médiocrité, est un chef-d'œuvre insurpassable
où, selon la formule de Chateaubriand dans le *Génie
du christianisme*, « les orages d'une conscience toute
chrétienne » se substituent à la fatalité païenne illustrée successivement par Euripide et par Sénèque,
dont Racine d'ailleurs s'inspire largement. Amoureuse de son beau-fils, Hippolyte, décidée à avouer la
vérité à son mari, Thésée, mais torturée par l'amour
d'Hippolyte pour Aricie et mal conseillée par Œnone,
sa nourrice, Phèdre est très loin d'adhérer à sa propre
passion :

J'ai conçu pour mon crime une juste terreur.
J'ai pris ma vie en haine et ma flamme en horreur.

Port-Royal ne s'y trompa pas et, jugeant la pièce « parfaitement belle et chrétienne d'inspiration », ouvrit ses bras à son fils repentant qui l'avait jadis trahi.

Racine, qui mourra à soixante ans, qui a écrit huit chefs-d'œuvre en dix ans, de 1667 (*Andromaque*) à 1677 (*Phèdre*) et qui s'est tu douze ans, de 1677 à 1689, n'est pas encore au bout du rouleau. Devenu historiographe du roi, résolu à ne plus écrire pour le théâtre, il épouse la même année (1677) une petite-fille de Voiture, Catherine de Romanet, femme simple et calme qui lui donnera sept enfants. Son fils, Louis Racine, nous livre à cette occassion, dans ses *Mémoires sur la vie de Jean Racine*, une formule étonnante : « Ni l'amour ni l'intérêt, nous dit-il, n'eurent aucune part à son choix. » Terrible définition du mariage chrétien au Grand Siècle. Racine se plonge alors dans une existence bourgeoise, toute vouée à ses enfants et à la piété la plus austère. C'est Mme de Maintenon qui le ramènera à un théâtre strictement religieux et destiné au seul public des demoiselles de Saint-Cyr. *Esther*, mais surtout *Athalie* sont encore et toujours des chefs-d'œuvre. Le parti des dévots et des tartufes, dénoncés vingt-cinq ou trente ans plus tôt par Molière, réussit à faire interdire la représentation publique d'*Athalie* et rejeta Racine dans un éloignement définitif du théâtre.

Le théâtre n'était pas le seul genre où le génie

poétique de Racine fût capable de s'exprimer. Ses *Cantiques spirituels* sont aussi beaux que *Bérénice* ou que *Phèdre*. Écoutons, pour le plaisir, quelques vers de Racine. Non plus du Racine de la tragédie classique dont il est à la fois, aux côtés de Corneille, son rival et sa victime, le créateur et le sommet et dont on ne se lasse pas d'entendre la musique :

> *J'aimais, Seigneur, j'aimais, je voulais être aimée...*
>
> *Je t'aimais inconstant, qu'aurais-je fait fidèle ?...*
>
> *Dans l'Orient désert, quel devint mon ennui...*
>
> *La fille de Minos et de Pasiphaé...*
>
> *Dieux ! Que ne suis-je assise à l'ombre des forêts...*
>
> *Le jour n'est pas plus pur que le fond de mon cœur...*

ou encore :

ŒNONE

> *Quel fruit tireront-ils de leurs vaines amours ?*
> *Ils ne se verront plus.*

PHÈDRE

> *Ils s'aimeront toujours,*

mais du Racine que la religion a précipité dans la poésie pure :

> *O sagesse, ta parole*
> *Fit éclore l'univers,*

Posa sur un double pôle
La terre au milieu des mers.
Tu dis, et les cieux parurent,
Et tous les astres coururent
Dans leur ordre se placer.
Avant les siècles tu règnes :
Et qui suis-je, que tu daignes
Jusqu'à moi te rabaisser ?

Le reste appartient au silence et à l'éternité.

LA BRUYÈRE

(1645-1696)

Portrait de l'artiste en intellectuel

La Bruyère est, avec La Rochefoucauld, l'autre grand moraliste d'un siècle qui s'est penché plus qu'aucun autre sur les passions de l'âme et leur expression dans le langage. La Rochefoucauld appartenait à la plus haute noblesse du royaume. La Bruyère est un bourgeois de Paris qui descend de laboureurs ou de petits propriétaires du Perche. Il devient avocat et trésorier des Finances. Mais le manque d'ambition, l'amour surtout des études et de l'indépendance le font changer de voie.

Précepteur du Grand Dauphin, Bossuet, qui le connaît, on ne sait trop comment, et qui l'apprécie, l'introduit chez les Condé. En 1684, il est choisi, à son tour, comme précepteur du petit-fils du Grand Condé. Prince du sang, héros de légende, vainqueur de Rocroi à vingt-deux ans, ami des lettres et des arts – Racine et Boileau sont ses familiers, Bossuet prononcera son oraison funèbre –, habitué à être obéi, Condé est violent et impérieux. Son fils, le duc d'Enghien, dont

Saint-Simon tracera le portrait – on voit dans quel bouillon de culture est précipité La Bruyère –, fait régner autour de lui un climat de terreur. Le duc de Bourbon, son petit-fils, l'élève de La Bruyère, est un odieux crétin. Grâce à Dieu, il épouse, un an à peine plus tard, Mlle de Nantes, la fille de Louis XIV et de Mme de Montespan qui avaient trouvé le temps de faire ensemble huit enfants. L'année d'après, le Grand Condé meurt et l'élève de La Bruyère, duc d'Enghien à son tour, libère son précepteur de ses obligations.

Devenu bibliothécaire, La Bruyère reste attaché aux Condé avec le titre de gentilhomme de la maison de Monsieur le Duc. Le titre lui fait une belle jambe, mais une pension lui est attachée, et surtout des logements à Chantilly, à Paris, à Versailles, qui lui fournissent des points de vue privilégiés sur la Cour et les grands.

Il est permis d'imaginer que cette malheureuse expérience pédagogique et sociale est à l'origine d'une bonne partie de son œuvre de moraliste et de peintre d'une société dont il fustige les travers. Quelques années plus tard, une autre série d'incidents mineurs ne va pas contribuer à le rendre plus enjoué : il se présente à l'Académie et il est battu deux fois. La première par Fontenelle, ce qui est encore supportable, la seconde – et c'est pire – par un grand médiocre dont personne ne sait plus rien et qui s'appelait Pavillon. Plus rien est exagéré ; on connaît encore le titre d'une de ses œuvres, qui prête un peu à rire : *Conseils à une jeune demoiselle.* Et les spécialistes, en cherchant bien, se souviennent même d'un vers :

La mode est un tyran dont rien ne nous délivre.

On comprend que ces tribulations successives n'aient pas amélioré le tempérament du moraliste déçu, qui écrira : « Il faut rire avant que d'être heureux, de peur de mourir sans avoir ri. » Fatigué et déçu, maltraité par les grands, il aime les humbles et la vertu, il pave le chemin de Voltaire, il prépare déjà au loin, dans les cœurs et dans les esprits, la révolution à venir. Et vif, rapide, perspicace, un peu amer, d'une drôlerie percutante, il rit peu.

Sa grande œuvre se présente sous un titre modeste : *Les Caractères de Théophraste, traduits du grec, avec les caractères ou les mœurs de ce siècle*. On voit tout de suite qu'il se range, contre Perrault – celui des *Contes* – et Fontenelle – tiens, tiens ! – qui défendent les Modernes, dans le camp des Anciens qui s'abritent derrière Virgile, ou Horace, ou Euripide, ou Théophraste, et qui contribuent plus que personne à faire la gloire sans égale des Modernes du siècle de Louis XIV.

Les Caractères connurent aussitôt un succès prodigieux. Les éditions se succèdent et on se les arrache. Qui, on ? Mais, selon la règle, ceux-là mêmes dont il se moque et qu'il attaque avec vigueur.

Le plus intéressant dans *Les Caractères* et chez La Bruyère, ce n'est pas seulement que cet Ancien sert mieux qu'aucun Moderne la cause de ces Modernes qui rabaissent les Anciens : c'est aussi que la critique sociale qui dominera tout le XVIIIe naît du classicisme qui domine le XVIIe. Disons, en un mot, que *Les Caractères* annoncent déjà les *Lettres persanes*. Montesquieu : « Un courtisan est semblable à ces plantes faites pour ramper qui s'attachent à tout ce qu'elles trouvent. »

La Bruyère : « Le peuple n'a guère d'esprit et les grands n'ont pas d'âme : celui-là a un bon fond et n'a point de dehors ; ceux-ci n'ont que des dehors et qu'une simple superficie. Faut-il opter ? Je ne balance pas, je veux être peuple. » La Bruyère précède Montesquieu et va plus loin que lui.

Ce ne sont pas les maximes qui font la gloire de La Bruyère. Celles de La Rochefoucauld sont plus vives et mieux frappées. Le fort de La Bruyère, tout le monde le sait, c'est les portraits. Dans l'art du portrait, il est souverain. Seuls Retz et Saint-Simon peuvent l'emporter sur lui. « Chez La Bruyère, écrit Sainte-Beuve, l'art est grand, très grand ; il n'est pas suprême, car il se voit et il se sent. » Peut-être. Mais il se lit encore avec un grand plaisir.

L'amateur de prunes, le snob, le dévot, l'avare, l'arriviste, le distrait, le précieux, le partisan du charabia, il les dépeint à merveille. Voici Mopse, par exemple. On le croirait sorti de notre temps, des milieux du cinéma, de la télévision ou du pouvoir : « Je connais Mopse d'une visite qu'il m'a rendue sans me connaître ; il prie des gens qu'il ne connaît pas de le mener chez d'autres dont il n'est pas connu ; il écrit à des femmes qu'il ne connaît que de vue. » Et voici Acis, dont on pourrait chercher la clé chez nos amis d'aujourd'hui, tentés par un nouveau gongorisme : « Que dites-vous ? Comment ? Je n'y suis pas ; vous plairait-il de recommencer ? J'y suis encore moins. Je devine enfin : vous voulez, Acis, me dire qu'il fait froid ; que ne disiez-vous : " Il fait froid " ? Vous voulez m'apprendre qu'il pleut ou qu'il neige ; dites : " Il pleut, il neige. " Vous me trouvez bon visage, et vous désirez de m'en féliciter ; dites : " Je vous trouve bon visage. " " Mais, répondez-vous, cela est bien uni et bien clair ; et d'ailleurs, qui ne pourrait pas en dire autant ? " Qu'importe, Acis ? Est-ce un si grand mal d'être entendu quand on parle, et de parler comme tout le monde ? »

Chacun sait que la littérature n'atteint l'universel qu'en s'enracinant dans le particulier. I.B. Singer se hausse à l'universel en dépeignant, en yiddish, le tout petit milieu des Juifs polonais de Lublin. De la même façon, en passant de l'espace au temps, La Bruyère nous présente à la fois les courtisans de Versailles et l'homme universel. Il débouche sur l'universel en s'en tenant à son siècle et à son milieu. Le génie de La Bruyère, qui annonce Montesquieu, mais aussi Voltaire, c'est de retenir le lecteur de son temps et de tous les temps par les moyens les plus simples. « Son talent, note le bon vieux Taine, consiste principalement dans l'art d'attirer l'attention. [...] Il ressemble à un homme qui viendrait arrêter les passants dans la rue, les saisirait au collet, leur ferait oublier leurs affaires et leurs plaisirs, les forcerait à regarder à leurs pieds, à voir ce qu'ils ne voyaient pas ou ne voulaient pas voir, et ne leur permettrait d'avancer qu'après avoir gravé l'objet d'une manière ineffaçable dans leur mémoire étonnée. » On n'oublie pas La Bruyère. Il ne se laisse pas oublier.

La Bruyère est un artiste, parce que ce qui compte d'abord chez lui, c'est le style. Chez La Bruyère, note Albert Béguin, « le profond, c'est la forme ». Il est un classique, et peut-être le classique par excellence, parce qu'il travaille sans relâche sa langue et son style. « C'est un métier, nous dit-il, que de faire un livre, comme de faire une pendule. » Il n'y a pas de meilleure définition du classique. La Bruyère, écrit l'abbé Brémond, est un « bourreau délicieux de la langue » dont il « disloque » les membres. Des études très savantes sont consacrées à son style et à son langage, un langage, soutient Barthes, « qui est à lui seul une idéologie ».

Quelle idéologie ? Celle d'un catholique et d'un monarchiste – mais qui serait en même temps un ironiste et, en vérité, avant la lettre, un progressiste : « Il y a une espèce de honte d'être heureux à la vue de certaines misères. » Ou : « Il y a des créatures de Dieu qu'on appelle des hommes... » Ou : « L'on voit certains animaux farouches, des mâles et des femelles, répandus par la campagne, noirs, livides, et tout brûlés de soleil. [...] Ils ont comme une voix articulée et, quand ils se lèvent sur leurs pieds, ils montrent une face humaine et, en effet, ils sont des hommes. »

Avec plus de force que Fénelon, avec plus d'art que Vauban, il est de ceux qui dénoncent, au cœur même du Grand Siècle, le sort qui est fait aux hommes. La Bruyère, en ce sens, n'est pas seulement un peintre ironique et un satiriste : il est le premier, avant Montesquieu et Voltaire, bien avant l'affaire Dreyfus, de nos intellectuels.

LES LUMIÈRES

(1715-1789)

La révolte de la raison

Légende ou vérité, Michelet aurait ouvert un cours au Collège de France par ces paroles fracassantes : « Le grand siècle, messieurs, je veux dire le XVIIIe... » Qu'il soit plus grand ou moins grand que son prédécesseur, le XVIIIe siècle se définit en tout cas d'abord par rapport au XVIIe : il est son prolongement et son contraire. Le classicisme se poursuit. La raison continue à régner. Elle accroît encore ses pouvoirs. Elle cesse de soutenir l'ordre : elle se retourne contre lui.

C'est Péguy qui a fait remarquer que les siècles n'ont pas toujours cent ans. Chez nous en tout cas, le XIXe est interminable : 1789-1914. Le XVIIe est proche de la normale : 1610-1715. Si fin, si brillant, si rapide, le XVIIIe est très court : 1715-1789. Il va de Louis XIV à la Révolution, qui est, nous le verrons, l'inverse et la conséquence de Louis XIV.

Que représente le siècle de Louis XIV ? A travers beaucoup d'efforts et de péripéties — il y a la

125

Fronde, il y a la Brinvilliers, il y a les possédées de Loudun... –, il représente l'ordre, la raison, la gloire des lettres et des armes. Il a ses zones d'ombre et ses côtés obscurs : les dragonnades, les persécutions, la révocation de l'édit de Nantes ou le sac du Palatinat. Ce n'est que l'envers de la médaille. Avec la chute, en sens inverse, de Constantinople et de Grenade, avec la découverte de l'imprimerie, avec la Renaissance et les guerres de Religion, les deux siècles précédents avaient constitué une période inouïe de bouillonnement intellectuel et de bouleversements. Voilà que l'ordre se met à régner. Il pèse lourd. Mais il brille de mille feux et de tous les rayons du Roi-Soleil. Le mythe de Râ revit. Les siècles de Périclès et d'Auguste sont de retour. A force d'admirer les Anciens et leur sainte tradition, les Modernes s'égalent à eux.

La mort – si grande – de Louis XIV est une décompression. Après tant de devoirs, Corneille, le jansénisme, Bossuet et Pascal, Esther et Athalie, Phèdre elle-même, si chrétienne, Mme de Maintenon et le roi, bien sûr, ce qui passe le bout de son nez, c'est le plaisir. Au XVIIe on monte à cheval pour faire la guerre. Au XVIIIe, on va souper.

Avec des femmes d'exception, le XVIIe est un siècle masculin. Avec des hommes remarquables, le XVIIIe est un siècle féminin. Les hommes oublient Louis XIV. Les femmes oublient la Maintenon. Elles sont fines, ravissantes et faciles. Elles parlent, elles rient, elles dansent. Et elles raisonnent comme les hommes. Et les salons se multiplient. Est-ce la raison qui s'emballe ? Malgré tant de charme et de grâce, la poésie s'effondre. A Corneille, à La Fontaine, à

Racine succèdent les Jean-Baptiste Rousseau, les Chaulieu, les La Motte-Houdar, qui a l'idée saugrenue de récrire l'*Iliade* en mieux, les Lefranc de Pompignan, les Malfilâtre, les Saint-Lambert, et, un peu au-dessus du lot, le pauvre Gilbert qui, selon Toulet, meurt en avalant sa clé.

Les salons ne sont pas une invention du XVIIIe siècle. L'hôtel de Rambouillet et les précieuses préparent les chemins. Mais Mme du Deffand, maîtresse du Régent, habituée de la cour de Sceaux, amoureuse de Walpole, amie de Mlle Aïssé et presque aveugle, Mlle de Lespinasse, son ingrate protégée, qui s'établit à son compte et lui fauche d'Alembert, Marmontel, Condorcet et pas mal d'autres, Mme Geoffrin, Mme du Tencin élèvent les salons à la hauteur d'institutions : ils deviennent les laboratoires des idées nouvelles. On avait de la grâce dans les salons des précieuses. Même si Mme du Deffand déteste les philosophes et si Mme Geoffrin les accueille avec prudence, on a des idées dans les salons du XVIIIe.

Quelles sont ces idées ? Ce sont les idées des philosophes. Que font les philosophes ? Ils glorifient la raison et la retournent contre la foi et les dogmes qui n'étaient pas contestés dans le siècle précédent. La science entre en scène et envahit le paysage. Écrivain de second ordre, d'Alembert est mathématicien ; styliste un peu pompeux, écrivain à succès, Buffon est un savant et un naturaliste ; avant d'être un grand écrivain, Montesquieu est un homme de science ; critique, romancier, dramaturge, philosophe, Diderot est d'abord et avant tout le directeur de l'*Encyclopédie*. Entouré de d'Alembert, de Voltaire, de Montesquieu, de Buffon, de Turgot, de Condillac, d'Helvétius, de Marmontel, il monte une machine de guerre intellectuelle qui prépare la Révolution.

Liée à la science qui est une idée neuve en Europe et qui se développe depuis la Renaissance, la notion de progrès est au centre du dispositif. L'homme est indéfiniment perfectible et le progrès scientifique et moral est la loi de l'histoire et la bible du monde nouveau. Le baron d'Holbach est le chantre de ce progrès. Helvétius le défend sous les espèces du matérialisme. Le marquis de Mirabeau écrit *L'Ami des hommes*. L'abbé Raynal s'attaque à Dieu, l'abbé de Mably invente ou réinvente le communisme, le curé Meslier se déchaîne contre la religion et la société.

La critique sociale se confond avec les progrès de la science. Elle ne sort pas tout armée du cerveau des philosophes. De même que la science est préparée par la Renaissance, par Kepler et par Galilée, par Harvey, par Descartes et par Pascal, de même que le plaisir, si cher au XVIIIe, pousse ses racines chez La Fontaine, la critique sociale est annoncée par La Bruyère. Elle se développe puissamment avec Montesquieu et Voltaire. Les *Lettres persanes* unissent les méthodes de la sociologie par les regards croisés – rien de plus commode que des musulmans pour s'étonner des errements d'une monarchie catholique – au persiflage à la Swift. Et, conservateur, réactionnaire, intéressé plus que personne à l'état de sa fortune, Voltaire n'est un homme de gauche que parce qu'il attaque l'Église et qu'il défend les victimes du fanatisme religieux et de l'absolutisme.

Toutes ces audaces de l'esprit ne peuvent survivre et se développer que grâce à un médium nouveau, à une qualité inédite de l'air du temps et des mœurs, à mille lieues du climat du siècle de Louis XIV : la tolérance. Turgot plaide pour elle, Malesherbes la défend dans ses fonctions de directeur de la Librairie, Voltaire en est le héraut, et bientôt le héros.

Le goût du plaisir, la science, la tolérance, le progrès, la critique sociale, tout le cortège va dans le même sens. Il mène le siècle, comme par la main, du règne de Louis XIV à la Révolution. La Révolution, naturellement, est aux antipodes de la monarchie absolue. L'ordre se fissure peu à peu, l'autorité se dissout, la religion s'affaisse, les gros bataillons compacts du génie encadré par les règles sont remplacés par les francs-tireurs du talent et de la liberté. Héritière des philosophes, éclairée par les lumières nouvelles de la raison libérée, la Révolution est le renversement de l'autorité catholique et royale incarnée par Louis XIV.

Peut-être faut-il tout de même y regarder d'un peu plus près. La raison des lumières, c'est la raison de Descartes, de La Bruyère et de tous les classiques, qui a secoué ses chaînes. Ce n'est pas assez dire. On pourrait soutenir, sans trop de paradoxe, que la Révolution, fille des lumières, qui tourne le dos à Louis XIV, descend aussi de lui. Contre Fénelon et Saint-Simon, contre le duc de Chevreuse, contre les *Tables de Chaulnes*, contre les partisans du duc de Bourgogne, son petit-fils emporté par la mort, Louis XIV est le théoricien d'un absolutisme qui, à la fureur des grands, domestiqués à Versailles, s'appuie sur des bourgeois. Il n'est pas tout à fait exclu qu'au-delà de la Révolution libérale qui est la fille des lumières, la Convention nationale renoue, en sens inverse bien entendu, avec les rigueurs du Grand Siècle. A la formule : « L'État, c'est moi » répond la formule : « La nation, c'est le Comité de salut public. »

On comprend mieux, dès lors, le sort funeste des lumières et de leurs partisans sous la Révolution. Comme souvent, comme toujours, la Révolution dévore ses enfants. Parce que l'absolutisme bourgeois l'emporte avec violence sur la tolérance des lumières et retrouve, sous une forme démocratique, l'absolutisme royal et le sens de l'État. Condorcet s'empoisonne, Chamfort se suicide, le fils de Buffon est guillotiné, Mirabeau passe à l'ennemi, Malesherbes, qui s'était tant battu pour les philosophes et pour la tolérance, devient le défenseur de Louis XVI et monte à l'échafaud. Si Voltaire avait vécu au lieu de mourir à temps, il eût été le grand homme de la Révolution des lumières et aurait eu le choix, sous la Terreur, entre la guillotine et l'émigration. J'imagine qu'il aurait émigré.

MONTESQUIEU

(1689-1755)

Bossuet revu par Swift

Né au château de La Brède, près de Bordeaux, Montesquieu eut un mendiant pour parrain. La tradition féodale tendait la main à l'humanisme et à la Révolution. Après de solides études chez les oratoriens de Juilly, près de Paris, Montesquieu entra dans la magistrature et devint conseiller, puis président à mortier au parlement de Bordeaux. Il avait un heureux caractère : « Je m'éveille le matin avec une joie secrète, je vois la lumière avec une espèce de ravissement. Tout le reste du jour, je suis content. » Il aimait l'étude : « L'étude a été pour moi le souverain remède contre les dégoûts de la vie, n'ayant jamais eu de chagrin qu'une heure de lecture n'ait dissipé. » Mais la procédure ne l'attirait pas. Il aimait la science, l'anatomie, la botanique, la physique. Le goût du naturalisme, du déterminisme scientifique se conjugue chez lui avec le rationalisme juridique, et l'emporte en fin de compte. Il avait le cœur bon : « Je n'ai jamais vu couler de larmes sans être attendri. » Habile dans l'art

131

d'aller « à la sagesse et à la vérité par le plaisir », il aimait plaire et instruire. L'amour le charmait, mais ne le tourmentait guère : « Je me suis attaché dans ma jeunesse à des femmes que j'ai cru qui m'aimeraient. Dès que j'ai cessé de le croire, je m'en suis détaché soudain. » Et encore, dans la bouche d'un de ses personnages, Usbek, qui est son porte-parole : « Dans le nombreux sérail où j'ai vécu, j'ai prévenu l'amour et l'ai détruit par l'amour même. » Il faut ajouter au tableau une tendance au libertinage intellectuel et à l'irréligion. Ce n'est pas un homme de métaphysique, ce n'est pas un homme à système philosophique. La philosophie grecque lui semble « très peu de chose » et Platon, Malebranche, Shaftesbury et Montaigne lui apparaissent comme « les quatre grands poètes ». C'est un philosophe social, un moraliste de la société.

C'est l'époque où, près de deux siècles avant le docteur Mardrus, qui sera plus proche du texte, et plus audacieux dans la traduction, Galland révèle à l'Occident un chef-d'œuvre arabo-persan, irrésistible de mouvement et d'invention : *Les Mille et Une Nuits*. L'époque aussi où, sur les traces d'un Rubroek ou d'un Jean du Plan Carpin, Chardin parcourt la Perse et en rapporte des récits qui font frémir toute la France. En 1721, en pleine Régence, au milieu de l'effervescence des idées et des passions trop longtemps contenues par la gloire du Roi-Soleil, paraît, sans nom d'auteur, un petit livre insolent et hardi : les *Lettres persanes*. Caché derrière Rica et Usbek qui visitent la France et qui en bons musulmans peuvent s'étonner librement de tout ce qu'ils voient et de la religion chrétienne, Montesquieu s'inscrit dans la lignée très

classique des pamphlétaires satiriques et des épisto-
liers libertins – et fonde, en même temps, par la
méthode des regards obliques, la sociologie moderne.

Les *Lettres persanes* sont un roman, c'est un portrait de la France sous la Régence, c'est une satire
sociale et c'est l'occasion de jugements sans compromis sur la religion catholique et le gouvernement
monarchique. Elles sont assez licencieuses pour que
l'avocat de Flaubert puisse s'en servir, plus d'un siècle
plus tard, au procès intenté contre *Madame Bovary*.
Quelques années à peine après la mort de Louis XIV
et de Mme de Maintenon, elles attaquent la religion
dominante avec une audace ironique et allègre : « Si
les triangles faisaient un dieu, ils lui donneraient trois
côtés » ou : « Il y a un autre magicien encore plus fort
[...], c'est le pape : tantôt il fait croire que trois ne sont
qu'un, que le pain qu'on mange n'est pas du pain, ou
que le vin qu'on boit n'est pas du vin, et mille autres
choses de cette espèce. » Et elles annoncent déjà la
cruauté ravageuse de la satire de Swift. Rica passe en
revue les théâtres et les cafés littéraires ; Usbek, plus
grave, traite de théologie et du gouvernement : « Un
grand seigneur est un homme qui voit le roi, qui parle
aux ministres, qui a des ancêtres, des dettes et des
pensions. » Beaumarchais est déjà là. Et toutes les
« affaires » d'aujourd'hui. Quand Montesquieu se
présenta à l'Académie française, il fallut bien révéler
le nom de l'auteur au cardinal de Fleury. Le cardinal
s'amusa de l'affaire, et pardonna. Et Montesquieu fut
élu.

Les *Considérations sur les richesses de l'Espagne* et surtout les fameuses *Considérations sur les causes de la gran-*

deur des Romains et de leur décadence, moins remarquables sans doute que *Decline and Fall of the Roman Empire* de Gibbon, un demi-siècle plus tard, sont comme des travaux pratiques, préparatoires, à la grande œuvre que sera *L'Esprit des lois*.

En un sens, et surtout dans ses *Considérations sur les causes de la grandeur des Romains et de leur décadence*, Montesquieu avait un grand prédécesseur, et il marche dans ses pas : c'est Bossuet. Il croit, comme lui, que les choses et les événements ne vont pas au hasard : « Ce n'est pas la fortune qui domine le monde [...]. Il y a des causes générales, soit morales, soit physiques. » Mais là où Bossuet soutient que c'est la Providence qui les conduit, Montesquieu applique à l'histoire la méthode des sciences physiques. Précurseur des sciences humaines, c'est un Romain, un admirateur idolâtre de la grandeur, de l'éloquence, de la vertu romaines, qui fonde la sociologie.

Rédigé à La Brède où il s'était établi après un long voyage d'études de plusieurs années qui l'avait mené en Autriche, en Italie, en Allemagne, en Hollande et en Angleterre, *L'Esprit des lois* eut un succès immense. Vers le milieu du Siècle des lumières, Montesquieu est le rival très heureux de Voltaire. Vingt éditions de l'ouvrage se succèdent. Les traductions se multiplient. Et même les femmes le lisent, ce qui, à l'époque, est le signe du vent de la mode et du triomphe commercial. Chacun connaît la typologie des trois régimes politiques et les ressorts qui les commandent : la monarchie a pour principe l'honneur ; la république, la vertu ; et le despotisme, la crainte. Distincte des trois régimes, la séparation des trois pouvoirs — exécutif, législatif, judiciaire — lui apparaît comme essentielle et marque la supériorité du système de gouvernement anglais. Fermé au sens du divin et à toute métaphysique, Montesquieu est sincèrement attaché à la tolérance. « Il faut, écrit-il, que le pouvoir arrête le pouvoir. » A cet égard, il rejoint les vues de ses prédécesseurs ardemment catholiques, résolument conservateurs et pourtant, d'une certaine façon, libéraux, Fénelon et Saint-Simon. En mettant l'accent non sur un retour au pouvoir féodal, mais sur l'exaltation de la raison humaine. C'est en ce sens qu'il est de son temps — et du nôtre.

Il annonce Hegel et Max Weber. Il n'est pas loin d'annoncer Tocqueville. Par sa conception des lois conditionnées à la fois par la géographie et l'histoire, il annonce Braudel.

Au dogmatisme du théoricien politique qui conçoit d'avance son système — « J'ai posé les principes et j'ai vu les cas particuliers s'y plier comme d'eux-mêmes... » — s'oppose sans cesse chez lui le recours à la méthode des sciences expérimentales. « Les lois, écrit-il, sont des rapports nécessaires qui dérivent de la nature des choses. » On a pu mettre en question sa documentation et un esprit critique parfois déficient : il s'étonne qu'Hérodote et Thucydide parlent si peu des Romains, il accepte ce que dit Tite-Live comme parole d'Évangile et il ne s'étonne pas de voir les Huns franchir le Bosphore cimmérien sur une croûte formée par le limon d'un fleuve. Mais, avec toutes ses limites, l'esprit scientifique ne cesse jamais de l'animer, en même temps qu'une tolérance toujours servie par l'ironie : « Les nègres ont le nez si écrasé qu'il est presque impossible de les plaindre... »

Au confluent de la littérature, de la culture juridique et de la science expérimentale, étranger à toute théologie et à toute transcendance, moins religieux encore que les athées qui au moins s'occupent de Dieu, ne serait-ce que pour le nier, philosophe du cours des choses et de la marche du temps, héritier à la fois de Bossuet et des libertins, aristocrate et moraliste politique, Montesquieu reste un grand nom de la pensée historique et sociale : « Je puis dire que j'y ai passé ma vie. Au sortir du collège, on me mit dans les mains des livres de droit ; j'en ai cherché l'esprit. » Voltaire pourra bien se moquer, murmurant qu'il avait fait « de l'esprit sur les lois ». Avec toutes ses faiblesses, *L'Esprit des lois* portait l'avenir.

Les pensées de Montesquieu, réunies sous le titre *Mes cahiers*, sont brillantes. Il indique que l'essence de la littérature consiste à sauter les idées intermédiaires. C'est une vue moderne et profonde. On lui a reproché de ne pas savoir composer et on s'est beaucoup gaussé du chapitre XV du livre VIII de *L'Esprit des lois* qui est en effet assez court : « Je ne pourrai me faire entendre que lorsqu'on aura lu les quatre chapitres suivants. » Cette allure familière, négligente, spontanée, et en vérité pince-sans-rire, se combine avec des convictions étonnamment modernes : « Je suis homme avant d'être français », ou : « Si je savais quelque chose qui me fût utile et qui fût préjudiciable à l'Europe et au genre humain, je le regarderais comme un crime. » On dirait une réponse à Jean-Marie Le Pen.

VOLTAIRE

(1694-1778)

Un journaliste de génie

Voltaire vit vieux et il couvre tout son siècle. Son père, homme d'affaires du duc de Saint-Simon et du duc de Richelieu, avait connu Corneille et Boileau. Lui-même aurait pu, enfant, croiser les chemins de La Fontaine ou de Racine, il aurait pu, vieillard, rencontrer Chateaubriand enfant. Il court de Bourdaloue à Marat. Son domaine est immense dans l'espace comme dans le temps. Parce qu'il est d'une intelligence merveilleuse et qu'il est partout à la fois, Voltaire est un journaliste de génie. Il touche à tous les genres, et toujours avec succès. Il est dramaturge et historien, philosophe et romancier. Il écrit aussi des vers. Il est tout – sauf poète.

Le jeune Arouet sort d'une bourgeoisie aisée et sévère derrière laquelle se dissimule une bourgeoisie libertine. Son parrain, l'abbé de Chateauneuf, le présente à Ninon de Lenclos, qui a quelque chose comme quatre-vingt-dix ans. Le jeune homme plaît tellement à la vieille courtisane qu'à défaut de le mettre dans son lit elle le couche sur son testament pour la somme de mille francs. Voltaire, comme tout le monde, fait de brillantes études chez les jésuites du collège Louis-le-Grand qui ne mettent pas longtemps à découvrir que leur jeune élève est « dévoré de la soif de la célébrité ». Il se distingue en latin, se refuse à faire du droit, choisit la littérature, et son père est sur le point de le faire déporter en Amérique pour lui mettre un peu de plomb dans la tête.

Le garnement est si amusant que la haute société en fait ses choux gras et se dispute sa présence. Il devient le bouffon de la Régence. Les deux Vendôme – le duc et le grand prieur, tous deux de sang royal puisqu'ils descendent d'Henri IV et de Gabrielle d'Estrées – l'invitent aux soupers galants du Temple, de sulfureuse mémoire. Il fréquente la cour de Sceaux où règne la duchesse du Maine. Le jeune Arouet trousse des vers un peu hardis. Il est exilé à Sully-sur-Loire, avant d'être enfermé quelques mois à la Bastille. C'est vers cette époque-là qu'il adopte le nom de Voltaire, double jeu de mots et de lettres, anagramme de AROUET L(e) J(eune) ou inversion des deux syllabes d'Airvault, le pays de ses ancêtres roturiers du Poitou. Il en fait trop, décidément. Il est trop brillant et il tient trop de place. Il se prend de querelle avec un Rohan. On le renvoie une nouvelle fois à la Bastille pour quelques jours et on l'exile en Angleterre. Fin de la première partie.

Il passe trois ans en Angleterre, « l'île de la raison », qui lui apprend le libéralisme et lui inspire ses *Lettres philosophiques*. Quand il revient en France, c'est une avalanche de succès. Il avait déjà écrit une tragé-

die qui s'appelait *Œdipe*. Voici *Zaïre*, *Mahomet*, *Mérope*
ou *Tancrède*. Autant de triomphes, aujourd'hui à peu
près illisibles. Voici *La Henriade*, épopée en dix chants,
presque ridicule. Le brillant, en littérature, est souvent
mauvais signe et trop de dons nuisent plutôt. Mais ce
diable d'homme est si curieux de tout et si intelligent
qu'il élargit de plus en plus ses recherches historiques :
son *Histoire de Charles XII* nous présente un roi ; son
Siècle de Louis XIV nous présentera une époque et une
société ; et son *Essai sur les mœurs et l'esprit des nations*,
l'humanité entière.

A son retour d'Angleterre, Voltaire ne se
contente pas d'accumuler les succès et ce qui deviendra une grande fortune. Il rencontre aussi l'amour en
la personne de Mme du Châtelet. La « divine Émilie » était une femme passionnée et savante. Sa liaison
avec Voltaire durera jusqu'à sa mort, treize ans plus
tard. Elle possédait non seulement des connaissances
et des dons, mais un château à Cirey, entre Champagne et Lorraine. C'était commode pour un homme
que ses *Lettres philosophiques* avaient rendu suspect.
Cirey sert d'asile à Voltaire pendant une dizaine
d'années. Il y travaille d'arrache-pied. Physique,
chimie, astronomie, histoire, tragédies, et *Le Mondain*,
qui fait scandale. On le voit à Bruxelles, à Berlin, à
Paris, où il est élu à l'Académie, à Sceaux de nouveau, c'est un tourbillon, et même à Versailles, où,
rentré soudain en grâce, il crée le *Temple de la gloire* et
où – héritier imprévu de Boileau et de Racine – il est
nommé historiographe du roi, quand, tout à coup, sa
vie se complique encore.

Comédie et tragédie. Voltaire devient l'amant de

sa propre nièce, une veuve légère, Mme Denis. Cette liaison nouvelle ne l'empêche pas de rester très intime avec Mme du Châtelet. Mais Mme du Châtelet devient la maîtresse du philosophe Saint-Lambert et Voltaire les surprend dans les bras l'un de l'autre. Bientôt, la divine Émilie accouche d'une fille dont le père officiel est M. du Châtelet. Voltaire répand la nouvelle en ricanant, mais, quelques jours plus tard, Mme du Châtelet meurt. Et Voltaire tombe évanoui. Sensation. Émotion. Le turlupin a un cœur. Fin de la deuxième partie.

Avec Diderot, d'Alembert ou Rousseau, une nouvelle génération montre le bout de son nez. L'époque devient difficile. Les pièces de Voltaire sont moins bien reçues. Le frétillant jeune homme prend un coup de vieux. Quand Frédéric II de Prusse, le « Salomon du Nord », lui promet monts et merveilles, il se laisse tenter. « Cent cinquante mille soldats victorieux, point de procureurs, opéra, comédie, philosophie, poésie, un héros philosophe et poète, grandeur et grâces, grenadiers et muses, trompettes et violons, repas de Platon, société et liberté ! Qui le croirait ? » Il le croit un moment. Très vite les choses se gâtent. Quelques mois plus tard : « Opéras, comédies, carrousels, soupers à Sans-Souci, manœuvres de guerre, concerts, études, lectures ; mais... mais... le temps commence à se mettre au beau froid. » Voltaire s'aperçoit qu'il est plutôt le bouffon que le conseiller du prince. Bientôt, c'est le mot fameux : « On presse l'orange, et on jette l'écorce. » Voltaire a le « cul entre deux rois ». Fin de la troisième partie.

Après les feux de la jeunesse et les leçons de

l'Angleterre, après l'exil lorrain et la liaison avec Mme du Châtelet, après l'expérience des cours et l'illusion prussienne, la quatrième et dernière partie s'ouvre sous des auspices assez sombres. Elle sera éclatante. Voltaire passe d'abord quelques mois en Alsace où l'accueille notamment un savant bénédictin du nom de dom Calmet. Et puis il part pour la Suisse. Il s'installe à Lausanne, et ensuite aux Délices, dans la banlieue de Genève, où il se jette dans les batailles des philosophes et des encyclopédistes. Ce n'est encore qu'une étape avant l'établissement définitif à Ferney, dans le canton français de Gex, mais à deux pas de Genève et de la Suisse, terre d'asile malcommode et pourtant de refuge.

Voltaire, en ce temps-là, a déjà publié quelques-uns des chefs-d'œuvre qui le feront survivre plus sûrement que *La Henriade*, que *Mérope*, que *Zaïre*. Il a écrit *Zadig*, qui se situe quelque part entre *Les Mille et Une Nuits* et le roman policier. Il a écrit *Micromégas*, dans l'esprit de Swift et des *Voyages de Gulliver*. Et il écrit *Candide*, son chef-d'œuvre, où il se moque de Leibniz et de son optimisme. Un chef-d'œuvre de drôlerie et de simplicité qui a défié les siècles et qui nous semble toujours aussi neuf que s'il avait été écrit d'hier. Et encore *L'Ingénu*. Il ne fait pas grand cas de ces exercices de style, de ces contes pour grandes personnes : « Je serais très fâché de passer pour l'auteur de *Zadig*. » Et tous ces petits ouvrages, amusants à mourir et étincelants d'esprit, il les appelle : « mes coÿonnades ».

Ce sont ces *coÿonnades*, d'une vitesse, d'un entrain, d'une malice incomparables, que nous lisons encore aujourd'hui avec beaucoup de plaisir. Leur philosophie est facile. Mais leur vivacité ironique et charmante n'a pas pris une seule ride. Voltaire ne se contente pas de ces succès légers. Il se bat pour Calas, pour Lally-Tollendal, pour Sirven, pour le chevalier de La Barre. Il est un intellectuel au sens moderne du mot. Il est quelque chose comme la conscience de son temps. Il correspond surtout avec tout ce qui compte à son époque.

Pleine de trouvailles et de drôlerie, d'informations sur son temps, d'allégresse et de naturel, la *Correspondance* inépuisable de Voltaire prend place sans aucune peine parmi ses œuvres majeures. Il écrit à tout le monde, aux duchesses, aux artistes, aux comédiennes, aux ministres, et au prince de Ligne. Et le prince de Ligne lui répond : « Mon cher Voltaire, votre lettre m'a fait autant de plaisir qu'une lettre de change ; et ce n'est pas peu dire, car j'aime beaucoup l'argent. » Voltaire amuse et se bat. Il devient « le Patriarche », « l'Aubergiste de l'Europe ». Sa réputation grandit. Louis XV, vieillissant, demande un jour, excédé : « Ne fera-t-on pas taire cet homme-là ? » Voltaire à Ferney, c'est, selon le mot d'un critique, « la retraite frénétique ».

A quatre-vingt-quatre ans, Voltaire rentre à Paris. Il assiste à la représentation triomphale de sa dernière tragédie, ni pire ni meilleure que les autres, *Irène*, il voit son buste couronné sur la scène dans un enthousiasme indescriptible, et il meurt. En 1791, il entrera au Panthéon.

C'était un réactionnaire. On l'a longtemps cru de gauche parce qu'il attaquait l'Église. Ses lettres se

terminaient par la formule : « Écr. l'inf. », c'est-à-
dire : « Écrasez l'infâme. » « L'infâme », c'est les
jésuites, c'est l'intolérance, c'est l'Église catholique. Il
a suffi que l'Église cesse d'être marquée trop à droite
pour que les yeux de l'histoire s'ouvrent et que Voltaire apparaisse pour ce qu'il était en vérité : un bourgeois triomphant, à qui un talent étourdissant avait
permis de faire fortune dans les lettres, et de faire fortune tout court. Il écrivait : « Il est à propos que le
peuple soit guidé et non pas qu'il soit instruit. »

Il était drôle, charmant, jamais ennuyeux, un
peu court. Parfois même émouvant. Il faut lire dans
son *Traité sur la tolérance* la belle « Prière à Dieu » où la
passion se mêle à l'ironie. Il lui arrivait de voir loin.
Le 2 avril 1764, il écrivait au marquis de Chauvelin :
« Tout ce que je vois jette les semences d'une révolution qui arrivera immanquablement et dont je n'aurai
pas le plaisir d'être le témoin [...]. La lumière s'est tellement répandue de proche en proche qu'on éclatera
à la première occasion ; et alors, ce sera un beau
tapage. Les jeunes gens sont très heureux ; ils verront
de belles choses. » S'il avait vécu encore plus vieux,
ou s'il était né plus tard, il aurait été adulé en 1789 et
guillotiné en 1793. Mais, malin comme il était, il
n'aurait pas, lui, le grand homme, raté sa fuite à
Varennes. On l'aurait vu, toujours subtil, à Mayence
ou à Londres. D'ailleurs, il est mort à temps pour
reposer au Panthéon.

C'était un bon historien du passé et de l'avenir,
un philosophe aimable, un fameux financier, un
conteur sans égal, un délicieux correspondant. Le
génie poétique ne l'avait pas touché de son aile.
C'était un journaliste de génie.

DIDEROT

(1713-1784)

Le goût du désordre

Il n'y a pas plus intelligent que Diderot. Ni plus désordonné. Son œuvre la plus célèbre, *Le Neveu de Rameau*, montre l'auteur en conversation avec un bohème subtil, agité et cynique. Diderot est autant dans son interlocuteur que dans le personnage qui dit *je* et qui est censé le représenter.

Ses origines relèvent d'une configuration romanesque très classique. Il naît à Langres d'un père coutelier qui jouit d'une certaine aisance. A la naissance de Diderot, Montesquieu est déjà un homme. Voltaire, un jeune homme. Et Rousseau, son quasi-contemporain, un nourrisson. Le jeune Denis a un oncle chanoine. Pourquoi ne lui succéderait-il pas? Le frère de Denis sera prêtre. Une de ses sœurs sera religieuse, et elle mourra folle. Denis fait ses études chez les jésuites de Langres et reçoit la tonsure, au moins « par provision », avant de partir pour Paris. Il semble qu'il entre au collège d'Harcourt, c'est-à-dire à Saint-Louis, et que, clerc de procureur et précepteur pour vivre, il mène ensuite, pendant quelques années, une vie de bohème un peu obscur. A trente ans, malgré une interdiction paternelle, il épouse une lingère, fille de lingère : Antoinette Champion. Ils auront trois enfants qui mourront tous en bas âge. Le dernier, accident presque insignifiant selon les critères de l'époque, la femme qui le portait sur les fonts baptismaux le laisse tomber sur les marches de l'église. Quelques années plus tard naît un quatrième enfant, Angélique. C'est pour lui constituer une dot que Diderot vendra sa bibliothèque à Catherine II de Russie.

Deux ans plus tard – nous sommes déjà presque au milieu du siècle, au temps de la bataille de Fontenoy (1745) et de l'ascension de Mme de Pompadour –, le libraire Lebreton propose à Diderot de traduire et de compléter l'*Encyclopédie* anglaise de Chambers. C'est le début d'une formidable aventure. L'*Encyclopédie* fait le tour, l'étymologie l'indique, des connaissances nécessaires à une éducation. Bientôt, Diderot déborde largement le texte de Chambers. Il rencontre d'Alembert, un mathématicien doué, fils de Mme de Tencin et du chevalier Destouches, abandonné à sa naissance sur les marches de la chapelle Saint-Jean-Le-Rond. A eux deux, entourés de Montesquieu, de Voltaire, de Buffon, de Turgot, de Condillac, de tant d'autres, ils abattront un travail prodigieux et répandront dans le public des idées fortes et nouvelles, qui iront loin et prépareront le climat intellectuel de la Révolution. Avec ses dix-sept volumes et ses huit volumes de planches, avec ses soixante mille articles, avec ses quatre mille souscripteurs, l'*Encyclopédie* constituera une machine de guerre formidable et incarnera le Siècle des lumières.

L'activité enthousiaste de Diderot et la diffusion, un peu désordonnée, de ses idées matérialistes inquiétèrent vite les autorités. Il est dénoncé au lieutenant de police Berryer comme un « homme très dangereux ». Il finira par être emprisonné à Vincennes où un jeune philosophe vient lui rendre visite : c'est Jean-Jacques Rousseau. Sur le chemin de Vincennes, Rousseau tombe sur *Le Mercure de France* qui annonce que l'académie de Dijon met au concours la question suivante : « Si le rétablissement des sciences et des arts a contribué à épurer les mœurs. » Un trouble intellectuel et quasi mystique, dont il fera part à son ami prisonnier, s'empare du jeune philosophe : c'est « l'illumination de Vincennes ». Elle est à l'origine du *Discours sur les sciences et les arts* de Rousseau, sans qu'on sache exactement la part de Diderot dans ce coup de foudre intellectuel. Plus d'une fois l'*Encyclopédie* est menacée par le pouvoir et par le Parlement. La protection de Mme de Pompadour et l'appui de Malesherbes, directeur de la Librairie, libéral convaincu, adversaire de l'absolutisme, futur défenseur de Louis XVI, lui permettent de se développer.

Encyclopédiste, érudit, spécialiste de l'universel, Diderot est aussi homme de théâtre, critique d'art et romancier. C'est le théâtre qui a le plus vieilli chez Diderot. *Le Père de famille* ou *Le Fils naturel* appartiennent au genre larmoyant et ne valent pas beaucoup mieux que les pièces oubliées de La Chaussée. Quand Diderot, au lieu d'écrire du théâtre, écrit sur le théâtre, il redevient vif et excitant : le *Paradoxe sur le comédien*, qui – paradoxalement – réduit le rôle de la sensibilité au théâtre, est contestable et passionnant.

Le critique d'art, chez Diderot, est égal au critique de théâtre et très supérieur au dramaturge. Ses *Salons*, qui privilégient le naturel et le pathétique, sont célèbres. Brunetière lui reproche son incompétence en matière d'art. Il n'en est pas moins le père, plein de verve et de liberté, d'un genre jusqu'alors inconnu : il est le premier, non pas à parler des tableaux, mais à en parler avec autant de constance et d'éclat. Il ne fonde ni la critique dramatique ni la critique d'art. Mais il leur donne une profondeur et une vie exceptionnelles.

Si Diderot est si actuel, s'il est si moderne, c'est parce qu'il est d'abord et avant tout romancier et philosophe. Porté à la scène par Pierre Fresnay avec grand succès, *Le Neveu de Rameau* est un dialogue décousu, plein de mouvement et génial. Son histoire est curieuse. Il n'a été connu en France qu'au siècle dernier, à travers la traduction française d'une traduction allemande, due à Goethe. Le manuscrit original n'a été retrouvé qu'en 1891 chez un bouquiniste. Le neveu de l'auteur des *Indes galantes* a vraiment existé et Diderot l'avait rencontré. Il est transformé, dans le dialogue, en un personnage amoral, ennemi de toute société, qui n'en finit pas de lancer des pétards et des fusées qui font un beau feu d'artifice.

Jacques le Fataliste, qui présente déjà des traits du *Figaro* de Beaumarchais, est plus brouillon encore que *Le Neveu de Rameau*. C'est un tohu-bohu d'anecdotes qui s'enchaînent et se télescopent. Une de ces

anecdotes est restée célèbre parce qu'elle annonce
de loin *Les Liaisons dangereuses* et parce qu'elle a
donné naissance au film de Robert Bresson et de
Jean Cocteau : *Les Dames du bois de Boulogne*, où
figure la formule fameuse : « Il n'y a pas d'amour, il
n'y a que des preuves d'amour. » Abandonnée par
son amant, le marquis des Arcis, et impatiente de se
venger, Mme de La Pommeraye s'arrange pour lui
faire épouser une jeune prostituée. La fin du conte
rejoint la veine larmoyante du théâtre de Diderot.
Détrompé, le marquis pardonne à sa jeune femme
qui est tombée amoureuse de lui.

Diderot, lui, a encore le temps, non seulement
d'écrire *La Religieuse*, récit sentimental et antireligieux
qui lui arrachait des larmes – « Je me désole, disait-il,
d'un conte que je me fais » –, *Le Rêve de d'Alembert* ou
le *Supplément au voyage de Bougainville*, mais de tomber
amoureux d'une jeune personne : Sophie Volland.
C'est une chance. Il lui envoie des lettres merveilleuses où il parle de tout, saute d'une idée à l'autre et
vagabonde dans l'histoire et dans la nature.

Tout est vif, chez Diderot. Tout pétarade.
Tout s'en va dans tous les sens. On ne s'ennuie
jamais avec lui. S'il est grand, aujourd'hui, c'est
d'abord parce que son matérialisme est très en
avance sur son temps. Quarante ans avant
Lamarck, soixante ans avant Darwin, il annonce
déjà le transformisme : « Les organes produisent les
besoins, et, réciproquement, les besoins produisent
les organes. » Ou encore cette vision géniale et si
incroyablement neuve : « Tous les êtres circulent les
uns dans les autres [...]. Tout est en un flux perpé-

tuel [...]. Tout animal est plus ou moins homme ;
tout minéral est plus ou moins plante, toute plante
est plus ou moins animal [...]. Il n'y a qu'un seul
individu, c'est le tout. Naître, vivre et passer, c'est
changer de forme. » Qui dit mieux ?

LE ROMANTISME

(1801-1889)

L'irruption de la météo dans la littérature

Le romantisme, c'est une affaire entendue, est annoncé par Rousseau qui se promène au coucher du soleil et qui verse des torrents de larmes, l'Être suprême toujours là dans un coin de son cœur. Il avait d'autres précurseurs, un peu plus loin dans le temps. Maynard ou Saint-Amant, nous l'avons vu, ont déjà des accents où perce le romantisme. Saint Jean Baptiste de génie, Corneille avait pavé ses voies avec un vers sans hémistiche :

Toujours aimer, toujours souffrir, toujours mourir.

Mme de Sévigné le caresse du bout des doigts quand elle demande avec fraîcheur et avec naïveté : « Savez-vous ce que c'est que faner ?... » La Fontaine le vit avant la lettre dans les champs et les bois. Il monte sur la scène et l'occupe tout entière, jouez musettes, résonnez trompettes, avec Chateaubriand qui, selon la formule de Théophile Gautier, rouvre la grande nature fermée, restaure la cathédrale gothique et invente la mélancolie moderne. Il pousse des soupirs avec Lamartine, des rugissements avec Hugo. Il brille et se transforme avec Stendhal, avec Balzac, avec Mérimée, avec Flaubert. Il expire avec Baudelaire dans la contemplation des charognes et avec Villiers de L'Isle-Adam qui est le dernier des romantiques et dont personne ne sait rien. On peut, si vous voulez, mais libre à vous de refuser et de pousser les hauts cris, faire courir le romantisme de la publication d'*Atala* (1801) à la mort de Hugo (1885) ou à celle de Villiers (1889).

Il se développe surtout parce que l'Empire s'écroule. Le Siècle des lumières s'établit en réaction contre l'absolutisme du Roi-Soleil. Le romantisme s'installe parce que l'aventure a pris fin dans la plaine de Waterloo. L'Empereur est tombé. Que faire? On s'ennuie à périr. Personne ne raconte mieux ce qui se passe alors dans les cœurs qu'un auteur souvent décrié : Alfred de Musset, dans les premières pages d'un livre ardent et enchanteur, *La Confession d'un enfant du siècle*.

On s'ennuie. On est triste. On n'a plus rien à faire. On presse les pieds des femmes sous la table chez Musset, on prend la main d'une femme pour passer le temps chez Stendhal, et pour montrer qu'on est un homme.

L'amour a cessé pour longtemps d'être un plaisir. C'est une douleur. C'est une croix. Et ça ne marche jamais. L'amour romantique est taciturne et toujours menacé. Chateaubriand aime Lucile – mais Lucile est sa sœur. Et puis, il aime Charlotte – mais il oublie qu'il est marié. Tout va bien avec Pauline mais elle est en train de mourir. Elvire est déjà morte quand le pauvre Lamartine l'attend en vain au bord du lac. Musset et George Sand poussent des cris de bêtes blessées sur les bords du Grand Canal. Le XVIIIe était le siècle des plaisirs de l'amour. Le romantisme sera le siècle de la passion malheureuse. De Pauline de Beaumont à la Dame aux camélias, la tuberculose fait des ravages. Né, dans les cœurs, avec *Les Souffrances du jeune Werther*, le règne du romantisme coïncide, dans les corps, avec les souffrances des poitrinaires. L'extrême fin du romantisme, déjà en train de se changer en autre chose, c'est quand Verlaine, à Bruxelles, tire deux balles sur Rimbaud. Tout cela sort de René qui est triste à mourir et qui porte son cœur en écharpe. Au point que Chateaubriand, qui était si intelligent, finit par s'en agacer et change son prénom en Auguste.

Ce n'est pas l'amour seulement qui prend des teintes sinistres. Il y a un destin des hommes et il est malheureux. La gloire domine le XVIIe siècle et le plaisir le XVIIIe. Le XIXe est chagrin et grimace de douleur. Le romantique ne se tient pas aussi bien que le classique qui finit sa trajectoire en montant à l'échafaud un bon mot à la bouche et le sourire aux lèvres. Le romantique a moins de pudeur : il passe son temps à crier et à montrer ses plaies. Il est la proie de forces qui semblent le dépasser et qui lui font perdre ses esprits :

Monts d'Aragon ! Galice ! Estramadour !
Oh ! je porte malheur à tout ce qui m'entoure !
[...]

Oh ! par pitié pour toi, fuis ! Tu me crois peut-être
Un homme comme sont tous les autres, un être
Intelligent, qui court droit au but qu'il rêva.
Détrompe-toi. Je suis une force qui va !
Agent aveugle et sourd de mystères funèbres !
Une âme de malheur faite avec des ténèbres !

Ces chagrins-là nous mèneront jusqu'au spleen de Baudelaire et de Mme Bovary. Pascal et Bossuet parlaient déjà de l'ennui qui ronge le cœur de l'homme sans Dieu.

Heureusement, il y a autre chose. Il y a la nature. La nature est là. Elle t'attend et elle t'aime. La mer, les lacs, les étangs, les forêts, le soleil aussi, et la lune, les tempêtes, les orages jouent dans le romantisme un rôle démesuré. « Levez-vous, ô vents orageux d'Erin... » « Levez-vous vite, orages désirés !... »

Quand la feuille des bois tombe dans la prairie,
Le vent du soir s'élève et l'arrache aux vallons ;
Et moi, je suis semblable à la feuille flétrie.
Emportez-moi comme elle, orageux aquilons !

Le romantisme, c'est l'irruption de la météo dans la littérature. Chaque poème est un bulletin. Le mauvais temps sévit. Le vent du Nord souffle assez fort. C'est une littérature de plein air après une littérature de salon. Elle nous mènera des forêts d'Amérique aux rivages du Nil et des lacs de Savoie à tous les voyages en Orient. On finira avec Flaubert par les grèves et par les champs et dans les bras de Kuchuk-Hanem, courtisane du désert.

Le romantisme n'est pas un désert : c'est une conspiration de camarades. A cet égard, il n'innove pas. Les Français ont toujours aimé à se retrouver pour parler ensemble de ce qui les intéressait. Le classicisme s'incarne dans la réunion des quatre amis de 1660. Les encyclopédistes constituent une société de savants et de philosophes. Le surréalisme sera d'abord un groupe. Les romantiques se retrouvent à l'Arsenal dont le bibliothécaire est Charles Nodier. Il a une fille, Marie, qui est l'inconnue la plus célèbre et la plus remarquable distraite de la littérature française. C'est elle, sans doute, qui inspire à Arvers son fameux sonnet :

Mon âme a son secret, ma vie a son mystère,
Un amour éternel en un moment conçu.
Le mal est sans espoir, aussi j'ai dû le taire
Et celle qui l'a fait n'en a jamais rien su.
[...]

Elle dira, lisant ces vers tout remplis d'elle :
Quelle est donc cette femme ? Et ne comprendra pas.

Autour d'elle et de son père bavardent et complotent Hugo, le patron, Lamartine, Vigny, Sainte-Beuve, Gautier, Delacroix, Sand, Balzac, Dumas, Delphine Gay et un page éblouissant, beau comme un dieu, prince de la jeunesse : Alfred de Musset. On parle d'amour et de politique et on récite des poèmes. On brocarde les classiques qui sont bêtes et chauves. On piétine Boileau et les trois unités. On met un bonnet rouge sur le vieux dictionnaire. On s'attaque à la rhétorique tout en respectant la syntaxe, dont le tour ne viendra que plus tard, au siècle suivant. On joue avec les pieds, les rimes, les hémistiches. On disloque le vers. On cultive le rejet et l'escalier – dérobé. La fantaisie, la gaieté, la mélancolie, le talent, le génie coulent à flots. Sans abandonner l'Arsenal, le Cénacle se déplace vers la rue Notre-Dame-des-Champs où se sont installés les Hugo. C'est là que se préparera avec Dumas, Mérimée, Nerval, Gautier et les autres l'Austerlitz en gilet rouge du romantisme militant : la bataille d'*Hernani*.

Le romantisme, peu à peu, prend des couleurs politiques. Il naît dans le christianisme. Il passe au libéralisme avec Lamartine et Michelet. Il finit, grâce à Hugo, pour des motifs personnels autant qu'idéologiques, dans l'opposition au régime impérial. Avant de virer à gauche, le romantisme est catholique et de droite. Avec Chateaubriand, évidemment, avec Lamartine, avec Lamennais et Lacordaire, avec Hugo lui-même, alors conservateur, monarchiste, catholique, il est porté en liesse sur les fonts baptismaux. Aux débuts des temps nouveaux, Mme de Staël oppose la poésie classique liée au paganisme et la poésie chrétienne et romantique des Allemands. Elle qui est si intelligente dit à ce propos des choses plutôt embrouillées, et même franchement stupides. « Il y a dans les poèmes épiques et dans les tragédies des anciens un génie de simplicité [...]. L'homme, réfléchissant peu (*sic*), portait toujours l'action de son âme au-dehors, la conscience elle-même était figurée par des objets extérieurs et les flambeaux des Furies secouaient des remords sur la tête des coupables. L'événement était tout dans l'Antiquité ; le caractère tient plus de place dans les temps modernes. » Cette bouillie pour les chats signifie probablement que Platon et Eschyle, en bons païens, n'étaient pas très intelligents et que les romantiques chrétiens mènent une vie intérieure.

Catholique ou panthéiste, conservatrice ou libérale, cette vie intérieure s'exprime dans la passion, dans une sensibilité exacerbée, dans un moi débordant. Le moi, pour les romantiques, est loin d'être haïssable. Son exaltation est multiforme. Tantôt il se referme sur lui-même, le soir, dans un vallon ; tantôt, écho sonore, reflet, âme de cristal, il se confond avec les autres et avec l'univers :

> *Ah ! insensé qui crois que je ne suis pas toi...*

Évoluant entre le repli et l'ouverture au monde, le romantisme oscille aussi entre le rattachement aux origines nationales et populaires et un élargissement à l'universel. Il fait revivre le Moyen Age, la cathédrale gothique, les traditions évanouies. Dans tous les sens du mot, il est une cloche qui résonne. Et il vibre à l'unisson de toutes les souffrances et de tous les enthousiasmes :

> *Mon âme aux mille voix, que le Dieu que j'adore*
> *Mit au centre de tout comme un écho sonore.*

L'exaltation du moi, la passion, la nature, la mélancolie et le chagrin, le souvenir et l'espérance, le mot surtout, en lui-même et pour lui-même,

> *— Car le mot, qu'on le sache, est un être vivant*
> [...]
> *Car le mot, c'est le verbe et le verbe, c'est Dieu —,*

le rêve et l'imagination : plus qu'un système, le romantisme est une ardeur, qui se change parfois en abattement. On commence à se détourner du monde ancien qu'on avait si longtemps admiré et suivi. On attend autre chose : de l'inconnu, du nouveau. Cette attente-là n'en finira plus. Jusqu'à Baudelaire, jusqu'à Rimbaud, et au-delà.

Comme le classicisme qu'il combat, le romantisme est d'abord une conjonction de talents et de génies. Il prend les masques les plus différents : c'est les soirs d'été pour Lamartine, le pessimisme pour Vigny, une virtuosité époustouflante et universelle pour Hugo, la fantaisie pour Musset, l'énergie pour Stendhal, l'imagination visionnaire pour Balzac.

Le classicisme est français avant de s'étendre sur l'Europe. Le romantisme est allemand, anglais, écossais, européen avant de se faire français. Les fantômes l'envahissent. Il est peuplé de tombeaux. On se porte des toasts funèbres dans les églises de campagne ou au fond des forêts agitées par la tempête. On parle beaucoup de se tuer – mais seul Nerval se pend. Dans sa lutte contre les classiques, le romantisme échoue à effacer le passé. Mais, jusqu'à Barrès et Aragon, il réussit à conquérir l'avenir. Comme avant, plus qu'avant, nous admirons les classiques. Et nous sommes tous des romantiques.

CHATEAUBRIAND

(1768-1848)

Un épicurien
à l'imagination catholique

Chateaubriand est à cheval sur deux siècles, et en vérité sur deux mondes : le XVIIIe et le XIXe, le libertinage et la passion, l'âge des lumières et le romantisme. Il a vingt-cinq ans quand éclate la Terreur. Stendhal a dix ans et Lamartine trois ans. Vigny n'est pas encore né. Hugo non plus, bien sûr. La révolution romantique sera entreprise par un conservateur d'Ancien Régime, fidèle à la monarchie légitime et à la religion catholique, attaché à la tradition. Ce n'est pas le seul paradoxe d'un écrivain dominé par la contradiction. Il fera profession de mépriser les honneurs, et il les recherchera, et les obtiendra, toute sa vie. Il sera à la fois un défenseur véhément de la liberté de la presse et un *ultra* convaincu. Il sera un chrétien authentique, un catholique soumis, et l'adultère et les femmes tiendront dans son existence une place considérable. Au point qu'un critique sans indulgence, Henri Guillemin, a pu le taxer d'hypo-

crisie. Je crois que les choses étaient plus compliquées
– ou peut-être plus simples : la foi de Chateaubriand
était sincère et forte *et* il aimait les femmes à la folie.
Sainte-Beuve a une bonne formule : « C'était un épicurien qui avait l'imagination catholique. »

L'affaire commence avec Rousseau. Ennemi de
Voltaire et des philosophes, Rousseau, avec les *Rêveries
d'un promeneur solitaire*, avec la *Profession de foi d'un vicaire
savoyard*, avec toute son œuvre, introduit dans la pensée et les lettres un frisson nouveau. Rousseau a deux
fils, l'un de gauche, l'autre de droite : Robespierre et
Chateaubriand. Robespierre tire les conséquences du
Discours sur l'inégalité, impose le culte de l'Être suprême
et fait la Révolution ; Chateaubriand invente le
romantisme qui frémit déjà dans les pages des *Rêveries*
ou des *Confessions* et il donne naissance à une postérité
innombrable. A dix-sept ou dix-huit ans, Lamartine,
qu'il appellera plus tard le « grand dadais », grimpe
dans les arbres pour essayer de l'apercevoir à la Vallée-aux-Loups. Hugo écrit dans son cahier d'écolier :
« Être Chateaubriand ou rien. » Les grands historiens
du XIXᵉ siècle se réclament de lui. Stendhal le déteste,
mais Barrès et Aragon, l'un de droite, de nouveau, et
l'autre de gauche, le lisent toujours avec profit et avec
admiration.

Tout au long de son existence, sans jamais cesser
de s'adonner à la littérature – « Je suis, dira-t-il, une
machine à faire des livres » –, il s'intéressera à la politique et il s'intéressera aux femmes. Dans la première
partie de sa carrière, il devra aux femmes les postes
qu'il occupera ; dans la seconde, il devra les femmes
aux postes qu'il occupera.

La politique le poursuit avant qu'il ne la poursuive à son tour. Après une enfance bretonne à Saint-Malo, rue des Juifs, et au château de Combourg, entré, grâce à ses soins, dans l'immortalité, la Révolution le chasse par trois fois de son pays et l'envoie au loin. En Amérique d'abord, où il se propose, comme tant d'explorateurs et de navigateurs, de découvrir le fameux passage maritime du Nord-Ouest et où, rêve ou réalité, il se contente de se promener, réservoir inépuisable d'images neuves et de songes, du Niagara aux rivages des grands fleuves. A-t-il rencontré Washington ? Il assure que oui. Des historiens disent que non. Déjà la fiction et la réalité – *Dichtung und Wahrheit*, selon les mots de Goethe – se mêlent autour de lui, inextricablement. Pendant qu'il se fuit lui-même dans les forêts d'Amérique, la fuite de Louis XVI trouve son terme à Varennes.

Du coup, rentré en France, la Révolution à nouveau le chasse dans l'émigration. L'expérience est cruelle. Il est blessé, ce qui n'est rien, sauf qu'il manque de mourir. Il s'interroge surtout sur ce qu'il appelle lui-même, toujours en marge de son propre camp, les « héros de la domesticité ». Il part, une troisième fois, et cette fois pour l'Angleterre où il connaîtra la misère, matérielle et morale, et où il apprendra, coup sur coup, la mort du roi, la mort sur l'échafaud de plusieurs membres de sa famille et la mort de sa mère.

C'est un choc terrible pour l'exilé qui vient de publier, dans des conditions difficiles, un *Essai historique sur les révolutions* dont le destin sera de ne satisfaire personne : ni les royalistes émigrés, ni les partisans de la Révolution, ni, plus tard, l'auteur lui-même qui, à propos de Dieu, avait écrit à la main, sur son exemplaire de travail : « Au reste, personne n'y croit plus. » Et encore : « Il y a peut-être un Dieu, mais c'est le Dieu d'Épicure. » La douleur le rend à sa vraie vocation : « Je n'ai point cédé, j'en conviens, à de grandes lumières surnaturelles : ma conviction est sortie du cœur ; j'ai pleuré et j'ai cru. » C'est l'origine du *Génie du christianisme*.

Précédé d'*Atala*, lancé comme un ballon d'essai avant la sortie du grand œuvre, le *Génie du christianisme* est un coup de théâtre et d'autel. Et un succès prodigieux. Quelque chose comme la première du *Cid* ou la publication des *Méditations poétiques*. L'auteur, du jour au lendemain, est célèbre, fêté, porté aux nues.

Ce n'est pas que l'ouvrage soit au-dessus de toute critique. Il y a des formules un peu ridicules : Dieu y est présenté comme « le grand Solitaire de l'Univers, l'éternel Célibataire des Mondes ». Mme de Staël, qui avait feuilleté les épreuves, s'était écriée : « Ah ! mon Dieu ! notre pauvre Chateaubriand ! Cela va tomber à plat ! » Mais le livre sortait au bon moment : Bonaparte rouvrait les églises et assistait, entouré de Talleyrand, de Fouché, des généraux de vingt-cinq ans issus de la Révolution, à un *Te Deum* solennel à Notre-Dame de Paris.

Du coup, le génie est envoyé à Rome comme secrétaire d'ambassade. C'est le début d'une grande carrière diplomatique et politique. Le duc d'Enghien est exécuté. Le penseur catholique se brouille avec Napoléon après avoir servi Bonaparte. Il écrit contre l'Empereur un pamphlet assez vif : *De Buonaparte et des*

Bourbons. Quand les Bourbons reviennent, il croit son heure venue.

C'est une illusion. L'ennemi exécré valait, à beaucoup d'égards, mieux que les amis espérés. On l'envoie à Berlin, à Londres où, ambassadeur somptueux, il savoure sa revanche sur la misère passée, à Rome surtout, où il brille de tout son éclat. Il devient même ministre des Affaires étrangères et mène la guerre d'Espagne. Mais à aucun moment les relations ne seront étroites et confiantes entre les Bourbons et leur turbulent partisan. On finit par se demander s'il n'est pas heureux de leur chute : elle lui permet de sortir d'une situation impossible et d'afficher avec panache une fidélité de désastre à une dynastie qui ne l'a jamais aimé et qu'il a toujours méprisée.

Dans les interstices de cette carrière si brillante et si manquée, les femmes sont omniprésentes. La série s'ouvre, dès Combourg, avec Lucile, sa sœur. Une tendresse passionnée unit le frère et la sœur. Plus tard, dans un roman célèbre et aujourd'hui illisible qui porte le titre de *René* et qu'il finira par juger avec sévérité, Chateaubriand tourne autour du thème de l'inceste entre un frère et une sœur. Il n'y a pas eu inceste entre René et Lucile. Mais l'amour, dès l'origine, est frappé d'interdit. C'est l'acte de naissance de l'amour romantique.

La même situation se reproduit autrement dans l'Angleterre de l'exil. Une tendre et fraîche idylle se noue entre l'émigré et la jeune Charlotte Ives, fille du pasteur helléniste et ivrogne chez lequel il habite. La mère de Charlotte finit par offrir sa fille en mariage au jeune Français qui n'a pas d'autre ressource que de s'écrier : « Arrêtez ! je suis marié ! » Car, détail négligeable et un peu oublié, il s'était marié à son retour d'Amérique.

Apologie de la pureté et du mariage chrétiens, le *Génie du christianisme* avait été achevé dans le lit d'une jeune maîtresse irrésistible qu'il avait fauchée à son ami Joubert et qui s'appelait Pauline de Beaumont. Elle avait beaucoup contribué au succès de l'ouvrage et, quand le succès était venu, il l'avait plaquée pour Delphine de Custine, une jeune femme blonde au caractère difficile qu'il traitait tantôt de « Grognon », tantôt de « Princesse Sans-Espoir » et tantôt de « Reine des roses ». Ancêtre de tant de phtisiques jusqu'à la Dame aux camélias, jusqu'à la Traviata, Pauline, pendant ce temps-là, mourait de tuberculose. Bon prince un peu mufle, il lui écrivait de temps en temps et elle lui adressait en réponse des lettres merveilleuses : « Je tousse moins. Mais je crois que c'est pour mourir sans bruit. » Il est à Rome, à cette époque-là, grand poète catholique et marié, en poste auprès du Saint-Père. Elle lui demande humblement de venir mourir auprès de lui. Grâce à Dieu, il accepte. Les choses, tout à coup, prennent une autre allure, s'élèvent à une autre hauteur – où le comique ne manque pas au sein même du tragique : « Elle mourut dans mes bras, écrit le génie avec sérénité, désespérée et ravie. »

Pauline disparue, il revient à Delphine. Mais voilà déjà que se pointe Natalie. Selon la formule d'une dame de son temps, il ne craignait pas le sérail. Il aurait pu s'écrier comme Byron : « Personne, depuis la guerre de Troie, n'a été aussi enlevé que moi. » Natalie de Noailles aimait son mari à la folie. Mais lui, le mari, en préférait une autre : pour se débarrasser de Natalie, il envoya un ami faire la cour à sa femme. L'ami, comme il se doit, tombe amoureux de Natalie. Mais Natalie se refuse par fidélité au mari. L'ami, furieux, mange le morceau et raconte à Natalie, qui devient à moitié folle, le stratagème du mari. Quand Chateaubriand, à son tour, tombe amoureux de Natalie, que les hommes ont tant trompée et déçue, elle lui déclare qu'elle ne se donnera à lui que s'il vient la rejoindre en Espagne. Lui est en train de partir pour la Grèce et la Palestine afin de s'incliner sur le tombeau du Christ et de recueillir des documents pour un ouvrage qu'il prépare sur les martyrs : il s'embarque avec, dans le cœur, l'image de Natalie. C'est l'origine d'un joli livre qu'on peut encore lire aujourd'hui : *Itinéraire de Paris à Jérusalem*. Ce qu'il ne dit pas dans l'*Itinéraire*, c'est qu'il retrouve à Grenade Natalie de Noailles. Ce sont des jours de bonheur, de passion et de délire.

Il y a encore d'autres femmes dans la vie de Chateaubriand. Une légende d'enchanteur se tisse autour de lui. Le style, bien sûr. Mais aussi les femmes. Elles meurent dans ses bras, elles deviennent folles. Vers la fin de l'Empire et les débuts de la Restauration, l'auteur d'*Atala*, de *René*, du *Génie du christianisme*, de l'*Itinéraire* et des *Martyrs* n'est pas très bien barré. Il a écrit des livres qui sont autant de triomphes, mais qui vieilliront mal : qui met encore le nez, aujourd'hui, à l'exception des spécialistes comme Marc Fumaroli, dans les clairs de lune sur le Meschacebé et dans les tourments des vieillards ou des adolescents échevelés en train d'enterrer une jeune vierge au milieu des forêts ? Et sa vie sentimentale n'est qu'un vaste champ de ruines. C'est alors qu'à un dîner donné, en l'absence de l'hôtesse, chez Mme de Staël en train de mourir, la foudre tombe sur lui : il rencontre la femme qui, pendant trente ans, à travers ruptures et réconciliations, sera à ses côtés. Elle s'appelle Juliette Récamier. C'est la plus belle femme de son temps, et une des plus attachantes. C'est elle qui, un jour de septembre 1848, rue du Bac, à Paris, recueillera son dernier souffle, coupera une mèche sur son front et déposera sur son cœur qui aura cessé de battre un bouquet de verveine.

Il est sauvé aussi parce que, dès la mort de Pauline de Beaumont, lui vient l'idée d'écrire les souvenirs de sa vie. Il les rédigera à la Vallée-aux-Loups, aux environs de Paris, où l'avait relégué la vindicte de l'Empereur. Il les rédigera dans ses ambassades, à Londres ou à Rome. Il les rédigera pendant trente ou quarante ans et ils ne seront publiés qu'après sa mort, d'abord sous forme de feuilleton dans les journaux, puis sous forme de volumes. Ce sont les *Mémoires d'outre-tombe*, un des plus grands livres de notre littérature et de la littérature universelle.

Sur l'échec de sa vie réelle, il construit une vie rêvée qui reprend les grandes lignes de la réalité, mais les transforme et les magnifie. Aux événements de sa vie privée, retouchée avec soin, s'entrelacent les bouleversements de la Révolution et de l'Empire. Aux fulgurations du génie s'ajoutent les analyses et les vues prophétiques de l'intelligence la plus vive. Il y a des génies idiots. Égoïste et menteur, sympathique et charmant, ce génie-là était intelligent.

Les pages sur Combourg, où le père de René, négrier enrichi, répandait la terreur et où un chat noir descendait l'escalier, suivi d'une jambe de bois qui se promenait toute seule, sur le Paris de la Révolution où des pancartes annonçaient à la porte des concierges : « Ici, on s'honore du titre de citoyen et on se tutoie. Ferme la porte, s'il vous plaît », sur l'empereur Napoléon, adversaire détesté et pourtant admiré, sur le socialisme à venir ou sur les fastes et les pompes de l'Église catholique, sont inoubliables. Une vie entière nourrit les *Mémoires d'outre-tombe* qui se situent quelque part entre les *Mémoires* de Saint-Simon et *A la recherche du temps perdu*. Et l'ouvrage, à son tour, nourrit des vies innombrables qui se reconnaissent en lui. S'il y a un seul livre à lire de Chateaubriand, c'est évidemment celui-là. Et si vous ne voulez garder auprès de vous qu'une demi-douzaine de chefs-d'œuvre de tous les temps, les *Mémoires d'outre-tombe* figurent encore parmi eux.

A la fin de son existence, à la demande de son confesseur, Chateaubriand écrira encore un beau livre d'histoire : la *Vie de Rancé*, où il y a des pages admirables sur les écrivains du Grand Siècle – c'est un critique éblouissant –, sur l'amour « trompé, fugitif ou coupable » ou sur la mort de l'être aimé : « Il invoquait la nuit et la lune. Il eut toutes les angoisses et toutes les palpitations de l'attente : Mme de Montbazon était allée à l'infidélité éternelle. »

Atala, René, Les Natchez, le *Génie du christianisme, Les Martyrs* et le reste à jamais refermés et tombés, sinon dans l'oubli, du moins dans l'indifférence, il demeure l'homme d'un seul livre. Un livre miraculeux. Un livre par-delà les siècles et pour toutes les saisons.

STENDHAL

(1783-1842)

Phénoménologie et romantisme au service de la révolution

En décembre 1833, Musset et George Sand, en train de descendre vers Venise et vers le « stupide Pagello », tombèrent, à bord du bateau qui les entraînait le long du Rhône, sur un étrange passager qui avait publié trois ans plus tôt un roman sulfureux de nature à ébranler les fondements de la morale et de la société : c'était *Le Rouge et le Noir*, et c'était Stendhal. On rêverait longtemps sur les quelques paroles échangées sur le fleuve, du côté de Valence ou d'Avignon, entre les amants de Venise et le père de Julien Sorel et de Fabrice del Dongo.

Ce qui frappe d'abord chez Stendhal, consolation de ces auteurs malheureux que le succès évite, c'est le contraste entre l'échec en son temps et son prodigieux succès dans le nôtre. « Je mets, disait-il, un billet à la loterie dont le gros lot se réduit à ceci : être lu en 1935. » Plus de soixante ans après la date fixée, Stendhal, méprisé et moqué par ses contemporains, adulé par les nôtres, a remporté la timbale. Il règne comme personne sur notre littérature.

Henri Beyle appartient à l'innombrable famille des écrivains sans mère. Sa mère, à qui il porte une tendresse passionnée, meurt quand il a six ans, et il déteste son père, conservateur et convenable, procureur au parlement de Grenoble, qui, ça ne s'invente pas, s'appelle Chérubin Beyle. Il le déteste au point qu'il n'est pas mécontent de son arrestation — assez brève — sous la Révolution. Il déteste aussi sa tante Séraphie qui prétend remplacer sa mère. Il déteste encore plus son précepteur, l'abbé Raillane, qui réussit à faire de lui un adversaire déclaré de l'Église et de la religion. Ce qui lui vaudra l'hostilité d'esprits tels que Paul Claudel. Et il déteste Grenoble qui le fête aujourd'hui sans rancune.

Cette animosité générale n'est pourtant, comme souvent, que l'expression d'une âme sensible, repliée sur elle-même et assoiffée d'affection. Il aime son grand-père maternel, Henri Gagnon, qui est médecin, et surtout sa sœur Pauline. Il aime aussi les actrices qui se succéderont dans sa vie à un rythme échevelé. Et les mathématiques. Mais les actrices lui échappent. Et les mathématiques aussi : au dernier moment, pris de mélancolie, il renonce à se présenter au concours de Polytechnique.

Il sera sous-lieutenant dans l'armée d'Italie et amateur d'opéra à Milan où *Le Mariage secret* de Cimarosa le transporte de bonheur et où il rencontre Choderlos de Laclos, général de brigade et auteur des *Liaisons dangereuses*. Il sera épicier exportateur à Marseille, adjoint aux commissaires des guerres en Allemagne, auditeur au Conseil d'État, inspecteur de la comptabilité et des bâtiments de la Couronne, attaché au quartier général de l'Empereur à Moscou, intendant de la province de Sagan en Silésie. Il sera d'abord et avant tout milanais. Et, après avoir écrit *Rome, Naples et Florence*, où il est surtout question de Milan, puis *De l'amour*, un essai psychologique où figure la fameuse théorie de la « cristallisation », et, sous le titre d'*Armance*, un roman sur l'impuissance, il publie, quelques mois après les Trois Glorieuses de 1830, un des deux ou trois plus grands romans du siècle : *Le Rouge et le Noir*.

Inspiré d'un fait divers célèbre de l'époque, l'affaire Berthet – Antoine Berthet avait été condamné à mort en 1828 par les assises de l'Isère pour tentative de meurtre sur la personne de Mme Michoud, chez qui il était précepteur –, *Le Rouge et le Noir* porte en épigraphe une formule de Danton, qui dit tout, ou presque tout : « La vérité, l'âpre vérité. » Elle rapproche Stendhal, héritier du XVIIIe siècle, héraut du romantisme, à la fois des classiques qu'il exècre et des réalistes, voire des naturalistes, qu'il annonce.

En un temps où régnait le goût des mots et de la phrase, Stendhal a en horreur l'éloquence et l'enflure. Il déteste Chateaubriand et Mme de Staël autant que son père et l'abbé Raillane. Citant une belle formule ample et harmonieuse de Mme de Staël : « Il se ferait tout à coup un grand silence dans Rome si la fontaine de Trevi cessait de couler », Stendhal commente avec simplicité : « Cette seule phrase suffirait à me faire prendre en guignon toute la littérature. » Son but est d'être sec. Son modèle est le Code civil : « Tout condamné à mort aura la tête tranchée. » Ce qu'il aime, ce n'est pas les soupirs : c'est la vérité. Le vrai. Rien que le vrai.

Il se sert, curieusement, des mots mêmes de Husserl, fondateur de la phénoménologie, qui recommande d'aller « *zu den Sachen selbst* – vers les choses mêmes » : il veut « marcher droit à l'objet ». Le roman n'est pour lui qu'un miroir qui se déplace le long du chemin.

Dans tous les domaines, dans le style, dans la politique, dans les mœurs, dans la pensée, Stendhal est l'anti-Chateaubriand. A une époque où le *Génie du christianisme*, puis *Les Martyrs* avaient ressuscité le sentiment religieux, il incline vers un anticléricalisme radical. Après quinze ans de Restauration hostile à l'aventure révolutionnaire et impériale, il méprise les royalistes, les conservateurs, les jésuites et les bourgeois. *Le Rouge et le Noir* est l'histoire d'un jeune homme ambitieux qui se sert des femmes pour réussir – mon Dieu! pareille horreur aurait-elle jamais pu même effleurer l'esprit de Chateaubriand!... – et qui rachète ses erreurs par son inflexible énergie. Ce que Julien Sorel incarne avant la lettre mais mieux que personne, c'est la lutte des classes. Deux livres auront contribué, très différemment, à glorifier la lutte des classes au XIXe siècle, un essai théorique qui préconise la révolution collective et une œuvre d'art romanesque qui met l'accent sur la révolte de l'individu : *Le Capital* de Karl Marx et *Le Rouge et le Noir*.

Manuel de l'ambition et de la rébellion, *Le Rouge et le Noir* est un roman d'amour. Julien Sorel annonce

peut-être, en un sens, le *Manifeste du parti communiste*;
marchant dans les pas de Valmont et de dom Juan, il
annonce aussi *Théorème*. Julien Sorel passe et les
femmes tombent dans ses bras. Quand il est guillotiné
– et le récit du supplice se garde de toute enflure :
« Tout se passa simplement, convenablement et, de sa
part, sans aucune affectation » –, Mathilde de la Mole
recueille sa tête pour l'enterrer de nuit au sommet du
Jura et Mme de Rénal meurt dans les trois jours en
embrassant ses enfants. Stendhal est un Laclos
romantique.

   Neuf ans après *Le Rouge et le Noir*, *La Chartreuse de
Parme*, dictée en cinquante-deux jours, dédiée « *to the
happy few* », chronique des intrigues d'une petite cour
italienne, n'eut pas beaucoup plus de succès que *Le
Rouge et le Noir*. Mais Balzac parla du roman dans la
Revue parisienne : « M. Beyle a fait un livre où le
sublime éclate de chapitre en chapitre [...]. M. Beyle
est un des hommes supérieurs de notre temps : il est
difficile d'expliquer comment cet observateur de premier ordre, ce profond diplomate qui, soit par ses
écrits, soit par sa parole, a donné tant de preuves de
l'élévation de ses idées et de l'étendue de ses connaissances pratiques, se trouve seulement consul à Civitavecchia. » Les farouches beylistes d'aujourd'hui,
aussi ardents dans leur idôlatrie que les contemporains dans leur indifférence – les « *beylants* », disait
Larbaud avec un peu de cruauté –, se divisent en partisans du *Rouge* et en dévots de *La Chartreuse*. Dans l'un
et l'autre ouvrage – et ce sont tous deux des chefs-
d'œuvre –, au sein de deux sociétés profondément différentes, un jeune homme plein de fougue manœuvre

avec passion et charme entre deux femmes qui l'aiment : Julien Sorel entre Mme de Rénal et Mathilde de la Mole, Fabrice del Dongo entre la Sanseverina et Clélia Conti. A la fin, tout le monde meurt, ou tout comme.

Romantique passionné, épicurien ironique à la mode du XVIIIe, ennemi et romancier de la dissimulation, Stendhal, si proche des classiques, s'en éloigne sur un point capital qui l'enracine dans son temps : il s'occupe beaucoup de lui-même. Jusqu'à écrire, dans un langage codé, des secrets redoutables − « J'ai cinquante ans... » − sur le dos de sa ceinture ou de ses bretelles. Outre *Lucien Leuwen* et *Lamiel*, pris, repris, abandonnés, outre les merveilleuses *Chroniques italiennes*, si pleines de vie, si amusantes, par lesquelles il faut peut-être commencer toute familiarité avec lui, il écrit, à Civitavecchia où il est consul grâce à Molé, ministre de Louis-Philippe, et où il s'ennuie, la *Vie de Henry Brulard*. Dans ce roman autobiographique où il est tout entier, comme il est aussi tout entier dans son *Journal* et dans ses *Souvenirs d'égotisme*, revit toute sa jeunesse. De lui-même comme des autres, dans les provinces françaises ou dans les cours d'Italie, il est un peintre merveilleux, souvent un peu négligé dans sa hâte, parfois même un peu plat, mais toujours clair, vif, nerveux, aux antipodes du convenu et du compassé, à mille lieues de toute mollesse et de tout ennui.

Stendhal avait trois dieux : l'énergie, le plaisir, la vérité. Il écrit comme personne, avec sécheresse et précision. Il a beaucoup échoué dans la vie et dans sa chasse au bonheur. Il a réussi au-delà de toute espérance dans sa quête de futur. Jean Prévost, Roger Vailland, Roger Nimier et surtout Jean Giono, dans sa seconde manière, descendent de lui en droite ligne. Valéry et Gide saluent en lui le romancier le plus intelligent de notre littérature et le classique de la modernité. On raconte qu'à un interlocuteur qui lui assurait que le maréchal Juin était très intelligent, Malraux aurait répondu, le pouce enfoncé dans la joue et la mèche en bataille : « Intelligent... intelligent... Intelligent comme qui ? Comme Stendhal ? » Une foule de lecteurs se pressent autour de ses œuvres. Il conjugue l'exception la plus rare et la popularité, un individualisme forcené qui va jusqu'à l'égoïsme et une postérité innombrable. « B., écrit de lui son jeune ami Mérimée, se piquait de libéralisme et était au fond de l'âme un aristocrate achevé. »

LAMARTINE

(1790-1869)

Les soirs d'été

Je hais les pleurards, les rêveurs à nacelles,
Les amants de la nuit, des lacs, des cascatelles...

Ces vers de Musset, comment ne pas reconnaître
qu'ils vont comme un gant à Alphonse de Lamartine
qui était mince et pâle, séduisant, rêveur, que Chateaubriand traitait de « grand dadais » et dont la fin
de vie est si désabusée et si mélancolique ? Son existence est toute faite de songes, d'espérances assez
vaines et d'illusions déçues. Les échecs et les deuils ne
lui ont pas été comptés. Et ses amours même
prennent, le plus souvent, un visage désolé.

Il est né à Mâcon et il passe son enfance à Milly,
dans une maison basse et carrée, où son père, capitaine de cavalerie jusqu'en 1791, emprisonné sous la
Terreur, libéré par Thermidor, s'était réfugié avec sa
femme, Alix des Roys, fille d'une gouvernante des
princes d'Orléans. C'était une femme tendre et merveilleuse qui laissa à ses enfants et à ceux qui l'ont

connue un souvenir enchanté. Le jeune Alphonse, comme tout le monde, fait ses études chez les jésuites. A dix-sept ans, ses études terminées, qu'est-ce qu'il fait ? Il ne fait rien. Il n'est pas question pour lui de servir l'usurpateur en train de courir l'Europe. Il lui reste de lire et de s'abandonner à ses songes. « J'étais né, écrit-il, impressionnable et sensible. » Il lit Fénelon, Racine, Bernardin de Saint-Pierre, Chateaubriand. De la douceur. Des rêves. De la passion. Un peu de mollesse. Même La Fontaine lui paraît trop cruel avec ses loups et ses renards en train de manger les agneaux et les poules. Vous voyez le tableau ? Il se promène dans la campagne avec ses lévriers. Et c'est une jolie image, un peu vaine, un peu sinistre.

La vie est pleine de ressources qui pourraient être amusantes si elles n'étaient pas déchirantes. Un cousin de sa mère dirige une manufacture de tabac à Naples. On lui envoie Alphonse. A la manufacture il y a une jeune personne qui joue le rôle d'intendante. Elle s'appelle Antoniella. Intrigue ardente dans la lumière de la baie. Quarante ans plus tard, Antoniella deviendra *Graziella*.

Alphonse, le pauvre Alphonse, n'en a pas fini avec les femmes. Napoléon tombe. Lamartine devient garde du corps de Louis XVIII et fait, aux Tuileries, le « service du château ». Ennui. Crise de foie, qui est une crise de l'âme. Séjour à Aix-les-Bains, au bord du lac du Bourget. Pâle et brune, phtisique comme il se doit, une jeune femme de trente-deux ans achève sa cure. Elle s'appelle Julie Charles. Elle est la femme du secrétaire perpétuel de l'Académie des sciences, qui avait accompli, en 1783, la première ascension scien-

tifique en montgolfière. Coup de foudre au premier
regard. On se retrouve à Paris. On se donne rendez-
vous, l'été suivant, sur les bords enchantés du lac où
on s'était connus. Lamartine attend en vain. Julie
Charles ne viendra jamais : elle est en train de mourir. Lamartine écrit *Le Lac* :

Ainsi, toujours poussés vers de nouveaux rivages,
Dans la nuit éternelle emportés sans retour,
Ne pourrons-nous jamais sur l'océan des âges
       Jeter l'ancre un seul jour ?

O lac ! l'année à peine a fini sa carrière,
Et près des flots chéris qu'elle devait revoir,
Regarde ! je viens seul m'asseoir sur cette pierre
       Où tu la vis s'asseoir.

[...]

Un soir, t'en souvient-il ? nous voguions en silence ;
On n'entendait au loin, sur l'onde et sous les cieux,
Que le bruit des rameurs qui frappaient en cadence
       Tes flots harmonieux.

[...]

O lac ! rochers muets ! grotte ! forêt obscure !
Vous que le temps épargne, ou qu'il peut rajeunir,
Gardez de cette nuit, gardez, belle nature,
       Au moins le souvenir !

[...]

Que le vent qui gémit, le roseau qui soupire,
Que les parfums légers de ton air embaumé,
Que tout ce qu'on entend, l'on voit ou l'on respire,
       Tout dise : « Ils ont aimé ! »

Quelques années plus tard, *Le Lac* est repris dans un mince volume de cent dix-huit pages qui marque le début du romantisme poétique et lyrique et qui connaît, selon les mots de Lamartine, un succès « inouï et universel » : les *Méditations poétiques*. Il faut remonter au *Cid* pour trouver pareil engouement. Alphonse de Lamartine entre dans la gloire de plain-pied.

Tout sourit tout à coup, pas pour longtemps, au jeune poète de trente ans. Il épouse une jeune Anglaise, Marianna Elisa Birch, qui sera pour lui, jusqu'au bout, la plus dévouée des compagnes. Il suit, pendant dix ans, une carrière diplomatique un peu floue à Naples, puis à Florence, et il finit par s'installer à Saint-Point, près de Mâcon. Il publie les *Nouvelles Méditations* puis les *Harmonies poétiques et religieuses*. En 1832, avec sa femme et sa fille Julia, objet de son adoration, il loue un navire, l'*Alceste*, et s'embarque pour l'Orient, voyage obligé pour tout poète romantique.

Il visite le Liban, les Lieux saints, Constantinople, les Balkans. Mais la petite Julia meurt de phtisie à Beyrouth. Le pèlerinage à Jérusalem s'achève en désespoir familial et religieux. A partir de là, la carrière de Lamartine suit deux voies parallèles : une voie littéraire qui se poursuit, une voie politique qui s'ouvre.

Lamartine pensait depuis longtemps à une vaste épopée de l'humanité. Il n'en rédigea que deux épisodes : *Jocelyn*, poème de la rédemption par le sacrifice, et *La Chute d'un ange*, qui paraît après *Jocelyn* mais qui devait ouvrir le grand poème de l'humanité. *La Chute d'un ange* est l'histoire de l'ange Cédar qui s'est épris d'une mortelle et qui est condamné par Dieu à ne rejoindre le ciel qu'après avoir été purifié par plusieurs vies. Incarnation d'une de ces vies, *Jocelyn* est l'histoire d'un jeune homme qui se destine à la prêtrise au début de la Révolution et qui renonce aux femmes. Les deux poèmes, où ne manquent pas les beaux vers, sont aujourd'hui affreusement démodés. Rocambolesque et puérile, l'épopée de l'humanité est à peu près illisible.

« La poésie, disait Lamartine, a été pour moi ce qu'est la prière [...]. Le public croit que j'ai passé trente années de ma vie à aligner des rimes : je n'y ai pas employé trente mois. » Le reste du temps, il le consacre à la politique. La carrière politique de l'auteur des *Méditations* s'ouvre dans l'enthousiasme. Il est député pendant près de vingt ans. Il évolue vers la gauche. Il siège « au plafond ». Quand éclate la révolution de 1848, la popularité de Lamartine, qui vient de publier son *Histoire des Girondins*, est immense. « Lamartine, dit Dumas, a élevé l'histoire à la dignité du roman. » Les femmes sont folles de lui. Les ouvriers l'acclament. La foule se lève à son entrée dans les théâtres ou dans les lieux publics. Lorsque l'émeute se répand dans Paris, Lamartine peut s'écrier : « Voilà mon *Histoire des Girondins* qui passe ! »

Il fait partie du gouvernement provisoire et il le dirige. Il devient ministre des Affaires étrangères. Ce sont trois mois de dictature oratoire et de poétique espérance. En décembre de la même année, se déroulent les élections présidentielles. Louis Napoléon Bonaparte recueille cinq millions et demi de voix. Et Lamartine, quelque dix-sept mille. Sa carrière politique est terminée. Il est blessé. Et ruiné. Il doit vendre Milly. C'est un crève-cœur. Il en est réduit à rédiger, en livraisons mensuelles, un *Cours familier de littérature* – où il y a des pages très émouvantes. Il doit accepter du gouvernement impérial l'aumône d'une rente viagère. « Sauvez donc des patries ! gémit-il. Un coup de fusil en 1848 eût été une bien moins cruelle récompense. »

Lamartine est un élégiaque. Il jette sur le monde un vêtement de lumière et toute sa poésie est l'état d'une âme tendre à huit heures du soir, en été :

> *Repose-toi, mon âme, en ce dernier asile*
> *Ainsi qu'un voyageur qui, le cœur plein d'espoir,*
> *S'assied, avant d'entrer, aux portes de la ville*
> *Et respire un moment l'air embaumé du soir.*

Ou :

> *Pourtant le soir qui tombe a des langueurs sereines*
> *Que la fin donne à tout, aux bonheurs comme aux peines.*

Il aime le soir, la fin, le deuil, la mort :

> *Salut, bois couronné d'un reste de verdure,*
> *Feuillages jaunissants sur les gazons épars !*
> *Salut, derniers beaux jours ! Le deuil de la nature*
> *Convient à la douleur et plaît à nos regards.*
> *[...]*

> *Terre, soleil, vallons, belle et douce nature,*
> *Je vous dois une larme au bord de mon tombeau ;*
> *L'air est si parfumé, la lumière est si pure !*
> *Au regard d'un mourant, le soleil est si beau !*

Il aime Dieu aussi, et ses rapports avec lui seraient bien intéressants à étudier. Emporté par le lyrisme, il mêle panthéisme et culte de la raison à la doctrine catholique. Il écrit *Le Crucifix*, que ma mère admirait, et ses œuvres sont mises à l'index. Il n'est qu'effusion. Hugo disait de lui : « C'est le plus grand des Racine, sans excepter Racine. » Mais, reprenant les thèmes de Lamartine, Hugo les agrandira de toute la force de son génie. Là où Lamartine chante :

J'aimais les voix du soir dans les airs répandues,
Le bruit lointain des chars gémissant sous leur poids...

Hugo écrira :

Les grands chars gémissants qui reviennent le soir...

Stendhal est dur avec lui : « Dès que Lamartine sort de l'impression de l'amour, il est puéril [...]. C'est toujours et uniquement un cœur tendre au désespoir de la mort de sa maîtresse. » Et Flaubert : « C'est à lui que nous devons tous les embêtements bleuâtres du lyrisme poitrinaire [...]. Il ne restera pas de Lamartine de quoi faire un demi-volume de pièces détachées. » Moins connu, Barthélemy voyait déjà dans l'œuvre de Lamartine « des *Gloria Patri* délayés en deux volumes ».

Je ne suis pas sûr que Lamartine répondrait quoi que ce soit. Il avait l'âme trop haute et la tristesse trop noble. Peut-être se contenterait-il de tendre à ses accusateurs *La Vigne et la Maison*, dialogue entre l'Ame et le Moi du poète, ou *Milly ou la Terre natale* où, au milieu de mollesses un peu floues et benoîtes, ne manquent pas les beaux vers :

Ne permets pas, Seigneur, ce deuil et cet outrage !

ou :

Un jour, élevez-moi... Non, ne m'élevez rien,

et qui se termine par celui-ci, qui évoque le sort des élus au soir du Jugement dernier et qui est superbe :

L'adieu, le seul adieu qui n'aura pas de larmes !

VIGNY

(1797-1863)

Le beau ténébreux

Vigny appartient à une famille de militaires qui porte le deuil solennel de la défunte monarchie. Sa mère a quarante ans à sa naissance. Et son père, ancien soldat de la guerre de Sept Ans, soixante. Il est baptisé par un prêtre réfractaire. Il a un côté fin de race et il ne l'ignore pas : « Je me sentais d'une race maudite et cela me rendait sombre et pensif. » Le mot *sombre* lui va bien : « La sévérité froide et un peu sombre de mon caractère... » Et encore, dans son émouvant *Journal d'un poète* : « Si j'étais peintre, je voudrais être un Raphaël noir ; forme angélique, couleur sombre. » Son pessimisme est radical : « La vérité sur la vie, c'est le désespoir. Il est bon et salutaire... » Tiens ! Voilà un rayon de lumière, voilà quelque chose de bon et de salutaire ; mais attendons un peu : « ... Il est bon et salutaire de n'avoir aucune espérance. »

Toute l'enfance de Vigny se déroule sous les clameurs de l'Empire. L'armée ! Rêve impossible : pour un fils de soldat du roi, comment entrer dans l'armée tant que l'usurpateur est là ? L'Empire s'écroule. Restauration. Bonheur. Il entre, à dix-sept ans, dans les mousquetaires rouges. Malheur. Sa première mission consiste à chevaucher sur la route de Gand derrière la berline du roi en train de fuir les Cent-Jours. On reconnaît le thème de *La Semaine sainte* d'Aragon. Ce qui se passe après est presque pire : treize ans de garnison. Il y a bien un espoir avec la guerre d'Espagne voulue et menée par Chateaubriand. Mais le mauvais sort s'acharne et son régiment stationne de ce côté-ci des Pyrénées. Découragé, il démissionne et parle de « mon inutile amour des armes, la cause première d'une des plus complètes déceptions de ma vie ». Quelques années après *Cinq-Mars*, roman historique et noir, quelques années après *Stello*, victime du spleen et de la migraine, *Servitude et grandeur militaires* sortira de cette expérience.

Ce qui succède à l'armée, c'est le mariage. Avec le même succès, c'est-à-dire le même insuccès. A Paris, le jeune Vigny avait fait la connaissance d'une jeune personne bien intéressante, d'une éclatante beauté, qui s'appelait Delphine Gay. Elle écrivait. Des vers d'une stupéfiante niaiserie :

> *Au sentiment d'orgueil je ne suis point rebelle.*
> *Je bénis mes parents de m'avoir fait* (sic) *si belle.*

Plus tard, dans le goût de Werther, celle que Lamartine avait le culot d'appeler « la dixième muse » évoquera le suicide en termes délicats et étrangement bourgeois :

C'est un grand embarras qu'une mort volontaire.
Le jour où l'on se tue, on a beaucoup à faire.

Vigny tombe amoureux de cette oie poétique et ravissante et lui dédie son premier recueil de poèmes – et le seul publié de son vivant : *Poèmes antiques et modernes.* Mme de Vigny mère veille et écarte la poétesse. Quelques années plus tard, l'oie épousera un faisan, un patron de canards, Émile de Girardin, créateur de la presse à deux sous, directeur de journaux qui dépassaient sept cent mille exemplaires, futur meurtrier en duel de son confrère Armand Carrel, et dont Barbey disait qu'il avait « fait plus d'affaires que d'études » et qu'il n'avait « pas connu cette détresse que Shakespeare appelait la grande culture ».

Tout de suite après Delphine Gay, Vigny tombe sur Miss Lydia Bunburry, au nom digne d'Oscar Wilde. Ce n'est pas plus gai. A la différence de Miss Birch, une autre Anglaise, qui a épousé Lamartine quatre ou cinq ans plus tôt, Miss Bunburry n'est pas très sympathique. Elle est la fille d'un millionnaire, ancien gouverneur de la Jamaïque, qui témoignera toujours une vive hostilité à Vigny et ira jusqu'à feindre d'ignorer son nom. Vigny épouse Lydia qui détestait parler français et ne cachait pas son mépris pour la littérature. Elle contribuera beaucoup à couper Vigny du milieu littéraire.

Le pauvre Alfred n'en a pas fini avec les femmes, et nous non plus. Il rencontre Marie Dorval. Elle a un an de moins que lui. Elle est comédienne et elle est belle. George Sand, qui sera amoureuse d'elle

– « Si tu me réponds vite, en me disant pour toute littérature : *Viens!* je partirai, eussé-je le choléra ou un amant... » –, en trace un portrait séduisant : « Elle était mieux que jolie, elle était charmante, et cependant elle était jolie, mais si charmante que cela était inutile. » George Sand ajoutait cependant qu'elle « était le résumé de l'inquiétude féminine arrivée à sa plus haute puissance » – et c'était comme l'annonce de possibles malheurs. Ces malheurs fondront très vite sur le jeune poète qui avait pris goût au théâtre. Il avait traduit plusieurs pièces de Shakespeare avant d'écrire, pour l'Odéon, une *Maréchale d'Ancre*, avec Mlle George dans le rôle principal. Lors d'une reprise au Théâtre Saint-Martin, le rôle fut donné à Dorval. Ce fut le début d'une des plus fameuses et de la plus douloureuse des passions romantiques. Ce sera Dorval qui interprétera le rôle de Kitty Bell dans *Chatterton*, drame – à thèse, hélas! et cruellement vieilli – du poète incompris par la société, rongé par son génie et qui se donne la mort. A peu près irrécupérable. Présenté à la Comédie-Française, *Chatterton* fut un triomphe. Les choses s'arrangeraient-elles pour le sombre Vigny? Pas vraiment. A sa septième tentative, d'abord battu par Sainte-Beuve, puis par Mérimée, il est élu à l'Académie française et Molé, l'affreux Molé, l'ennemi de Chateaubriand, le modèle de Balzac, le ministre rallié d'avance, d'après Mme de Chateaubriand, à tous les régimes passés, présents et à venir, lui adresse un discours de réception qui n'est qu'un tissu de perfidies et qui le remplira de chagrin. A la mort de Vigny, ce sera

Jules Sandeau, l'amant de Dorval, qui recevra son successeur. Mon Dieu!...

Tout cela, les aventures, les chagrins, les ambitions de Dorval et ses crises de jalousie n'ont pas grande importance – sauf pour Vigny lui-même. Ce qui compte, au bout du chemin, ce sont les quelques vers des *Poèmes antiques et modernes* et d'un recueil posthume : *Les Destinées*.

Ces vers sont souvent plats et sans lumière. Ils sont obscurs et bizarres. Et ils sont magnifiques. Brunetière croyait faire l'éloge de Vigny en voyant en lui « le seul romantique qui ait eu des idées générales et surtout une conception de la vie raisonnée, personnelle, philosophique ». Hélas! c'est vrai. Grand lecteur de la Bible, qui lui inspire *Moïse* :

Vous m'avez fait vieillir puissant et solitaire,
Laissez-moi m'endormir du sommeil de la terre

ou *La Fille de Jephté*, grand amateur de symboles, il met en scène des idées. Et ces idées ne nous disent plus grand-chose. Le pessimisme est son royaume, la solitude et la détresse constituent son fonds de commerce. L'affaire Dorval n'était pas faite pour arranger les choses. Et l'amertume coule à pleins bords :

Toujours ce compagnon dont le cœur n'est pas sûr.

Ou :

Les deux sexes mourront chacun de son côté.

Même ses rapports avec Dieu, qu'il voit sous les traits d'un geôlier, sont peints aux couleurs les plus sombres :

Le juste opposera le dédain à l'absence
Et ne répondra plus que par un froid silence
Au silence éternel de la Divinité.

Deux vers, connus de tous, et peut-être un peu engoncés, donnent la clé de Vigny :

J'aime la majesté des souffrances humaines,

et :

Seul le silence est grand, tout le reste est faiblesse.

Mais il y a un miracle Vigny. De temps en temps surgissent du fatras et de l'amphigouri des vers étourdissants qui atteignent soudain, personne ne sait pourquoi, à la poésie pure :

Mais, toi, ne veux-tu pas, voyageuse indolente,
Rêver sur mon épaule en y posant ton front ?
[...]
Tous les tableaux humains qu'un Esprit pur m'apporte
S'animeront pour toi quand, devant notre porte,
Les grands pays muets longuement s'étendront.

« Les grands pays muets... » Hein ! Est-ce assez bien ? Ces mots-là, à eux seuls, valent largement le voyage.

Nous marcherons ainsi, ne laissant que notre ombre
Sur cette terre ingrate où les morts ont passé,
Nous nous parlerons d'eux à l'heure où tout est sombre,
Où tu te plais à suivre un chemin effacé,
A rêver, appuyée aux branches incertaines,
Pleurant, comme Diane au bord de ses fontaines,
Ton amour taciturne et toujours menacé.

Vous aurez remarqué au passage le mot *sombre* qui est comme la marque de fabrique de Vigny. Mais surtout les deux derniers vers, qui sont parmi les plus beaux de la langue française. Au-delà de Chénier, ils pourraient sortir tout droit de notre merveilleux XVIᵉ siècle.

Et encore ces deux-là :

Que m'importe le jour ? Que m'importe le monde ?
Je dirai qu'ils sont beaux quand tes yeux l'auront dit.

Ah ! et encore celui-ci, où c'est Satan qui parle :

Je suis le roi secret des secrètes amours.

Il y a du charabia dans Vigny. Quand il se hisse au-dessus de lui-même en revanche, il est incomparable. Le sombre Vigny est un grand poète. Et *La Maison du berger*, où il y a des vers ridicules – « Le dragon rugissant qu'un savant a fait naître », on dirait une blague, c'est le chemin de fer –, nous touche encore jusqu'aux larmes.

BALZAC

(1799-1850)

Le visionnaire

Dans *Pastiches et Mélanges,* Proust se moque de
Balzac et représente un de ses personnages en train de
transpirer dans ses pantoufles. Proust a raison : Balzac
est souvent vulgaire et parfois ridicule. Il écrit d'une
femme brune : « Elle eut un rire de blonde. » Il écrit
aussi : « Se sentir assez ambitieux pour donner un
superbe coup de pied à la corde raide sur laquelle il
faut marcher et trouver dans une charmante femme
le meilleur des balanciers. » Il écrit encore, et dans un
de ses chefs-d'œuvre, *Le Lys dans la vallée* : « Les
femmes à taille plate sont dévouées, pleines de finesse,
enclines à la mélancolie ; elles sont mieux femmes que
les autres. » Est-ce assez stupide ? Dans son *Traité de la
vie élégante* – ce titre !... et je ne suis même pas sûr qu'il
s'agisse d'un canular –, il note : « Au risque d'être
accusé d'aristocratie, nous dirons franchement qu'un
homme placé au dernier rang de la société ne doit pas
plus demander compte à Dieu de sa destinée qu'une
huître de la sienne. » Le style vaut la pensée.

Émile Faguet nous assure que « le monde » – il veut dire : « le grand monde » – est moins bien dépeint par Balzac que par Octave Feuillet et qu'il y a en Balzac, qui mêle à des intuitions profondes des réflexions d'imbécile, un commis voyageur qui somnole. Le comble, c'est qu'il y a peut-être quelque chose de vrai : Octave Feuillet devait être plus à son aise que Balzac dans les salons parisiens. L'ennui, pour Faguet, est que ça n'a pas la moindre importance et que le commis voyageur tourangeau aux descriptions interminables et au style plein de lourdeurs est un poète et un romancier de génie. « Balzac, dit Jules Renard, est peut-être le seul qui ait eu le droit de mal écrire. » Il est notre Cervantès, il est notre Tolstoï.

Ce qui frappe d'abord chez Balzac, commençons par le plus extérieur, c'est sa capacité de travail. Un bûcheron. Un forçat. Il n'y a pas dans les lettres françaises d'image plus familière que celle de Balzac installé, en robe de chambre, une cafetière fumante devant lui, au cœur de la nuit, à sa table de travail. Il lui arrivait d'y passer jusqu'à dix-huit heures d'affilée. On parle beaucoup de « romans balzaciens » : un roman balzacien est d'abord un ouvrage auquel l'auteur a consacré des nuits entières d'efforts. D'ordinaire, Balzac se couchait à six heures du soir, « avec [son] dîner dans le bec », il se levait à minuit, absorbait du café et travaillait jusqu'à midi. « On met bien du noir sur du blanc en douze heures, petite sœur, écrit-il à Laure de Surville, et au bout d'un mois de cette existence, il y a pas mal de besogne de faite. » Ce travail harassant ne s'achève pas avec le manuscrit. Les corrections de Balzac sur épreuves sont célèbres et n'en finissent jamais. Elles feraient s'arracher les cheveux aux éditeurs d'aujourd'hui.

Il commence par des romans sentimentaux ou noirs, d'un ennui pesant, qu'il signe Lord R'Honne ou Horace de Saint-Aubin. Peut-on deviner chez ce jeune homme le génie encore à venir ? Difficile. Il a déjà trente ans lorsque, criblé de dettes, il s'attaque à ses grandes œuvres. En une vingtaine d'années, il écrit quelque quatre-vingts livres dont la plupart sont des chefs-d'œuvre. Épuisé, à bout de forces, il meurt à cinquante et un ans, après avoir enfin réalisé son rêve en épousant la comtesse Hanska, une Polonaise un peu forte avec qui il avait échangé des lettres pendant dix-huit ans.

Balzac, naturellement, voilà déjà trois minutes que vous attendez que je vous le dise, est un observateur prodigieux. Une des constantes de son génie, c'est l'ambition d'établir une « comparaison entre l'humanité et l'animalité » et d'accomplir avec les « espèces sociales » ce qu'un Cuvier ou surtout un Geoffroy Saint-Hilaire, l'ennemi acharné de Cuvier, avaient fait avec les « espèces animales ». Ses passages dans le monde des notaires ou dans celui des imprimeurs, ses innombrables tentatives pour récolter l'argent réclamé par ses dettes, il en fait bon usage pour camper dans ses livres des personnages plus vrais que nature : « J'ai été pourvu d'une grande puissance d'observation, écrit-il à Mme Hanska, parce que j'ai été jeté à travers toutes sortes de professions involontairement. » Et, comme Proust plus tard, il se renseigne inlassablement sur les détails les plus minuscules : « Je voudrais savoir, écrit-il à Zulma Carraud, le nom de la rue par laquelle vous arriviez sur la place du Mûrier, et où était votre ferblantier ; puis le nom de la rue qui longe la place du Mûrier [...] ; puis le nom de la porte qui débouche sur la cathédrale. »

Réduire Balzac à un romancier réaliste et objectif serait pourtant une erreur funeste. « Comment voulez-vous, disait-il lui-même, que j'aie le temps d'observer ? J'ai à peine celui d'écrire. » Balzac, en vérité, est moins un témoin qu'un poète. C'est un visionnaire qui aurait d'abord regardé autour de lui. « Tout visionnaire, écrit Claude Roy dans son *Commerce des classiques*, commence par bien voir. » La clé de Balzac, ce n'est pas l'observation, c'est l'imagination.

Dans ses livres, comme dans sa vie, Balzac est le contraire d'un réaliste. Et sa littérature appartient plutôt au monde du fantastique qu'à celui de l'entomologie. Sa passion des affaires – et le plus souvent des affaires désastreuses – vient d'une hypertrophie presque maladive de l'imagination. « Pour Balzac, raconte Théophile Gautier dans ses *Portraits contemporains*, le futur n'existait pas, tout était présent [...], l'idée était si vive qu'elle devenait réelle en quelque sorte ; parlait-il d'un dîner, il le mangeait en le racontant. » Cette imagination si fiévreuse allait jusqu'à des illusions meurtrières qui passaient leur temps à lui promettre la fortune. Il s'était mis en tête d'écrire une encyclopédie pour l'enseignement primaire : ce sera, disait-il, « comme la pomme de terre de l'instruction publique ». Il se proposait de remettre en exploitation des mines d'argent abandonnées par les Romains en Sicile, ou de cultiver des ananas à Ville-d'Avray, ou d'importer soixante mille chênes de Pologne pour fournir en traverses les chemins de fer français. C'est la même puissance d'imagination qui le ruine en affaires et qui le fait triompher dans ses livres. On connaît le mot célèbre : « Revenons à la réalité : parlons d'Eugénie Grandet. » Et le cri qui lui a été prêté à l'extrême fin de sa vie : « Qu'on appelle Bianchon ! » – c'est-à-dire le médecin de *La Comédie humaine* – n'est pas invraisemblable.

L'imagination de Balzac est d'abord l'expression d'un tempérament formidable. C'est une énergie, c'est un courage. Il n'avait pas tort de se considérer comme le « Napoléon des lettres ». Ce romantique un peu vulgaire – Lamartine, Vigny, Musset font figure, auprès de lui, de jeunes princes de légende –, qui est censé préparer, d'après tous les manuels d'histoire de la littérature, le passage au réalisme, puis au naturalisme, est en vérité le plus grand poète du roman français.

A ce poète, comme il se doit, ne manquent ni les épreuves ni les échecs, dont il se venge par le génie. Il s'éprend de la marquise de Castries qui le mène en bateau ; il tire de l'aventure un chef-d'œuvre éclatant : *La Duchesse de Langeais*. Il est candidat malheureux aux élections législatives et il se présente sans succès à l'Académie française où il n'obtient que deux voix – mais ce sont celles de Lamartine et de Victor Hugo. Mme Hanska accouche à Dresde d'un fils mort-né, Victor-Honoré, et c'est pour Balzac le coup le plus cruel. Dans les vicissitudes et dans les déceptions, accablé de dettes, poursuivi par les créanciers, emprisonné à plusieurs reprises, il poursuit sans se lasser son œuvre gigantesque.

Un soir de 1833, à sa sœur, Laure de Surville, il jette une phrase pleine de simplicité et d'orgueil : « J'ai trouvé une idée merveilleuse. Je serai un homme de génie. » Quelle est cette idée miraculeuse ? C'est le retour des personnages. Homère, Dante, Rabelais, Cervantès écrivent des œuvres immenses où grouillent les personnages. Balzac écrit des romans séparés où reviennent les mêmes héros. Rastignac, par exemple, apparaît dans la préface d'*Une fille d'Ève*, puis dans *Le Père Goriot*, où il lance à Paris, du haut du Père-Lachaise, son apostrophe fameuse : « A nous deux, maintenant ! », puis dans *La Maison Nucingen*, puis dans *Splendeurs et Misères des courtisanes*. « Il n'y a rien, écrit Balzac, qui soit d'un seul bloc dans ce monde, tout y est mosaïque. »

Au centre de la mosaïque balzacienne figure sans doute *Le Père Goriot*. La pension Vauquer où il loge est le carrefour, le lieu de rencontre, la matrice d'où rayonne *La Comédie humaine*. Autour de la pension circulent le père Goriot et ses deux filles, Anastasie de Restaud et Delphine de Nucingen, le jeune Rastignac, l'atroce Vautrin, alias Jacques Collin, alias Trompe-la-mort, alias l'abbé Carlos Herrera, alias Vidocq, et Mme de Beauséant, abandonnée par son amant et qui choisit l'exil après avoir donné un grand bal où tout Paris vient contempler son malheur.

Tout le reste, Esther, et Gobseck, et Lucien de Rubempré, dont la mort, par faiblesse d'âme après une ascension foudroyante, sera pour Oscar Wilde et pour le Charlus de Proust le plus grand de tous les

malheurs possibles, et toute la suite des chefs-d'œuvre,
d'*Eugénie Grandet* à *Splendeurs et Misères des courtisanes*, de
La Peau de chagrin à *La Fille aux yeux d'or*, sortira du *Père
Goriot* et de cette pension Vauquer. *Le Père Goriot*, chacun le sait, est le roman de la paternité. Il est aussi, en
un autre sens que le premier sens symbolise, la source
et la cellule mère de la création balzacienne. « Quand
j'ai été père, s'écrie Goriot, j'ai compris Dieu. » La
paternité du créateur de *La Comédie humaine* sur ses
personnages, c'est, selon une formule répétée jusqu'à
plus soif, une « concurrence à l'état civil ». C'est aussi
et surtout une « imitation de Dieu le Père », une collaboration avec Dieu.

Réalisme ? Bien sûr. C'est un monde réel que
Balzac, comme Dieu, fait surgir sous nos yeux. *La
Comédie humaine* est d'abord une « histoire romanesque
de la Restauration et de la monarchie de Juillet »,
mais c'est aussi beaucoup plus. Comme Dieu à la
veille du surgissement de l'univers, Balzac, avant
d'être un réaliste, est d'abord un créateur qui rêve sa
création avant de la jeter dans le réel.

Un mot encore, pour ne pas terminer sur un
coup de cymbales et finir plutôt piano. Pendant qu'il
édifie pierre à pierre le gigantesque monument de *La
Comédie humaine*, Balzac écrit, en plusieurs fois, un livre
irrésistible qui est un pastiche de la langue de Rabelais, et que devait illustrer Gustave Doré : les *Contes
drolatiques*. C'est un chef-d'œuvre de légèreté qui se lit
encore avec un immense plaisir. Ce génie laborieux
était capable de drôlerie. Et ce géant de mauvais goût
et de vulgarité était le plus fin et le plus perspicace des
critiques. On se souvient de l'article célèbre, et plutôt

isolé, écrit par Balzac, en 1839, sur *La Chartreuse de Parme* : « M. Beyle a fait un livre où le sublime éclate de chapitre en chapitre... »

Avec tant de faiblesses criantes, tant de défauts si évidents, Balzac ne se contentait pas d'avoir du génie : il était aussi capable, avant tout le monde et presque seul, de discerner celui des autres.

MÉRIMÉE

(1803-1870)

Un farceur romantique et Régence

Prosper Mérimée est un farceur qui s'est occupé du patrimoine et de littérature russe. C'est aussi ce qu'on appelait jadis un *galant homme*, un *gentilhomme*, un *homme du monde* d'une suprême élégance : il y a chez lui, en même temps, quelque chose de moderne par la rapidité et l'absence de flonflons et quelque chose de suranné dans l'allure et dans le mode d'existence. Entre le Premier Empire et le Second, en passant par le romantisme et la monarchie de Juillet, il mène une vie charmante, distinguée, un peu hautaine, protégée à un point incroyable par les hasards de l'histoire et le cynisme de l'intéressé. Sans réserve et sans déclamation, il est franchement pessimiste ; il croit que les hommes sont mauvais : « Défaites-vous de votre optimisme, écrit-il à une amie. Il n'y a rien de plus commun que de faire le mal pour le plaisir de le faire. » Tout naturellement, il adopte pour devise : Μέμνησο ἀπιστειν – « Souviens-toi de te méfier. » Il se forge, pour se défendre contre tant de périls, un masque d'impassibilité qui convient au sceptique et il fait revivre un peu de Régence dans le siècle de Stendhal dont il est l'ami et de Victor Hugo qui, pour toutes sortes de raisons qu'on peut imaginer sans trop de peine, le déteste cordialement.

Il entre dans une carrière qu'à la fureur de ses ennemis il a du mal à prendre au sérieux avec une double mystification : le *Théâtre de Clara Gazul*, traduction des œuvres d'une célèbre actrice espagnole qui n'avait jamais existé, et, deux ans plus tard, *La Guzla*, recueil de chants illyriens inventés d'un bout à l'autre.

« Arrière-petite-fille du tendre Maure Gazul », Clara Gazul est « née d'une bohémienne sous un oranger dans le royaume de Grenade » et elle échappe à la tutelle d'un inquisiteur pour entrer au Grand Théâtre de Cadix. En tête de ses œuvres complètes figurait un portrait de la prétendue comédienne – mais ses traits n'étaient autres que ceux de Mérimée lui-même, méconnaissable en mantille, les épaules nues, une croix d'or au cou. Quant à *La Guzla* – anagramme de Gazul – et à ses « poésies illyriques, recueillies dans la Dalmatie, la Croatie et l'Herzégovine », elles étaient nées d'un vif désir adolescent de voyager dans ces régions. Mais, manquant d'argent pour le voyage, l'auteur avait eu l'idée de rédiger le voyage avant de l'avoir fait, afin de se trouver l'argent nécessaire pour le faire. Comme le note avec justesse M. Gustave Lanson, l'auteur de ces plaisanteries n'avait pas l'âme lamartinienne.

Après des études à Henri-IV – qui s'appelle alors Napoléon –, puis de droit, Mérimée mène une vie mondaine, et assez souvent libertine. Il se bat en duel

avec le mari de sa maîtresse, Mme Lacoste, connaît
un fiasco avec George Sand, tombe amoureux de la
charmante Valentine Delessert, nièce de Natalie de
Noailles qui avait été un des grands amours de Chateaubriand. Elle le quittera pour Maxime Du Camp,
l'ami de Flaubert. Il voyage – enfin! – en Europe et
en France, devient intime de Stendhal, de vingt ans
son aîné, et fréquente les romantiques. Libéral, il
accueille avec faveur la monarchie de Juillet qui le
comblera de bienfaits, et se lie à Madrid avec le
comte et la comtesse de Montijo, dont la fille Eugénie
deviendra, vingt ans plus tard – ah! les hommes sont
mauvais, mais le monde est délicieux –, impératrice
des Français.

En 1834, il est nommé par Louis-Philippe inspecteur général des monuments historiques et, pendant une vingtaine d'années, il va se consacrer, avec
énergie et talent, au patrimoine national. Beaucoup
de monuments menacés par le temps ou par le vanda-
lisme ont été sauvés par Mérimée : il restaure des
églises romanes et découvre *La Dame à la licorne*, abandonnée dans un coin. La chute de la monarchie de
Juillet aurait dû sonner le glas de ce privilégié de la
monarchie abattue. Rallié à l'Empire, et grâce surtout
à l'impératrice, il voit au contraire les honneurs pleuvoir sur lui de plus belle : officier de la Légion d'honneur, sénateur de l'Empire, il devient, sous les huées
de Hugo et de Rochefort, un familier de la cour impériale.

Ce plaisantin jouisseur qui ne faisait pas grand
cas de la littérature a tout de même trouvé le temps
d'écrire quelques (minces) chefs-d'œuvre : *L'Enlèvement*

de la redoute, *Mateo Falcone*, *Le Vase étrusque*, *Le Carrosse du Saint-Sacrement*, comédie, *La Vénus d'Ille*, conte fantastique, *Colomba* et *Carmen*, dont la gloire doit beaucoup à Bizet, mais d'abord à Mérimée. L'auteur de tant de nouvelles et de quelques petites pièces de théâtre n'est pas un coureur de fond : il y a quelque chose de mal élevé à trop traîner sur un livre. La brièveté est son royaume. Il donne pourtant un vrai roman historique qui se lit encore avec plaisir : *Chronique du règne de Charles IX*.

Par le choix de ses sujets, qui sont souvent modernes, par un mélange constant du tragique et du comique, par le goût du fantastique, par son amour aussi des terres du Sud, écrasées de violence et de soleil – et notamment de l'Espagne –, Mérimée appartient à son temps et au romantisme. Il aime la passion, les ruptures, tout ce qui s'insurge et bouillonne. Il ne déteste pas choquer. Une de ses nouvelles – elle n'est d'ailleurs pas fameuse et on pourrait lui appliquer la formule que Mérimée avait trouvée pour un autre que lui-même : « La pièce me paraît bien ennuyeuse, quoique immorale » –, *La Famille de Carvajal*, met en scène un inceste en Amérique du Sud. On raconte que la publication du *Carrosse du Saint-Sacrement* dans la *Revue de Paris* entraîna le désabonnement de la duchesse de Berry.

Ce romantique, en revanche, ne cesse jamais de se contrôler. Ce passionné à la mode n'oublie jamais qu'il incarne d'abord dans son siècle le type, en voie d'effacement, de l'honnête homme qui ne se pique de rien. L'émotion, chez lui, est toujours tenue en lisière par l'ironie et la brièveté, qui sont des marques de

bon ton. Par le savoir, aussi. Mérimée n'est pas seulement cultivé : il est presque un savant. Il connaît l'histoire, les beaux-arts, le grec, le latin, l'anglais, l'espagnol. Il va apprendre le russe pour pouvoir traduire
Pouchkine, chez qui il aime, en connaisseur, « la simplicité de la composition, la sobriété des détails, et surtout le tact exquis ».

Deux siècles avant Mérimée, le Grand Arnauld
disait d'un de ses neveux dont on louait le style : « Il
écrit comme on parle dans sa famille. » Mérimée
aussi écrit comme on parle – ou peut-être, mieux,
comme on écrit une lettre. Il décrit très peu. Pour
ainsi dire jamais. L'anecdote emporte tout. Voici un
spectacle à couper le souffle : l'arrivée à Ajaccio, en
Corse. Vue de la baie, des montagnes, du maquis : six
lignes. Voici une histoire de brigands en Espagne,
avec des contrebandiers, des muletiers, des gitans et
des batailles dans la montagne : pas un paysage. On
ne s'ennuie jamais avec lui. On ne traîne pas. On
marche au son du canon plutôt qu'au son des violons.
Ce qu'aime Mérimée, à l'exemple de ceux qu'il
admire, de Stendhal ou de Pouchkine, ce sont de ces
détails rapides et bien choisis d'où jaillit ce qui est son
fort et son but : la vie.

Le style de Mérimée, on ne s'en étonnera pas, est
à l'image d'un vêtement élégant sur un homme qui
sait vivre : on ne le remarque pas. Il lui arrive d'en
rajouter sur la désinvolture et sur ce que les pédants
– il n'en est pas – appelleraient la *distanciation* :
souvent, pour bien montrer que la littérature est un
jeu dans un autre jeu qui est la vie, il ne termine
même pas ses nouvelles. Il les laisse en l'air, en sus-

pens. *La Vénus d'Ille,* sombre histoire de statue qui s'anime pour tuer, *La Partie de trictrac, Arsène Guillot* s'achèvent sur des silences qui invitent mieux au rêve qu'imprécations ou larmes.

Il aime ces formules simples qui renvoient à autre chose qui n'a pas besoin d'être dit. *L'Enlèvement de la redoute* raconte un épisode de la bataille de la Moskova. Parent assez proche de Fabrice del Dongo, un jeune lieutenant y apprend le courage. Le colonel est blessé au cours de l'engagement. « Colonel, lui dis-je, vous êtes grièvement blessé ? – F..., mon cher, mais la redoute est prise. » Parfois même, il exagère : la fin de *Carmen,* où tout le monde meurt, la bohémienne d'abord, le brigadier ensuite, est consacrée bizarrement et avec une ombre d'affectation à la linguistique gitane. Il faut bien montrer qu'on n'est pas dupe et qu'il convient de se méfier.

Ce freinage permanent de la passion et de l'émotion est la marque de Mérimée. La nouvelle, avec son petit nombre de personnages significatifs, constitue pour lui le cadre idéal d'un bouillonnement de vie qui n'en finit jamais de se surveiller et de se restreindre en s'aiguisant. Comme son théâtre, la nouvelle de Mérimée est un huis clos entrouvert et ses personnages sont des héros stendhaliens arrêtés dans leur élan.

SAND

(1804-1876)

Quelque chose de glouton dans le mouvement du désir

George Sand fumait le cigare, s'habillait en garçon, dévorait, de Musset à Chopin, les hommes les plus remarquables de son temps et inclinait au socialisme. Les jugements sur son compte sont divers et parfois sévères.

« C'est la vache bretonne de la littérature », disait d'elle Jules Renard. Et Baudelaire, qui n'y va pas avec le dos de la cuillère : « La femme Sand est le Prudhomme de l'immoralité. Elle n'a jamais été artiste. Elle a le fameux style coulant cher aux bourgeois. Elle est bête, elle est lourde, elle est bavarde ; elle a, dans les idées morales, la même profondeur de jugement et la même délicatesse de sentiments que les concierges et les filles entretenues. Que quelques hommes aient pu s'amouracher de cette latrine, c'est bien la preuve de l'abaissement des mœurs de ce siècle. Je ne puis plus penser à cette stupide créature sans un certain frémissement d'horreur. Si je la rencontrais, je ne pourrais m'empêcher de lui jeter un bénitier à la tête. »

Elle s'appelait Aurore Dupin. Elle descendait d'une famille de rois, de soldats, de chanoinesses, de comédiennes, de la belle Aurore de Kœnigsmark et du maréchal de Saxe qui avait des dons pour la guerre et une orthographe pleine d'imprévu : « Il veule me metre de la cademie, cella mira comme une bage à un chien. » Elle avait perdu son père, officier de Napoléon, qui avait des traits du Fabrice de Stendhal. Elle adorait sa mère qui était danseuse, ou moins que danseuse, et de la race vagabonde des bohémiens de ce monde. Son précepteur était fou. Parce qu'elle avait un cœur généreux, elle devint socialiste et elle resta chrétienne. Elle viola, dans sa vie privée comme dans sa vie publique, toutes les conventions de la société de son temps et elle força l'estime de ses adversaires mêmes par son travail et son courage. « Elle avait, dit Charles Maurras, qui n'est pas tendre avec elle, je ne sais quoi de glouton dans le mouvement du désir. »

Elle avait épousé très jeune le baron Dudevant. Elle le trompa avec Jules Sandeau, qui la fit entrer dans le monde enchanté de la littérature. Elle quitta son mari et son amant, qui lui laissa en cadeau de rupture la moitié de son nom, et elle s'installa à Paris, 19, quai Malaquais, où vous pouvez toujours aller voir sa maison. A partir de là, on peut distinguer quatre périodes et quatre manières dans la vie et l'art de Mme Sand.

Dans une première période, en bonne élève de Rousseau, blessée par l'échec de son mariage et de ses liaisons, elle peint l'amour sans frein, opprimé par la loi : c'est *Indiana*, c'est *Lélia*, c'est *Mauprat*.

Elle admire Lamennais, elle se lie avec Pierre Leroux, mystique et saint-simonien, et se met à écrire des romans socialistes, humanitaires et un peu bêlants : *Le Meunier d'Angibault*, *Le Péché de Monsieur Antoine*.

Elle est reprise par le Berry, elle s'installe à Nohant et elle donne des romans champêtres dont tous les enfants connaissent les titres : *La Mare au diable*, *La Petite Fadette*, *François le Champi* et *Les Maîtres sonneurs*. Il faut lire les dialogues entre Germain, le veuf, et la petite Marie dans *La Mare au diable*. C'est gai, c'est frais, ce n'est rien du tout, c'est charmant. Ça ne tirerait que des larmes légères et pas à conséquence si Sand n'ouvrait la voie au genre terrifiant du roman régionaliste qui a fait tant de ravages dans nos terres labourables.

Enfin, dans un automne souriant et serein, elle raconte des histoires romanesques comme *Le Marquis de Villemer* ou *Les Beaux Messieurs de Bois-Doré*.

On peut, bien sûr, agir de la sorte, si on veut, et étudier les thèmes successifs de la bonne dame de Nohant. Quel ennui ! Revenons plutôt, voulez-vous ? aux heures enchantées et sinistres où elle rencontre Musset et où s'élève entre eux la plus belle peut-être et en tout cas la plus célèbre de toutes les histoires d'amour.

Elle commence, en lever de rideau, par allumer l'horrible Sainte-Beuve. Et puis Prosper Mérimée. Celui-là au moins ne s'en laisse pas conter : « Je vous serais bien obligé de me dire si vous êtes guérie, si votre mari sort quelquefois tout seul, enfin si j'aurais quelque chance de vous voir sans vous ennuyer... » Impossible d'être plus clair. Échec avec Sainte-Beuve et fiasco avec Mérimée. Enfin, à un dîner de la *Revue des Deux Mondes*, elle tombe sur Musset. Dans les derniers jours de juillet, Sand reçoit de Musset une lettre impérissable : « Mon cher George, j'ai quelque chose de bête et de ridicule à vous dire [...]. Je suis amoureux de vous. » Il a vingt-deux ans. Elle en a vingt-neuf. Ça va, si l'on ose dire, péter des ronds de chapeau.

Que font les amoureux ? Ils partent. Et de préférence pour Venise. Des torrents de livres ont été écrits sur ce voyage qui est comme le rêve romantique et un peu fou de la condition humaine. Nous savons déjà que les amants descendent le Rhône en compagnie de Stendhal. A Florence, George tomba malade et Alfred courut les filles. A Venise, ce fut l'inverse. Dans la chambre 13 du Danieli, en face de l'Isola San Giorgio, de son haut campanile et de la Douane de mer, Alfred rentra un soir, le visage tout en sang : il s'était battu toute la nuit. Une espèce de fièvre s'empara de lui. Sand appela un médecin. C'était le beau et médiocre Pagello. Il avait vingt-six ans et Musset, dans son délire, les vit, ou crut les voir, tous les deux boire leur thé dans la même tasse.

Au pied du lit de Musset, Sand écrivit une déclaration d'amour enflammée et la donna à lire au médecin qui demanda avec naïveté à qui elle était destinée. Alors, Sand arracha les feuilles des mains de l'Italien et ajouta d'une plume rageuse : « Au stupide Pagello. »

Musset quitte Venise et laisse George Sand dans les bras de Pagello. Elle s'installe chez lui et décore son intérieur : elle avait, dit joliment Maurois, « l'adultère ménager ». Le drame était que Musset et Sand, qui ne s'aimaient déjà plus, s'aimaient pourtant encore. « Tu m'as dit de partir, écrit Alfred, et je suis parti ; tu m'as dit de vivre, et je vis. » « Adieu, adieu, mon ange, écrit George. Adieu mon petit oiseau. » « Je t'aime encore d'amour, écrit Musset. Tu t'es crue ma maîtresse, tu n'étais que ma mère. » « Que j'aie été ta maîtresse ou ta mère, répond Sand, peu importe, je sais que je t'aimais, et c'est tout. »

Ils s'aiment, ils se quittent, ils se reprennent, ils se quittent à nouveau. Ils ont du mal à s'aimer, plus de mal encore à se quitter. Et nous aussi, nous avons du mal à les quitter. Elle en appelle à ce Dieu auquel elle ne croyait plus et ce sont des cris plus forts et plus beaux que ses romans : « Ah ! rendez-moi mon amant et je serai dévote et mes genoux useront les pavés des églises. » Lui écrivait encore à son fantôme d'amour : « Je t'aime, je t'aime, je t'aime, adieu. Adieu ma vie, mon bien. Adieu mes lèvres, mon cœur, mon amour. » Il fallait bien en finir. Elle se fit couper les cheveux, elle les envoya à Musset et elle s'enfuit à Nohant. Dans son *Journal intime* figurent ces mots brûlants qui valent à jamais à George Sand, malgré *La Petite Fadette* et *Le Meunier d'Angibault*, malgré ses folies avec Chopin aux Baléares et avec beaucoup d'autres qui ne le valaient pas, une place à part dans le cœur de ceux qui aiment et qui – c'est la même chose – aiment la littérature : « O mes yeux bleus, vous ne me regarderez plus ! [...] Adieu mes cheveux blonds,

211

adieu mes blanches épaules, adieu tout ce que j'aimais, tout ce qui était à moi! J'embrasserai maintenant, dans mes nuits ardentes, le tronc des sapins et les rochers dans les forêts en criant votre nom et quand j'aurai rêvé le plaisir, je tomberai évanouie sur la terre humide. »

A l'enterrement de George Sand, en juin 1876, Hugo envoie un message : «Je pleure une morte et je salue une immortelle [...]. Est-ce que nous l'avons perdue? Non. Les hautes figures disparaissent, mais ne s'évanouissent pas. [...] George Sand était une idée; elle est hors de la chair, la voilà libre; elle est morte, la voilà vivante.» Flaubert et Renan assistaient à l'enterrement. Flaubert trouva le texte de Hugo très beau. Renan déclara qu'il était inepte et que c'était un ramassis de lieux communs. A l'instant où le corps de l'auteur de *Lélia* était déposé sous la terre, un rossignol se mit à chanter. Flaubert écrit à son ami Tourgueniev : « La mort de la pauvre mère Sand m'a fait une peine infinie. J'ai pleuré comme un veau. [...] Il fallait la connaître comme je l'ai connue pour savoir tout ce qu'il y avait de féminin dans le grand homme, l'immensité de la tendresse qui se trouvait dans le génie. »

La passion et la tendresse ont sauvé ce cœur pur qui avait quelque chose de généreux et de tarte et qui aimait l'amour.

FLAUBERT

(1821-1880)

Le Viking

C'est un géant. La taille haute, le corps massif, le regard clair, Gustave Flaubert, né la même année que Baudelaire à l'hôtel-Dieu de Rouen où son père est chirurgien-chef, est le Viking de notre littérature. Sa mère est une pure Normande. Elle était la fille du docteur Fleuriot, installé à Pont-l'Évêque, qui avait épousé une demoiselle Cambremer de Croixmare, au nom étrangement proustien. Le père de Gustave, d'origine champenoise, était un élève de Dupuytren, chirurgien de Louis XVIII et de Charles X, créateur surtout de l'anatomie pathologique. Il faut imaginer le jeune Gustave en train de grandir à l'ombre d'un hôpital où son père, « vision comique et funèbre » selon Kléber Haedens, disséquait des cadavres.

Dès l'enfance apparaissent deux traits fondamentaux de Flaubert : une certaine fascination du mal, de la souffrance, de l'horrible ; et le souci d'une information, souvent un peu sinistre, sur les événements et la vie qui entraînera un goût du document assez impressionnant. Très loin de l'écrivain d'humeur qui se laisse aller de chic et par plaisir à son inspiration, Flaubert sera un travailleur acharné et tous ses ouvrages exigeront un formidable travail de préparation. « J'ai bientôt lu tout ce qui se rapporte à mon sujet de près ou de loin », écrira-t-il à propos de *Salammbô*. Et à propos de *Bouvard et Pécuchet* : « Savez-vous à combien se montent les ouvrages qu'il m'a fallu absorber pour mes deux bonshommes : à plus de 1 500 ! »

Malgré la douceur d'un foyer très uni d'où le rire n'était pas exclu, l'atmosphère familiale ne devait pas être légère ni folichonne à l'hôtel-Dieu de Rouen. Pour lutter contre la tristesse, le jeune Gustave développe, en vrai carabin, un sens de la farce, de la grosse gaieté, et invente un personnage fictif auquel il prête les propos les plus cyniques et les mieux faits pour effaroucher les bourgeois qu'il ne porte pas dans son cœur : « le Garçon ». Le recours à l'ironie, le pessimisme, la contradiction, un certain inconfort fondamental furent encore exaspérés par une double série d'événements. Une suite de deuils d'abord : mort du père, puis trois mois plus tard de la sœur qui laissait un enfant, Caroline, dont son oncle s'occupera toute sa vie ; des crises nerveuses ensuite qui prirent des allures d'épilepsie et dont Sartre, dans le travail qu'il consacrera à Flaubert, *L'Idiot de la famille*, soulignera l'importance.

L'été, la famille allait à Trouville qui n'était encore, avant Morny et le Second Empire, qu'un village de pêcheurs. C'est là qu'après un bref coup de cœur pour la fille d'un amiral anglais, Gertrude Collier, allait surgir, en costume de bain, une apparition inoubliable : Elisa Schlesinger. Mariée depuis sept ans à un éditeur de musique, Mme Schlesinger avait vingt-six ans. Flaubert en a quinze quand il la rencontre sur la plage. Vingt ans plus tard, elle lui inspirera le plus beau peut-être de ses romans : *L'Éducation sentimentale*. Mme Arnoux, dont Frédéric Moreau, étudiant à Paris, s'éprend au premier coup d'œil, est Elisa Schlesinger.

Une troisième femme, ou une quatrième si on compte la rencontre dans le Midi avec Eulalie Foucaud de Langlade, allait jouer un rôle important dans la vie de Flaubert : Louise Colet. Louise Colet était belle. Elle était aussi et surtout un bas-bleu d'une efficacité redoutable. Elle collectionnait les écrivains : coup sur coup, si j'ose dire, elle avait été la maîtresse de Victor Cousin, de Musset, de Vigny. Vers la fin de sa vie, elle devait frapper d'un coup de poignard le journaliste et humoriste Alphonse Karr qu'elle accusait d'indiscrétion et de ce qu'on appellerait aujourd'hui une atteinte à la vie privée. Alphonse Karr avait conservé le poignard et l'avait exposé dans son salon avec une inscription : « Donné dans le dos par Mme Louise Colet. » Flaubert rencontre Louise Colet chez le sculpteur Pradier et pendant une dizaine d'années leurs deux vies se mêlent au milieu des drames, des larmes, des lettres d'amour et de rupture, des réconciliations et des tempêtes.

L'amitié, surtout, joua un grand rôle dans la vie de Flaubert. Après Ernest Chevalier, ami de la petite enfance, et Alfred Le Poittevin dont la sœur allait être la mère de Maupassant, si proche de Flaubert par le physique et l'affection que j'ai longtemps cru, à tort sans doute, que l'un était le fils de l'autre, les deux amis intimes de Flaubert sont deux écrivains qui tiennent une place considérable dans sa vie : Louis Bouilhet et Maxime Du Camp.

Louis Bouilhet était le fils du directeur des hôpitaux de la campagne de Russie. Gustave Flaubert se lia avec lui à Rouen, dès la classe de 5ᵉ, et lui dédicacera *Madame Bovary*. C'était un médecin qui était passé au théâtre et à la poésie. Il est l'auteur de quelques vers immortels :

On est plus près du cœur quand la poitrine est plate

ou :

Tu n'as jamais été dans tes jours les plus rares
Qu'un banal instant sous mon archet vainqueur.
Et comme l'air qui sonne au bois creux des guitares,
J'ai fait chanter mon rêve au vide de ton cœur.

Maxime Du Camp fut l'ami le plus fidèle et le plus dévoué, et sa vie ne manque pas d'intérêt. Mais il était ambitieux et pressé d'arriver. Une de ses formules sur Flaubert est restée célèbre : « Gustave Flaubert a été un écrivain d'un talent rare ; sans le mal nerveux dont il fut saisi, il eût été un homme de génie. » Rien d'étonnant à voir Flaubert, qui l'aimait tendrement, lui écrire en juin 1856 : « Être connu n'est pas ma principale affaire. Je vise à mieux : à me plaire et c'est plus difficile [...]. Le succès me paraît être un résultat et non le but [...]. Nous ne suivons plus la même route, nous ne naviguons plus dans la même nacelle [...]. Moi, je ne cherche pas le port, mais la haute mer. Si je fais naufrage, je te dispense du deuil ! »

En 1848, Alfred Le Poittevin meurt. Flaubert s'était longuement entretenu avec lui d'un projet de livre intitulé *La Tentation de saint Antoine*. En souvenir de son ami, il mène à bien l'ouvrage et le lit à Bouilhet et à Maxime Du Camp. Tous deux lui conseillent de jeter le manuscrit au feu et de s'intéresser plutôt, pour se guérir de son lyrisme, à l'histoire curieuse et moins flamboyante de l'officier de santé Delamare, ancien élève du père de Flaubert. C'est l'origine de *Madame Bovary*.

Malgré ses divergences avec Maxime Du Camp, Flaubert entreprit avec lui deux voyages décisifs pour son œuvre d'écrivain. D'abord un voyage à pied en Touraine, en Bretagne, en Normandie, d'où allait sortir un livre écrit en collaboration, les chapitres impairs étant de Flaubert et les chapitres pairs de Du Camp : *Par les champs et par les grèves*. Ensuite, et autrement long et important, de novembre 1849 à 1851, un voyage en Égypte, au Liban, en Palestine, en Turquie, en Grèce et en Italie, qui allait nourrir de souvenirs et d'images *Salammbô*, *Hérodias* et la dernière version de *La Tentation de saint Antoine*.

Aussi précieuse et plus libre que ses romans, la *Correspondance* de Flaubert nous livre ses impressions au cours de ce voyage. Les pages sur l'Égypte, sur ses relations avec la courtisane Kuchuk-Hanem, rencontrée le long du Nil, sur ses rêves et ses réflexions sont irrésistibles. Avec un mélange de profondeur et de simplicité très caractéristique de son génie, à travers des calembours et de grosses plaisanteries, au milieu des coups de gueule et des obscénités, il fait revivre tout un monde et s'en moque en même temps. Car Flaubert est d'abord un homme du contraste et un artiste écartelé.

Au retour d'Orient, Flaubert s'enferme à Croisset, sur les bords de la Seine, non loin de Rouen, et travaille à *Madame Bovary*. Il y consacrera cinq ans, forçat rivé à sa table de travail, moine au service de l'art, écrivant quelques lignes par jour, raturant, reprenant, corrigeant inlassablement, se tuant à la tâche. Comme Stendhal ou Baudelaire, mais différemment, Flaubert cherche une issue au romantisme. Il l'achève, aux deux sens du mot, comme Bonaparte achève la Révolution : il le flingue et il l'accomplit. *Madame Bovary*, c'est un lieu commun, se situe à la jonction entre le romantisme et le naturalisme. Le livre est le modèle du roman objectif d'où l'auteur est absent et il s'ouvre pourtant avec le mot *nous* : « Nous le vîmes arriver... » Mais le *nous* et l'auteur s'évanouissent aussitôt sans laisser de trace pour céder la place à un récit objectif où l'émotion, l'ironie, la passion, la tristesse ne surgissent que des événements et du style volontairement retenu qui les rapporte. « L'artiste, disait Flaubert, doit être dans son œuvre comme Dieu dans la création, invisible et tout-puissant, qu'on le sente partout et qu'on ne le voie pas. »

Madame Bovary paraît d'abord, en 1856, dans la *Revue de Paris*, fondée par Maxime Du Camp quelques années plus tôt. Du Camp, toujours serviable et zélé, avait écrit à Flaubert : « Tu as enfoui ton roman sous un tas de choses bien faites, mais inutiles. On ne le voit pas assez. Il s'agit de le dégager. C'est un travail facile. Nous le ferons faire sous nos yeux par une personne exercée et habile. » Au dos de la lettre de Du Camp, Flaubert écrivit simplement : « Gigantesque. »

Cité par les Goncourt, Mgr Dupanloup, dans le rôle inattendu de critique littéraire, crée la surprise en voyant plus juste que Du Camp : « *Madame Bovary* ? Un chef-d'œuvre, monsieur. Oui, un chef-d'œuvre pour ceux qui ont confessé en province. »

A peine publié chez Michel Lévy en 1857, le roman fut l'objet d'un procès pour outrage à la morale publique. Le procureur Pinard, le même qui opérera quelques mois plus tard, avec succès, contre Baudelaire, prononça un réquisitoire resté célèbre. Flaubert fut acquitté, mais les attendus lui reprochèrent de ne pas s'être « suffisamment rendu compte qu'il y a des limites que la littérature, même la plus légère, ne doit pas dépasser ». *Même la plus légère* est une perle que Flaubert dut apprécier.

Mal consolé par le succès de scandale de *Madame Bovary*, exaspéré par les critiques, dégoûté de la littérature, Flaubert décide de « tâcher de leur tripleficeler quelque chose de rutilant et de gueulard ». Ce sera *Salammbô*, qui n'est pas loin de répondre, avec sa fameuse phrase d'ouverture aussi célèbre que celle de Proust : « C'était à Megara, faubourg de Carthage, dans les jardins d'Hamilcar... », à ce programme désespéré.

Salammbô demande encore à Flaubert plusieurs années de travail. Il lui faudra cinq autres années pour mener à bien *L'Éducation sentimentale* qui mêle à la description des joies et des déceptions de la génération de 1848 le souvenir de sa passion pour Elisa Schlesinger. On y trouve à la fois l'histoire sentimentale d'une âme à la poursuite d'un amour impossible et l'histoire sociale et morale de la fin de la monarchie de Juillet. « Un historien désireux de connaître l'époque qui précéda le coup d'État, écrit Georges Sorel, ne peut négliger *L'Éducation sentimentale*. » Et Mme Dambreuse, qui devient la maîtresse du jeune Frédéric Moreau, désespéré par Mme Arnoux, alias Mme Schlesinger, est Valentine Delessert, l'amie de Du Camp, que nous avons déjà rencontrée. *L'Éducation sentimentale* est peut-être le plus beau des romans de Flaubert. Le plus classique et le plus moderne à la fois des romans de formation. Son succès fut médiocre.

Bouvard et Pécuchet est un livre étrange, très nouveau, éminemment ambigu. C'est l'histoire de deux copistes qui s'assoient l'un en face de l'autre pour passer en revue la totalité des connaissances humaines. Le roman, où vous retrouvez, tournée en dérision, la folie de Flaubert pour la documentation, constitue une sorte d'encyclopédie en forme de farce. Flaubert voulait délibérément écrire une œuvre « arrangée de telle manière que le lecteur ne sache pas si on se fout de lui, oui ou non ». Il y réussit à merveille. Les deux complices sont à la fois des imbéciles et les porte-parole de Flaubert qui rédige dans leur sillage un *Dictionnaire des idées reçues*.

Flaubert était une force de la nature, puissante et tonitruante. Dans les moments d'ennui ou de découragement, le recours à sa *Correspondance*, si vive, jaillissante, est recommandé. C'est une leçon d'énergie et d'intelligence. C'est un bouillonnement d'idées et une mine de recettes pour apprentis écrivains. Flaubert est, dans nos lettres, et au même titre que Balzac ou que Proust, une figure de légende. On voit Balzac en robe de chambre, en train de boire du café. Dans sa pièce tapissée de liège, on voit Proust, malade, qui demande à Céleste de lui préparer une fumigation. On voit Flaubert dans son « gueuloir » : il déclame une de ses phrases pour voir si elle tombe bien. Le début de *Salammbô*, peut-être. Ou la fin d'*Hérodias*, qui raconte l'histoire de saint Jean Baptiste, décapité par Hérode à la demande de sa femme et de sa fille, et se termine, contre toutes les règles, par un adverbe qui n'en finit pas : « Et ils portaient sa tête, alternativement. »

Il y a un mot qui ne va pas bien à Flaubert : c'est le mot *talent*. Il n'est pas couvert de dons, il n'est pas tellement brillant. Il est plutôt solide que doué. C'est un travailleur de génie. Il a l'air d'illustrer la formule fameuse : « 10 % d'inspiration, 90 % de transpiration. » Dans une lettre superbe, il écrit à Maupassant : « Trop de putains ! trop de canotage ! trop d'exercice ! Oui, monsieur, il *faut*, entendez-vous, jeune homme, il *faut* travailler plus que ça. Tout le reste est vain, à commencer par vos plaisirs et votre santé ; foutez-vous cela dans la boule [...]. Ce qui vous manque, ce sont les *principes*. On a beau dire, il en faut ; reste à savoir lesquels. Pour un artiste, il n'y en a qu'un : tout sacrifier à l'Art. La vie doit être considérée par lui comme un moyen, rien de plus, et la première personne dont il doit se foutre, c'est de lui-même. » Il s'est foutu de lui-même. Il a tout sacrifié à l'Art. Il a beaucoup travaillé. Avec Balzac, le visionnaire, avec Stendhal, le Milanais égoïste et mélomane, Flaubert, le bûcheron, le besogneux qui sent l'huile, diront ses adversaires, le patron, diront ses fans, est l'un des trois fondateurs de notre roman moderne.

BAUDELAIRE

(1821-1867)

Splendeur et misère du génie

Né une vingtaine d'années après Hugo, Baudelaire meurt à quarante-six ans, près de vingt ans avant
l'auteur de la *Tristesse d'Olympio*. Tout, jusqu'aux
épreuves, réussit à Hugo. Jusqu'à l'amour et à la
beauté, tout n'est pour Baudelaire que souffrance et
désenchantement. La vie et la mort de Baudelaire
sont sinistres. La vie de Hugo est un chef-d'œuvre. Et
sa mort est un triomphe. Hugo, à nos yeux, est pourtant loin d'occuper tout seul l'espace poétique de son
époque écrasée par son génie. Malade, usé par la vie,
à peu près ignoré de ses contemporains, moqué,
condamné, Baudelaire est, pour beaucoup d'entre
nous, un des plus grands poètes, et peut-être le plus
grand, de notre littérature où, annonciateur des temps
modernes, il fait courir comme un frisson nouveau.

Il était le fils d'un prêtre assermenté qui était
aussi peintre et chef des bureaux du Sénat et qui eut à
peine le temps, avant de disparaître, d'introduire son
fils aux splendeurs de la peinture. Un an après la mort

de son père, sa mère se remarie avec un officier qui finira général, ambassadeur, sénateur d'Empire et qui commandera l'École polytechnique : le général Aupick. Entre le général et son beau-fils, les choses ne se passèrent pas bien.

Le jeune Charles Baudelaire était une espèce de dandy dégoûté par le monde et par la société. « Être un homme utile, disait-il, m'a toujours paru quelque chose de hideux. » Après des études assez brillantes au lycée Louis-le-Grand – il a un prix de vers latins –, il se fait renvoyer et décroche pourtant son baccalauréat. A la suite de quelques frasques, notamment avec une prostituée juive du nom de Sarah la Louchette, son beau-père l'embarque sur un voilier à destination de Calcutta. Il débarque en chemin à l'île Maurice, et il y passe quelques mois avant de rentrer en France. A Paris l'attendent les consolations de la drogue et d'une belle mulâtresse rencontrée sur les planches d'un beuglant où se joue un vaudeville qui ne vole pas très haut : *Le Système de mon oncle*.

Statue aux yeux de jais, grand ange au front d'airain,

Jeanne Duval, la Vénus noire, marquera de son empreinte toute sa vie et une partie de son œuvre.

Elle ne sera pas la seule. Il tombera encore amoureux d'une actrice aux yeux verts qui le quittera pour Banville : Marie Daubrun. Et surtout de la maîtresse assez éclatante d'un financier belge, Mme Sabatier, surnommée la Présidente, qui recevait dans son salon, près de la place Pigalle, artistes et écrivains. Apollonie Sabatier, dont Judith Gautier, la fille de Théophile, disait : « Son air triomphant mettait autour d'elle de la lumière et du bonheur », jouera un rôle considérable dans la vie et dans les poèmes de Baudelaire :

Ange plein de bonheur, de joie et de lumière!

Ou :

Je suis l'Ange gardien, la Muse et la Madone.

Entre-temps, sa famille lui aura imposé un conseil de tutelle en la personne de Me Ancelle, notaire, il aura essayé de se tuer d'un coup de couteau et il aura écrit quelques-uns des vers les plus purs et les plus inoubliables de notre littérature.

Dans une existence misérable, qui s'achève par une paralysie générale, dont les premiers symptômes graves se feront sentir en Belgique par une attaque d'hémiplégie et par la perte de la parole, qu'est-ce qui compte, sinon ces vers? Quand on parle de Baudelaire, on a surtout envie de passer sur une vie d'une tristesse accablante et de se souvenir des mots enchantés qui marquent à la fois la fin du romantisme et l'ouverture de domaines longtemps fermés, inquiétants et maudits.

Les soirs illuminés par l'ardeur du charbon,
Et les soirs au balcon, voilés de vapeurs roses,
Que ton sein m'était doux! que ton cœur m'était bon!
Nous avons dit souvent d'impérissables choses
Les soirs illuminés par l'ardeur du charbon.

Que les soleils sont beaux dans les chaudes soirées!
Que l'espace est profond! que le cœur est puissant!
En me penchant vers toi, reine des adorées,
Je croyais respirer le parfum de ton sang.
Que les soleils sont beaux dans les chaudes soirées!

La nuit s'épaississait ainsi qu'une cloison,
Et mes yeux dans le noir devinaient tes prunelles,
Et je buvais ton souffle, ô douceur! ô poison!
Et tes pieds s'endormaient dans mes mains fraternelles.
La nuit s'épaississait ainsi qu'une cloison.

Ou :

Je te donne ces vers afin que si mon nom
Aborde heureusement aux époques lointaines
Et fait rêver un soir les cervelles humaines,
Vaisseau favorisé par un grand aquilon,

Ta mémoire, pareille aux fables incertaines,
Fatigue le lecteur ainsi qu'un tympanon
Et par un fraternel et mystique chaînon
Reste comme pendue à mes rimes hautaines.

Hugo a une œuvre immense. Baudelaire passe à
la postérité avec un seul volume. Les vers faibles n'y
manquent pas. Mais d'autres ont une splendeur
incomparable et une sorte de magie flotte sur les
femmes damnées, les vampires, les divans, les étoffes
et les fleurs, les chevelures dénouées, les navires dans
les ports. Sous le soleil des tropiques rêvent des
esclaves et de jeunes indolentes. Comme chez Hugo,
il y a du clinquant chez Baudelaire, des affaissements

soudains, des vers assez plats et même parfois des lieux communs. Mais les poncifs eux-mêmes brillent d'un sombre éclat.

Du poème *Recueillement* qui commence ainsi :

Sois sage, ô ma Douleur, et tiens-toi plus tranquille

et se termine par :

Entends, ma chère, entends la douce Nuit qui marche,

Paul Valéry disait : « Les premiers et les derniers vers de cette poésie sont d'une telle magie que le milieu ne fait pas sentir son ineptie et se tient aisément pour nul et inexistant. »

Les Fleurs du mal paraissent en juin 1857. En apparence au moins, le Second Empire fait régner l'ordre moral. Dès le mois d'août, le procureur Pinard, qui s'était déjà attaqué, mais en vain, quelques mois plus tôt, à *Madame Bovary,* lance un réquisitoire violent contre l'immoralité révoltante du poète. Baudelaire est condamné et six pièces doivent être retirées du recueil.

Comme Stendhal, comme Flaubert, Baudelaire est un de ceux qui accompagnent le romantisme sur le chemin du cimetière. Mais le cadavre bouge encore. Stendhal est un romantique sec. Baudelaire est un romantique luxurieux et magique. Visiblement, un romantique. Mais un romantique de la charogne et des pièges voluptueux. Le romantisme, avec lui, est déjà gravement atteint. Il est malade, il se débat, il est la proie de cauchemars, il va mourir.

227

Il est conscient de sa déchéance et il pousse des cris de révolte.

> *O Satan, prends pitié de ma longue misère!*

Ou :

> *Je suis la plaie et le couteau!*
> *Je suis le soufflet et la joue!*
> *Je suis les membres et la roue,*
> *Et la victime et le bourreau.*

Ou encore :

> *O mort, vieux capitaine, il est temps! Levons l'ancre.*
> *Ce pays nous ennuie, ô mort! Appareillons!*
> *Si le ciel et la mer sont noirs comme de l'encre,*
> *Nos cœurs que tu connais sont remplis de rayons!*

Baudelaire n'est pas seulement un poète de la volupté, du vertige, de la lassitude et de la mort. Il est aussi un critique d'une merveilleuse intelligence. A une époque où le génie de Wagner est encore méconnu, il le découvre et le salue. C'est lui qui traduit en français les œuvres d'Edgar Poe, qui lui est si proche. C'est lui encore qui admire et défend tant de peintres à qui l'avenir appartient, de Delacroix et Courbet à Manet et Cézanne.

Au poète se joignait chez Baudelaire un prosateur halluciné. Et l'un ne se distinguait guère de l'autre : « Il faut être toujours ivre [...]. Pour ne pas sentir l'horrible fardeau du Temps qui brise vos

épaules et vous penche vers la terre, il faut vous enivrer sans trêve. Mais de quoi ? De vin, de poésie ou de
vertu, à votre guise. Mais enivrez-vous. » Ses *Petits
Poèmes en prose,* son *Spleen de Paris,* ses *Paradis artificiels*
défrichent un champ nouveau dans notre littérature
et ouvrent un chemin où s'engouffreront les générations à venir : « Seigneur, ayez pitié, ayez pitié des
fous et des folles ! O Créateur ! peut-il exister des
monstres aux yeux de Celui-là seul qui sait pourquoi
ils existent, comment ils se sont faits et comment ils
auraient pu ne pas se faire ? » Ou : « J'aime les
nuages... les nuages qui passent... là-bas... les merveilleux nuages. »

Il était aussi un polémiste redoutable qui tombait
à bras raccourcis à la fois sur les lieux communs de la
tradition et sur les mythes du progrès : « Je m'ennuie
en France, écrit-il, surtout parce que tout le monde y
ressemble à Voltaire, l'anti-poète, le roi des bavards,
le prince des superficiels, l'anti-artiste, le prédicateur
des concierges. » Il dénonçait chez Chateaubriand le
« dandysme du malheur ». Il traitait Musset de
« croque-mort langoureux ». Il moquait les « religions
modernes ridicules : Molière, Béranger, Garibaldi ».
Il vouait une haine inexpiable à George Sand contre
qui il retrouve les accents vengeurs du moraliste qui
lutte en lui avec le révolté.

Baudelaire est le type même de l'artiste mal à
l'aise dans le monde et qui en veut à la société qui ne
l'a pas reconnu. De ses prédécesseurs romantiques, il
a hérité le désespoir et le goût du malheur. Il vit ce
malheur avec une profondeur jusqu'alors inconnue. Il
est le dernier des romantiques. Il est le premier des

modernes. L'art et la vie se fondent chez lui en un cauchemar de mystère, de lassitude et de volupté. Dans cette sombre détresse, il se débat en quête des élixirs qui lui feront oublier l'horreur de sa condition. Du fond de sa déchéance, il veut se réhabiliter aux yeux de lui-même et du monde : « Seigneur, mon Dieu ! accordez-moi la grâce de produire quelques beaux vers qui me prouvent à moi-même que je ne suis pas le dernier des hommes, que je ne suis pas inférieur à ceux que je méprise. »

Déchiré entre l'aspiration à la beauté et l'attirance du spleen, entre l'idéal et la charogne, entre Dieu et Satan, il appelle l'ivresse et le vertige pour lutter contre la mort, il appelle le rêve, il appelle la poésie :

> *C'est un cri répété par mille sentinelles,*
> *Un ordre renvoyé par mille porte-voix ;*
> *C'est un phare allumé sur mille citadelles,*
> *Un appel de chasseurs perdus dans les grands bois !*

> *Car c'est vraiment, Seigneur, le meilleur témoignage*
> *Que nous puissions donner de notre dignité*
> *Que cet ardent sanglot qui roule d'âge en âge*
> *Et vient mourir au bord de votre éternité !*

La souffrance l'emporte et il n'a que la souffrance à opposer à la souffrance :

> *Soyez béni, mon Dieu, qui donnez la souffrance*
> *Comme un divin remède à nos impuretés*
> *Et comme la meilleure et la plus pure essence*
> *Qui prépare les forts aux saintes voluptés.*

Ses prières ont été exaucées au-delà de ce qu'il lui était permis d'espérer. Il a beaucoup souffert et ses souffrances lui ont valu d'être admiré et aimé par ceux qui sont venus après lui. Le monde, après Baudelaire, n'a plus été le même. Le voyage, le rêve, la volupté, et jusqu'au bonheur y ont pris quelque chose d'indolent, de magique et de triste qui sort des *Fleurs du mal*.

CLAUDEL

(1868-1955)

Un barbare dans l'Église

Claudel est un aérolithe. C'est un être venu d'ailleurs pour se camper sur cette planète, les pieds enfoncés dans la terre. C'est une cathédrale anachronique dans le siècle de Gide, de Valéry et de Malraux. Il refuse avec violence les homosexuels et les athées, rejetés sans ménagement dans les ténèbres extérieures. Il assimile, avec hardiesse – et avec ignorance –, le surréalisme à la pédérastie. Il foudroie non seulement Gide, mais Racine et Stendhal, coupables de ne pas répondre à l'idée qu'il se fait de Dieu et des hommes. Jules Renard rapporte son mot tonitruant : « La tolérance ? Il y a des maisons pour ça. » Le goût, la mesure, la médiocrité, les joliesses du style ou de la pensée, il les ignore avec superbe. Il est insupportable, magnifique et violent. C'est, selon Thibaudet, « le plus gros paquet de mer poétique que nous ayons reçu depuis Hugo ».

Il est surtout et d'abord un poète catholique. Ou, pour se servir de ses mots, un écrivain qui « envisage tout avec un cœur catholique ». Catholique, parce qu'il a la foi, tombée sur lui comme la foudre le jour de Noël 1886 derrière un pilier de Notre-Dame de Paris où il s'était rendu pour retrouver « la matière de quelques exercices décadents ». Catholique, parce qu'il a rejeté à jamais, selon sa propre formule, « le tétrasyllabe Taine-et-Renan ». Catholique aussi parce que l'universel est son domaine. « Ma fonction était surtout de voir l'universel. »

Il est familier de cet universel parce qu'il est diplomate. En 1893, il a été reçu premier au concours des Affaires étrangères. Et il ne cessera jamais d'être diplomate à part entière, très loin de ces amateurs distingués qui rôdent dans les salons autour de tasses de thé. Il sera ambassadeur à Tokyo, à Washington, à Bruxelles, postes de premier rang. Auparavant, il est envoyé en Chine, aux États-Unis, au Japon, au Danemark, au Brésil, où il séjourne aux côtés de Darius Milhaud et dont les échos colorés et baroques résonnent dans *Le Soulier de satin*. Le métier de diplomate, où il s'est « couvert de gloire dans le rayon de la finance et de l'épicerie », les surréalistes le lui reprocheront. Mais lui n'en rougit pas et il s'en fait gloire : « La plume à la main, je transforme ces sacs de café en milreis et je dépouille la Bible. » Rien ne sera perdu de toute cette expérience qui se retrouvera dans l'œuvre. Il plongeait, et ces mots le dépeignent tout entier et donnent une idée de son génie, « au fond du défini pour y trouver l'inépuisable ».

Il avait déjà écrit *Tête d'or*, placée, il n'y allait pas de main morte, sous la quadruple invocation d'Eschyle, de Shakespeare, de Wagner et de Nietzsche, et *La Ville* quand il partit pour la Chine. C'est à Fou-Tcheou, où il est consul, qu'il devait rencontrer celle qui, avant le mariage avec Reine Sainte-Marie Perrin, fille de l'architecte de Fourvières, fut à la fois son tourment et son plus grand amour : Rose Vetch. Le mari de Rose Vetch s'occupait de trafics plutôt louches — notamment de traite de coolies — vers Madagascar et la Réunion. Le consul à Fou-Tcheou les couvre et fait ce qu'il appelle des « sottises ». *Partage de midi* sortira de cette brûlante expérience.

Qu'est-ce que *Partage de midi*? C'est une histoire d'adultère. C'est la même matière que le théâtre de boulevard. Mais les ressorts vulgaires du ménage à trois ou à quatre sont transfigurés par le souffle poétique et par l'ombre d'un destin où se cache la Providence. *Partage de midi* est un quatuor comme *L'Échange*, écrit quelques années plus tôt, et la hauteur des quatre personnages, leur élévation jusque dans la bassesse, le déchirement final et la naissance à une autre vie en font une pièce très neuve dans le théâtre français. Difficile, sans doute, et superbe. Des milliers de spectateurs ont tressailli aux mots si simples et si lourds d'Ysé : « Mesa. Je suis Ysé. C'est moi. » Claudel est d'abord une présence. La définition qu'il donne du drame japonais, le *nô*, pourrait s'appliquer à lui-même : « Ce n'est pas quelque chose qui se passe. C'est quelqu'un qui arrive. » Claudel est quelqu'un qui entre et qui s'installe chez vous. Un poids. Une masse. Et une respiration.

C'est le théâtre surtout qui a rendu célèbre dans le monde entier le nom de Paul Claudel qui n'est pas seulement l'auteur de *Tête d'or*, de *La Ville*, de

LITTÉRATURE FRANÇAISE

L'Échange et de *Partage de midi*. Après *L'Annonce faite à Marie* — qui reprenait et transposait au Moyen Age *La Jeune Fille Violaine* —, la trilogie de *L'Otage*, du *Pain dur* et du *Père humilié*, où s'affrontent les Coûfontaine et l'affreux Turelure, terroriste, général, préfet d'Empire, rallié à Louis-Philippe et à la monarchie de Juillet, tourne autour du thème du sacrifice et de la vocation divine, acceptée ou refusée.

Barbare, interminable — « Pourvu qu'il n'y ait pas la paire », disait Sacha Guitry —, foisonnant, monumental, *Le Soulier de satin* est un drame du sacrifice. Rose Vetch, décidément, n'était pas si facile à oublier. Doña Prouhèze remet son soulier de satin entre les mains de la Vierge pour s'élancer avec « un pied boiteux » vers Rodrigue, qu'elle aime. Comme Violaine est abandonnée par Jacques Hury pour avoir donné un baiser à Pierre de Craon, le lépreux, comme Sygne de Coûfontaine finit par renoncer à son cousin pour épouser Turelure, comme Ysé renonce à Mesa pour rejoindre Amalric, c'est à don Camille, devenu Ochiali le musulman, Cachadiablo le renégat, que se donnera Prouhèze. Sommet de l'art de Claudel, *Le Soulier de satin* est une somme théologique, une somme d'expériences dramatiques, une somme d'aventures vécues. Ce « laboratoire d'essais et de découvertes », où brillent des passages comme la prière du jésuite, a été abrégé pour la scène par Jean-Louis Barrault, puis mis en scène par Antoine Vitez dans une version intégrale qui durait plus de dix heures.

Grand lecteur, dès sa jeunesse, de Rimbaud, où il voit un « mystique à l'état sauvage » et qu'il s'effor-

236

cera plus tard d'annexer au catholicisme, Paul Claudel est un poète qui ne doit rien à personne, qui a créé son propre mètre, qui est à la fois très traditionnel et profondément révolutionnaire. *Cinq Grandes Odes, Cantate à trois voix, Corona benignitatis Anni Dei* sont des célébrations liturgiques et poétiques où à la muse antique est substituée la grâce de Dieu. Il y a une pythie chez Claudel. Il y a aussi un prophète. Il unit un sens cosmique de tonalité presque païenne à la foi chrétienne la plus inébranlable.

C'est qu'à l'empreinte primordiale de Rimbaud se sont ajoutées, à la façon de strates successives, toute une série d'influences qui se sont combinées entre elles de manière profondément originale : celle de Mallarmé, celles, nous l'avons vu, de Wagner et de Nietzsche, celle surtout de la Bible et des Pères de l'Église, et notamment des mystiques espagnols. Mais impossible d'oublier toutes les expériences vécues, souvent liées à son métier de diplomate, qui sont venues se superposer les unes aux autres : tragiques grecs – il a traduit Eschyle –, philosophies d'Extrême-Orient, musique et rumeurs de la rue du Brésil... La puissante originalité de Claudel a des sources innombrables. Il est, à lui tout seul, un orchestre symphonique aux dimensions de l'histoire et du monde.

Le génie habitait la famille. Le sculpteur Camille Claudel, la maîtresse de Rodin, était la sœur de Paul, qui finit par consentir à son internement dans un asile. Lui, les deux pieds solidement enracinés dans la terre, était très loin d'être menacé par la folie. L'ampleur de son lyrisme, l'originalité de sa forme, la profondeur de ses vues dans ses essais en prose

— *Connaissance de l'Est* ou *Conversations dans le Loir-et-Cher* — font de ce poète qui était aussi ambassadeur, qui ne méprisait pas les réalités d'ici-bas, qui avait un côté paysan, mais qui était d'abord et avant tout catholique, un des écrivains les plus forts, les moins hésitants, les moins soumis à la mode, de notre temps.

Il acceptait les honneurs comme des fonctions à remplir. Battu par Claude Farrère — par Claude Farrère !... — à sa première candidature à l'Académie française, il est élu après la guerre, en 1946, dans la grande fournée de la Libération. Succédant à Valéry, dont il diffère du tout au tout, il finit par devenir une sorte de poète-lauréat de la fin de la Troisième République et du début de la Quatrième. Il reste un des sommets de ce siècle auquel il était à la fois si hostile et si merveilleusement intégré. Sa foi était un roc. Sur sa tombe, à Brangues, sont gravés ces mots : « Ici reposent la cendre et la semence de Paul Claudel. »

GIDE

(1869-1951)

Un janséniste saisi par le désir

Complexe, fuyant, dévoré d'inquiétude, écartelé entre des extrêmes qui se touchaient en lui, Gide est un puritain sensuel. Ses maîtres, dans son enfance, le croyaient demeuré : il couvait sa ferveur comme une fièvre contagieuse. Élevé parmi les soupirs d'un symbolisme expirant, il sacrifie à la mode avec le *Traité du Narcisse*, *La Tentative amoureuse* ou *Le Voyage d'Urien*. Chef-d'œuvre de réitération ironique et grinçante, *Paludes* – qui est l'histoire d'un homme en train d'écrire *Paludes* – marque, avec une subtilité souvent diabolique, la rupture avec le symbolisme et les cénacles parisiens. C'est dans *Paludes* que figure, parmi tant de trouvailles enchanteresses, l'apologie la moins convenue de la lucidité : « Tu me fais penser à ceux qui traduisent " *numero Deus impare gaudet* " par " le nombre deux se réjouit d'être impair " – et qui trouvent qu'il a bien raison. » Deux ans plus tard *Les Nourritures terrestres*, fruit d'un voyage en Algérie, chantent la ferveur et le désir, le refus et la liberté. Il reste dans *Les Nourritures* un peu de ce paradoxe qui faisait le charme de *Paludes* : à la façon, peut-être, d'une *Bhagavad-Gîtâ* occidentale, elles privilégient, dans le même souffle, l'ardeur et le détachement. « Nathanaël, je t'enseignerai la ferveur » et « Nathanaël, à présent jette mon livre ».

La clé de ce livre, qui se situe quelque part entre l'*Ecclésiaste* et Nietzsche et qui ne connut d'abord aucun succès avant de s'imposer comme un classique, est dans l'exaltation du désir au détriment de son objet. Ce qui compte seul, c'est l'amour : « Non pas la sympathie, Nathanaël – l'amour. » Et cet amour est tout à fait indépendant de la chose ou de l'être aimés : « Dieu n'habite pas l'objet – mais l'amour. »

La nouveauté des sentiments et de leur traitement fit que Nathanaël, le disciple bien-aimé, fut un peu pour André Gide ce que *René* avait été pour Chateaubriand : la source d'une gloire immense – bien que tardive – et de beaucoup de malentendus. Quand ils commencèrent à s'intéresser aux *Nourritures terrestres*, les jeunes gens s'imaginèrent volontiers qu'André Gide leur enseignait l'avidité et le goût des choses et des corps de cette Terre. C'était précisément le contraire. *Les Nourritures* constituaient, non « une glorification du désir et des instincts – mais une apologie du dénuement ». « Que l'importance soit dans ton regard, non dans la chose regardée. » Ou encore : « Je te le dis, en vérité, Nathanaël, chaque désir m'a plus enrichi que la possession toujours fausse de l'objet même de mon désir. »

Ce qu'enseigne, dans *Les Nourritures terrestres*, notre Zarathoustra hédoniste, c'est l'amour sans la possession. Le désir se renverse en refus. Ses flûtes et ses trompettes chantent « la victoire sur moi d'aucun dieu – ni la mienne ». On lit le livre dans la fièvre, on le jette par goût de la liberté. La destruction de toute règle devient elle-même une règle, et il est permis de la détruire. « Que mon livre t'enseigne à t'intéresser plus à toi qu'à lui-même – puis à tout le reste plus qu'à toi. » Gide s'impose, puis se nie et mène à n'importe quoi. Il n'en finit pas de choisir l'hésitation, c'est l'âne de Buridan de la compréhension universelle et la formule de Jules Renard lui convient assez bien : « Une fois que ma décision est prise, je balance longuement. »

La contradiction et le déchirement sont l'essentiel de Gide. « Gide n'a cessé d'être divisé contre lui-même, écrit Mauriac. Un gémissement inénarrable couvrait la voix de l'homme charnel. » *Saül* répond aux *Nourritures* comme l'austérité de *La Porte étroite*, au titre si janséniste, répond à *L'Immoraliste* qui célèbre la joie du corps et le monde des formes, des couleurs, des parfums. Gide collabore à la revue *L'Ermitage* où il retrouve Claudel, Ghéon, Francis Jammes, catholiques s'il en est. Et, après avoir fondé la N.R.F. avec Copeau et Schlumberger, il rompt avec le catholicisme. *Les Caves du Vatican*, qui doivent beaucoup de leur célébrité au personnage de Lafcadio, héros de l'acte gratuit, plus proche du surréalisme que de la morale puritaine, puis *Corydon*, contesté par Proust qui préférait pour l'homosexualité un statut plus feutré, et surtout *Si le grain ne meurt* illustreront cette rupture.

La politique nourrit les mêmes contradictions. « J'ai besoin du bonheur de tous pour être heureux », disait Gide. *Voyage au Congo* et *Retour du Tchad* marquent sa lutte contre le colonialisme. Le communisme le séduit. Il écrit dans les pages de son journal intime qu'il est prêt à donner sa vie pour le triomphe de l'U.R.S.S. *Retour de l'U.R.S.S.* et *Retouches à mon Retour de l'U.R.S.S.* marquent au moins une évolution et un infléchissement de ces bons sentiments. Et sans doute un peu plus : un complet renversement. Entre une volonté d'engagement et le goût de l'acte gratuit si cher à Lafcadio, la lutte ne cesse de se poursuivre chez ce maniaque de l'intelligence, chez cet équilibriste passionné, jusqu'à sa mort ambiguë. Benda pouvait parler à juste titre d'une « absence de système qui touche au pathologique ». Tout choix, pour lui, est un suicide.

Flanqué de son inquiétude et de sa sérénité comme de jumeaux inséparables, Gide refuse l'Académie française, mais non tous les honneurs : docteur *honoris causa* d'Oxford, prix Nobel de littérature en 1947. La représentation des *Caves* – plutôt médiocre – à la Comédie-Française, en présence du président de la République, prend des allures d'apothéose : *Les Caves du Vatican* d'André Gide au Théâtre-Français, c'est le couronnement de Voltaire sur la scène où est jouée *Irène*.

Gide est l'anti-Barrès. Inlassablement balancé, en des aspirations contradictoires, entre la liberté sans frein et le conformisme, Cévenol par son père, Normand par sa mère – « Où voulez-vous, monsieur Barrès, que je m'enracine ? » –, il n'en finit jamais de briser avec les lois et avec les coutumes et de libérer les adolescents. Son « Familles, je vous hais » est le cri de révolte et de ralliement contre l'engourdissement du bien-être moral. La formule tranchante de Sartre : « Il n'y a pas de bon père, c'est la règle » n'ajoutera pas grand-chose. Gide est le héraut des inquiétudes du réveil et des départs à l'aube, des rencontres avec l'inconnu et des promesses d'autre chose. Il illustre avant la lettre les mots si beaux de Michaux : « La jeunesse, c'est quand on ne sait pas ce qui va arriver. » Le passant à peine entrevu vient arracher l'enfant à la tiédeur familiale et lui apprendre que les fruits sont meilleurs sous des cieux étrangers. Où est Dieu ? Partout ailleurs. Le seul crime est de se fixer. Il faut toujours partir, quitte à revenir après être parti. Gide ne déteste pas les retours dans le rang, pourvu qu'ils suivent les transgressions. C'est toute la leçon du beau *Retour de l'enfant prodigue* où seule la rupture donne un sens à la douceur du veau gras.

Voilà pourquoi, à la différence d'un Proust qui se confond avec son œuvre ou d'un Claudel qui ne varie jamais d'un iota dans tout ce qu'il écrit, Gide n'est jamais tout entier dans aucun de ses livres. C'est un esprit non prévenu, c'est un insoumis, c'est un ardent partisan d'une contradiction permanente qui n'est pas seulement acceptée, mais hautement revendiquée.

Ferveur, inquiétude, fuite, disponibilité, acte gratuit, refus de tout choix : par un paradoxe qui n'en est pas un − notre littérature n'aime rien tant que d'accueillir des marginaux et de couronner des révoltés −, ce rebelle s'inscrit avec éclat dans la plus haute tradition du classicisme français. Offrant le monde d'une main, le refusant de l'autre, chantre du dépouillement et du désir à la fois, c'est un janséniste enivré de bonheur. Il arrive à des mollesses symbolistes de gâcher parfois son style. N'importe. Par son inquiétude toujours en éveil, par ses contradictions qui annoncent tout le siècle, par sa lucidité mêlée à tant de fièvre, par son intelligence qui ne fait jamais la bête parce qu'elle ne fait jamais l'ange, et qui ferait plutôt le diable, il n'est pas indigne du titre que Malraux – ou peut-être plutôt, selon d'autres, André Rouveyre – lui avait décerné : « le contemporain capital ».

PROUST

(1871-1922)

L'amour et le temps

Né, au lendemain de la guerre de 1870, dans une maison bourgeoise d'Auteuil, Marcel Proust appartient à cette famille magnifique et misérable des nerveux qui est le sel de la terre. Il était faible, rêveur, fragile, d'une sensibilité maladive et il souffrait du rhume des foins. Un jour, à l'âge de neuf ans, en rentrant du bois de Boulogne, il fut pris d'une crise d'asthme si violente que son père, qui avait d'abord voulu être prêtre mais qui était devenu médecin, crut qu'il allait mourir. Plus que son père, l'enfant aimait sa mère. Le comble de la misère pour lui était d' « être séparé de Maman ».

Aux Champs-Élysées, l'enfant jouait avec des petites filles et des petits garçons. La préférée était une petite fille russe qui s'appelait Marie de Benardaky. Ces images de l'enfance qui s'estompent chez la plupart d'entre nous devaient laisser une trace ineffaçable dans la mémoire si impressionnable et si frémissante de celui qu'on appelle volontiers, avec une nuance d'affection vaguement ironique, protectrice et inquiète, le petit Marcel. Au lycée Condorcet, où il poursuit, malgré sa santé, des études brillantes, puis au service militaire, plus tard à la Sorbonne et à l'École des sciences politiques, sa vivacité et sa gentillesse font de lui la coqueluche de ses camarades. Il se lie successivement avec Robert de Billy, avec Fernand Gregh, le poète, avec Daniel Halévy, qui appartenait à une famille étonnante où tout le monde avait du talent, avec Robert de Flers, futur directeur du *Figaro*, auteur immortel, avec Armand de Caillavet, de *L'Habit vert* et du *Roi*, puis avec Léon Daudet, qui devait devenir, aux côtés de Maurras, un des chefs de file de l'Action française, avec les Bibesco, des Roumains irrésistibles de charme et de drôlerie et avec Robert de Montesquiou, poète désastreux et spirituel, avec Bertrand de Fénelon surtout, qu'il allait faire entrer vivant dans la littérature française sous le nom à jamais de Robert de Saint-Loup.

Le jeune Marcel aimait sa mère. Il aimait aussi la littérature. Avec Fernand Gregh, Daniel Halévy et Robert de Flers, il avait fondé une revue qui ne devait connaître que huit numéros et qui s'appelait *Le Banquet*. Plus tard, il collabora à la *Revue blanche* et au *Figaro* en même temps qu'il fréquentait avec une passion mystique les milieux mondains et les salons du faubourg Saint-Germain où l'éclat des noms chargés d'histoire et de rêves le précipitait dans des espèces de transes. Parce que son imagination lui faisait revivre la splendeur et les exploits de leurs ancêtres disparus, il poursuivait de ses assiduités les duchesses et les cercleux. Il y a des snobs par intérêt, par faiblesse, par

masochisme, par bassesse. Il était snob par imagination. Il s'agitait dans les souvenirs de beauté et de
grandeur qui se cachaient derrière le nom de gens qui
se croyaient supérieurs et qui lui étaient très infé-
rieurs. « Cérémonieux et désordonné, il ressemblait,
écrit Colette, à un garçon d'honneur ivre. »

Proust pensait, contre Sainte-Beuve et Taine,
que l'homme qui écrit un livre est radicalement différent de l'homme dans ses activités sociales. Et, en
effet, derrière le jeune homme trop aimable qui se
jetait, dans les salons ou dans les garden-parties, à la
tête des baronnes qui le regardaient d'un œil torve et
que beaucoup fuyaient comme un raseur et un snob,
se profilait en secret un immense écrivain qui, après
avoir traduit Ruskin en français et s'être essayé lui-
même à quelques joliesses secondaires, se consacrait
tout entier à la rédaction d'une œuvre unique et
immense où éclatait un génie longtemps dissimulé
sous la gentillesse et sous la mondanité. Il échappait
aux duchesses et aux chroniques du *Figaro* pour s'élever, au travers d'une maladie qui lui tenait lieu de
salut, à la hauteur d'un Montaigne, d'un Saint-Simon
ou d'un Chateaubriand.

Ce n'est pas assez dire que Marcel Proust a
consacré sa vie à son œuvre : comme Flaubert,
comme Balzac dont il est si différent, il a échangé sa
vie contre son œuvre. Sa constitution fragile et jusqu'à
son asthme l'ont servi : il s'est enfermé chez lui dans
une chambre tapissée de liège et hermétiquement
close où il échappait à la fois aux tentations d'un
monde qu'il avait trop aimé et au pollen qui lui faisait
tant de mal. Et il écrivait son chef-d'œuvre entre

Agostinelli, son chauffeur-secrétaire, qui mourra victime d'un accident d'avion et qui, disparu, deviendra, en changeant de sexe, une des sources d'Albertine, et Céleste Albaret qui donnera tant de traits à Françoise. Chez Proust, comme chez Dante, chez Chateaubriand ou chez Mallarmé, la vie, à travers l'échec, la maladie et la mort, aboutit à un livre où ressuscite tout un monde.

La vie de Proust se confond dès lors avec son œuvre qui est le récit d'une vie en train de se changer en œuvre. Quelques anecdotes parsèment encore la vie, mais toutes se rattachent à l'œuvre. Proust éprouve des difficultés à trouver un éditeur, tant son livre est nouveau, original et troublant. Agacé sans doute par la réputation superficielle de l'auteur – « littérature de rive droite », où abondent les gens du monde –, André Gide, à la N.R.F., refuse d'abord le manuscrit, avant de se repentir et de passer son temps à racheter son erreur. Quelques années plus tard, Léon Daudet, génie dénicheur qui contribuera aussi à la découverte de Céline, fait décerner le Goncourt à Marcel Proust et le rend célèbre d'un seul coup. Au sortir des fadaises d'un symbolisme languissant, Proust est, dans la littérature française, à l'origine d'une révolution aussi importante, ou peut-être plus, que celle de Freud dans la littérature de langue allemande ou celle de Joyce dans la littérature anglo-saxonne.

On s'est beaucoup demandé si *A la recherche du temps perdu* était des Mémoires camouflés, une histoire de la société française au début du XXᵉ siècle ou une investigation psychologique. Ce sont des interrogations un peu vaines. C'est d'abord un roman à la construction rigoureuse. Et non pas seulement une analyse minutieuse des recoins minuscules de la mémoire ou du cœur, mais la conquête audacieuse des lois générales de l'esprit et du monde. Le microscope de Proust est en réalité un télescope.

Il y a eu des lecteurs — il y en a de moins en moins — pour juger Proust ennuyeux et obscur et pour trouver qu'il écrivait mal, sans queue ni tête, à la va-comme-je-te-pousse. Ce qui est frappant, au contraire, c'est la force et la hardiesse d'un projet qui rappelle ces cathédrales où la foule innombrable des détails se fond dans un miracle d'équilibre et d'élan. Le roman de Proust est d'abord un cycle, une structure, d'une cohérence et d'une unité remarquables. « La dernière page du *Temps retrouvé*, affirmait Proust lui-même, se refermera exactement sur la première page de *Swann*. » La démarche de Proust fait souvent penser à un système d'excroissances anarchiques et monstrueuses mais, sous les phrases si longues et parfois embrouillées, l'unité du projet ne cesse jamais de s'affirmer.

D'où vient cette unité ? Le titre de l'œuvre l'indique. De la souffrance devant le temps qui passe et de nos efforts pour retrouver, dans toutes les formes du souvenir et à travers le travail souvent douloureux de la mémoire, tout ce qu'il a emporté et tout ce qu'il nous a arraché. La *Recherche*, en ce sens, est une quête, une initiation, une sorte d'ascèse quasi mystique. Le snob est un moine. Le mondain est un saint laïque.

Cette quête d'un Graal qui se confondrait avec un passé évanoui est menée à coups d'échos, de symétrie, de métaphores, de signes. Une sorte de vertige vous prend à la lecture de Proust. Il y a des livres linéaires où l'intelligence brille d'un éclat froid et sec. *A la recherche du temps perdu* est un livre circulaire, plein de miroirs déformants et de correspondances. Sa lecture obsède et suffoque. Tout lecteur de Proust est un intoxiqué.

Cette quête du temps évanoui, qui recoupe certaines des vues de Bergson et qui doit beaucoup aux grands mémorialistes comme Saint-Simon ou Chateaubriand, passe par des personnages qui ont acquis autant de réalité que le père Goriot ou Gavroche : Swann, Odette, le baron de Charlus, la duchesse de Guermantes, Robert de Saint-Loup, Bergotte, Elstir, Vinteuil nous sont devenus aussi familiers que Mme Bovary ou Fabrice del Dongo. Proust est d'abord un romancier de génie qui nous fait vivre avec ses personnages. Nous les voyons, nous les entendons, nous pénétrons avec eux dans le salon des Guermantes ou de Mme Verdurin, nous respirons l'air du temps et nous souffrons avec Swann de la jalousie que lui inspirent l'attitude d'Odette et les mystères de sa conduite.

L'amour, qui entretient avec le temps des liens si étroits et si redoutables, joue tout naturellement un rôle essentiel dans la *Recherche*. L'amour, chez Proust, est cruel jusqu'à l'intolérable. Il trouve, pour en parler, des formules courtes et incisives qui font contraste avec ses longues phrases compliquées : « L'amour, c'est l'espace et le temps rendus sensibles au cœur » ou « J'appelle ici amour une torture réciproque ». L'amour, chez Proust, est aussi sombre que chez

Racine, mais pour des raisons différentes. Il se confond avec la jalousie. Il est miné par le temps qui passe. Même malheureux et condamné, il cherche encore avec obstination à survivre dans le cœur de la victime qui s'efforce de l'oublier, et pourtant de le préserver. Il est frappé de malédiction.

Au fil des pages de la *Recherche*, le petit Marcel, le chroniqueur mondain du *Figaro*, le snob des salons du faubourg Saint-Germain, se change en un analyste et un expérimentateur féroce de l'amour et du sexe. Toutes les formes de déviations défilent dans son œuvre, non pour séduire ni pour choquer, mais pour pousser aussi loin que possible l'exploration du cœur humain et de ses abîmes. Proust est présent à chaque page de son livre – et il en est étrangement absent : il regarde ce qui se passe et il cherche un secret. Comment ne tomberait-il pas sur le sexe ? Le sexe en dit plus long sur l'homme que toute la comédie sociale qui tient le devant de la scène et dont l'auteur de la *Recherche* est le peintre magistral. Proust est un artiste, le plus artiste peut-être de nos grands écrivains ; c'est aussi un chercheur, un découvreur, un explorateur. Son livre est une cathédrale pleine de fleurs et aux vitraux de couleur, où se presse une foule élégante et où s'élèvent des cantiques ; c'est aussi un laboratoire où grouillent des hordes de rats et où d'affreuses expériences sont menées pour l'avancement de la science.

Le fond de l'affaire est que Proust ne croit guère à ce qui devait devenir un des lieux communs de la pensée collective vers la fin de notre siècle : la communication. La naïveté, la confiance mutuelle, la fusion des âmes, la transparence des cœurs ne sont pas son fort. Proust, qui était si gentil dans la vie de chaque jour, est impitoyable dans son œuvre, et jusqu'à l'atrocité. L'univers de Proust est tout fait de beauté, d'arbres en fleurs, d'œuvres d'art, d'élévation – et de cruauté entre les êtres.

Ce monde étouffant, la drôlerie y règne. Il est difficile de lire Proust, qui a longtemps passé pour un auteur ennuyeux, sans éclater de rire. Le comique des descriptions, des attitudes, des conversations, ne cesse jamais de se conjuguer avec la beauté des haies d'aubépine et des jardins sous le soleil, et avec l'horreur de ces passions qui torturent les humains.

Comme beaucoup de grands romanciers, comme Faulkner avec le Sud, comme Singer avec les Juifs de Pologne, Proust atteint à l'universel en explorant un milieu très étroit : le monde parisien au tournant du xxe siècle. Il atteint l'universel à partir du faubourg Saint-Germain, il embrasse le monde entier à partir du monde des mondains. Il néglige l'espace et se concentre sur le temps.

Le grand absent de cette *Recherche* où défile tout un monde et où se combattent tant de passions, c'est Dieu. Dieu n'est jamais attaqué : il est simplement ignoré. *A la recherche du temps perdu* est un traité de psychologie, de sociologie, de physique, de chimie, de biologie, d'astronomie où les lois de l'attraction des corps et de la combinaison des éléments sont peu à peu dégagées. Ce n'est pas un traité de morale, et encore moins de métaphysique. On chercherait en vain chez Proust la moindre trace d'éternité. La seule transcendance jaillit du monde lui-même : le souvenir et le temps.

Il est l'homme d'un seul livre. Il a renoncé à vivre pour édifier son œuvre. Dans le labyrinthe des passions, il a trouvé son fil d'Ariane : le temps. Le temps qui fait durer les choses et qui les bouleverse, le temps qui nous fait vivre et mourir, le temps qui nourrit l'amour et qui le détruit. Il est le romancier de la mémoire, de la jalousie, de tout le malheur de l'amour parce qu'il est le romancier du temps.

VALÉRY

(1871-1945)

La machine à penser

D'une guerre à l'autre, la vie de Paul Valéry se confond avec la trajectoire de la Troisième République dont il finira par devenir le héros intellectuel et le poète d'État.

La bêtise n'est pas son fort. Trois écrivains, de notre temps et du temps de nos parents ou de nos grands-parents, auront été supérieurement intelligents et auront d'ailleurs, ouvertement, fait profession d'intelligence : Gide, l'aîné, d'une certaine façon le patron, en tout cas la référence, Valéry et Malraux. Par excès de compréhension, Gide était le héraut d'un certain refus intellectuel de choisir. Malraux sera l'artisan de la destruction de la comédie. Valéry avait tué la marionnette en lui. La *lucidité* est le mot clé de la politique intellectuelle de Valéry dont Borges écrivait : « Proposer aux hommes la lucidité dans une ère bassement romantique, telle est la mission de Valéry. »

Paul Valéry naît à Sète – qui s'écrivait encore

Cette – d'un père corse, fonctionnaire des douanes, et d'une mère italienne. La Méditerranée baigne son enfance et en fait pour toujours un classique. La lumière dure de la mer qui vit surgir les tragiques grecs et les premiers philosophes le met en garde contre la mollesse et les facilités et lui enseigne la rigueur. Collège à Montpellier, études médiocres, ennui. La première influence qui s'exercera sur lui est celle de Mallarmé dont il est l'un des fidèles. Il se liera avec Pierre Louÿs, écrivain charmant et encore trop méconnu, deux fois gendre de Heredia – mari d'une de ses filles, amant d'une autre –, auteur d'*Aphrodite*, des *Chansons de Bilitis*, de *Pervigilium mortis*, qui contient de beaux vers, et d'un des romans érotiques les plus réussis de notre temps : *Trois filles de leur mère*, avec Marcel Schwob, l'auteur des *Vies imaginaires*, chef-d'œuvre digne de Borges, avec Heredia lui-même et avec André Gide. Mais, dans le domaine de la littérature, le modèle est Mallarmé. Dès cette époque, Valéry écrit des poèmes qui seront repris plus tard dans *Album de vers anciens*. Mallarmé est très présent dans ces premiers essais où les cygnes, les roses, l'eau transparente et pure occupent beaucoup de place. L'essentiel est pourtant ailleurs – au-delà de la littérature : dès cette époque aussi, il se distingue de Gide. Gide est un *écrivain*. Sous l'influence peut-être d'un personnage un peu mystérieux, un professeur d'origine russe, du nom de Kolbassine, qu'il avait connu à Montpellier, Valéry cherche autre chose : une politique de la pensée.

Au cours de la nuit du 4 au 5 octobre 1892 à Gênes, il se passe quelque chose d'assez extraordinaire. Valéry était tourmenté par une passion dévorante et malheureuse pour une certaine Mme de Rovira dont j'ignore tout, sauf le nom. Il décide dans cette « effroyable nuit » de se libérer de toute passion et de tout sentiment pour se donner tout entier à l'activité intellectuelle. On pourrait comparer la nuit de Gênes à la crise mystique de Pascal dans la nuit du 23 novembre 1654 : « FEU [...]. Joie, joie, joie, pleurs de joie... » – sauf qu'il s'agit évidemment de l'inverse : Pascal renonce à l'orgueil de l'intelligence en faveur du sentiment et de l'effusion ; et Valéry renonce à la passion et au sentiment pour se livrer à l'intelligence, à ses prestiges et à ses mécanismes.

De retour à Montpellier, Valéry jette ses livres. On jette beaucoup ses livres en ces temps-là, où ils commencent à devenir trop nombreux. Rimbaud jette ses livres. Nathanaël jette ses livres. Et Valéry jette ses livres. Il s'éloigne de la littérature et de la poésie. Il veut penser « tout seul ». Et il veut se regarder penser. Il s'installe à Paris dans une chambre de la rue Gay-Lussac. Comme beaucoup d'écrivains de la fin du XIXᵉ siècle qui occupèrent, pour vivre, des postes analogues, il devient rédacteur au ministère de la Guerre. Et il écrit l'*Introduction à la méthode de Léonard de Vinci* où il est moins question de Léonard que du pouvoir de l'esprit et de ses démarches, décrites avec une rigueur et une densité où se lit déjà toute l'œuvre à venir. Un an plus tard, c'est *La Soirée avec Monsieur Teste*.

M. Teste est « une sorte d'animal intellectuel », un de « ces monstres d'intelligence et de conscience de soi-même » qui s'inscrivent dans la droite ligne de cet « exercice de l'intellect » auquel Valéry s'est désormais consacré. Cet exercice se poursuit à l'écart des disciplines universitaires traditionnelles ; Valéry, qui s'intéresse de plus en plus aux mathématiques, a deux bêtes noires : l'histoire et la philosophie. Sur l'histoire : « L'histoire est le produit le plus dangereux que la chimie de l'intellect ait élaboré. » Ou : « L'histoire justifie ce qu'on veut. Elle n'enseigne rigoureusement rien, car elle contient tout et donne des exemples de tout. » Sur la philosophie : « Toute philosophie pourrait se réduire à chercher laborieusement cela même qu'on sait naturellement. » Ou : « Je ne suis pas à l'aise dans la philosophie. [...] A la fin, rien n'a été prouvé sinon que A est plus fin joueur que B. »

J'ai fait moi-même l'expérience de cette double hostilité. Je n'écrivais jamais, dans ma jeunesse, aux écrivains que j'admirais : je me contentais de les lire, ce qui est la bonne méthode. Par je ne sais quelle faiblesse ou quelle aberration, j'écrivis à Valéry. Il m'invita à venir le voir et me demanda ce que je faisais. Je lui répondis en tremblant que je préparais l'agrégation d'histoire et que je venais d'y renoncer. Son regard s'illumina. Il m'ouvrit les bras et s'écria : « Ah ! je vous félicite ! Rien n'est plus inutile que l'histoire, rien n'est plus dommageable à un jeune esprit. Et qu'allez-vous faire maintenant ? » Je lui répondis, avec une humble fierté, que je me proposais de préparer l'agrégation de philosophie. Il baissa la tête avec accablement et murmura : « Mais c'est pire ! »

La tentation de cet adversaire de l'histoire, de la philosophie, de la littérature, de cet adversaire, bien entendu, du cubisme, du surréalisme, de Marx et de Freud – la mode, et peut-être l'avenir n'étaient pas son affaire –, c'est le silence. Il s'y enfonce peu à peu. Gide admire ce silence, l'encourage – et s'en inquiète. Valéry est sur la pente de devenir quelque chose comme un raté. En tout cas : un fantôme.

A la veille de la Première Guerre mondiale, c'est Gide et Gaston Gallimard qui feront le siège du fantôme pour qu'il donne à la N.R.F. des textes, de préférence poétiques. Pour qu'il réunisse, au moins, en un ensemble ses anciens poèmes. Valéry hésite et grogne. Et, finalement, accepte. Il écrira même quelques vers en guise d'adieu à la poésie. Ces quelques vers se développeront et paraîtront en pleine guerre, en 1917, à une époque où, paradoxalement, bouillonne sous la menace la vie intellectuelle. Ce sera *La Jeune Parque* :

> *Qui pleure là, sinon le vent simple, à cette heure*
> *Seule, avec diamants extrêmes ?... Mais qui pleure,*
> *Si proche de moi-même au moment de pleurer ?*
> [...]
>
> *Tout-puissants étrangers, inévitables astres*
> *Qui daignez faire luire au lointain temporel*
> *Je ne sais quoi de pur et de surnaturel*
> [...]
>
> *Salut ! divinités par la rose et le sel*
> *Et les premiers jouets de la jeune lumière,*
> *Iles !...*

Malgré son obscurité, niée d'ailleurs par Valéry
et, en tout cas, involontaire – « Je ne veux jamais être
obscur... » –, le succès de *La Jeune Parque* fut immédiat
et foudroyant. Elle marquait le grand retour de
Valéry à la poésie. Il allait non seulement réunir ses
premiers poèmes dans *Album de vers anciens*, mais
recueillir dans *Charmes* toute une série de poèmes
importants.

Les Pas :

> *Si, de tes lèvres avancées,*
> *Tu prépares pour l'apaiser*
> *A l'habitant de mes pensées*
> *La nourriture d'un baiser,*
>
> *Ne hâte pas cet acte tendre,*
> *Douceur d'être et de n'être pas,*
> *Car j'ai vécu de vous attendre,*
> *Et mon cœur n'était que vos pas.*

Fragments du Narcisse, le *Cantique des colonnes* :

> *Un temple sur les yeux*
> *Noirs pour l'éternité,*
> *Nous allons sans les dieux*
> *A la divinité !*
>
> *Filles des nombres d'or,*
> *Fortes des lois du ciel,*
> *Sur nous tombe et s'endort*
> *Un dieu couleur de miel.*

Palmes :

> *Patience, patience,*
> *Patience dans l'azur !*
> *Chaque atome de silence*
> *Est la chance d'un fruit mûr !*

La Pythie, L'Ébauche d'un serpent, et surtout *Le Cimetière marin* qui connaît bientôt la même célébrité que *La Jeune Parque* :

> *Ce toit tranquille où marchent des colombes*
> *Entre les pins palpite, entre les tombes ;*
> *Midi le juste y compose de feux*
> *La mer, la mer, toujours recommencée !*
> *O récompense après une pensée*
> *Qu'un long regard sur le calme des dieux !*
> *[...]*
>
> *Le vent se lève !... Il faut tenter de vivre !*
> *L'air immense ouvre et referme mon livre,*
> *La vague en poudre ose jaillir des rocs !*
> *Envolez-vous, pages tout éblouies !*
> *Rompez, vagues, rompez d'eaux réjouies*
> *Ce toit tranquille où picoraient des focs !*

On voit que *Les Pas*, le *Cantique des colonnes* et même *Le Cimetière marin* qui est naturellement celui de Sète et qui a longtemps joui d'une réputation d'obscurité, sont d'une clarté exemplaire. *Le Cimetière marin* reprend les thèmes classiques, et presque les lieux communs, de la poésie de Ronsard et de la Pléiade :

« Vivez, si m'en croyez, n'attendez à demain »
devient : « Chanterez-vous quand serez vaporeuse ? »
Il les reprend au terme et au prix d'un long travail,
souvent poursuivi « dans l'anxiété et à demi contre
elle ». Pour *La Jeune Parque*, qui compte quelque cinq
cents vers, Valéry avait noirci une centaine de
brouillons qui occuperaient six cents pages. Il soute-
nait que « la durée de composition d'un poème
même très court peut absorber des années ». Tout le
monde connaît la formule fameuse – et malgré tout
contestable – de Valéry : « L'enthousiasme n'est pas
un état d'âme d'écrivain. » Il y a un « métier » poétique auquel il faut savoir se consacrer et qui fait les
œuvres qui durent : « Entre classiques et romantiques, la différence est bien simple : c'est celle que
met un métier entre celui qui l'ignore et celui qui
l'a appris. Un romantique qui a appris son art
devient un classique. » On croit entendre un Boileau ou un La Bruyère qui auraient connu Lamartine et Hugo.

Cette exaltation du métier amène Valéry à rédiger beaucoup d'œuvres de circonstance : préfaces,
essais, dialogues, conférences. Il devient une sorte de
don Juan de la pensée. Sa réputation dépasse le
cadre de la France où il se mue en un personnage
officiel qui fréquente les salons et qui est couvert
d'honneurs. Élu à l'Académie française – où il remplace Anatole France dont il se refuse à prononcer le
nom parce que France a malmené Mallarmé –, il y
reçoit Pétain à qui il consacre un discours resté
célèbre, le félicitant d'avoir découvert que le feu tue.
Il y fait en pleine Occupation un éloge courageux de

Bergson. Il enseigne la poétique au Collège de France. Paradoxe savoureux, ou divulgation d'un secret, le penseur officiel de la Troisième République est un poète difficile qui s'adresse à une élite très restreinte. A sa mort en 1945, le général de Gaulle décrète des funérailles nationales.

Sur l'art, sur l'architecture, sur la peinture, sur la poésie, sur l'histoire, sur la politique, dans *Regards sur le monde actuel*, dans la série des *Variétés* ou dans *Tel Quel*, dans *Mauvaises Pensées*, dans ses *Cahiers*, Valéry exprime des vues souvent originales et fortes où se glissent, ici ou là, des paradoxes un peu forcés ou des vérités premières. Au moment même où la formule était peut-être en train de devenir caduque, conférenciers mondains et orateurs politiques du dimanche ont répété jusqu'à satiété le fameux « Nous autres, civilisations, nous savons maintenant que nous sommes mortelles ». Sur l'Europe – « petit cap du continent asiatique » – et sur son destin, Valéry a des vues subtiles et conservatrices : « Les misérables Européens ont mieux aimé jouer aux Armagnacs et aux Bourguignons que de prendre sur toute la terre le grand rôle que les Romains surent prendre et tenir dans le monde de leur temps. » Ou : « L'Europe aspire visiblement à être gouvernée par une commission américaine : toute sa politique s'y dirige. » Ou encore ceci, qui est réactionnaire et intelligent : « Nous avons étourdiment rendu les forces proportionnelles aux masses ! »

Valéry est d'abord un poète merveilleux qui sait unir un lyrisme dépouillé à ses préoccupations intellectuelles :

La voix des sources change et me parle du soir;
Un grand calme m'écoute où j'écoute l'espoir.
J'entends l'herbe des nuits croître dans l'ombre sainte
Et la lune perfide élève son miroir
Jusque dans les secrets de la fontaine éteinte.

Ou encore :

Honneur des hommes, saint LANGAGE,
Discours prophétique et paré,
Belles chaînes en quoi s'engage
Le dieu dans la chair égaré.
Illumination, largesse!
Voici parler une sagesse
Et sonner cette auguste VOIX
Qui se connaît quand elle sonne
N'être plus la voix de personne
Tant que des ondes et des bois!

Il y a peu de graisse chez Valéry. Comme ces femmes belles et sèches, il vieillira sur l'os.

MARTIN DU GARD

(1881-1958)

La probité

Peut-être pourrait-on trouver pour chaque écrivain un mot, un seul, qui le résumerait tout entier. Ce serait le *désir* pour Gide, l'*alternance* pour Montherlant, le *soir* pour Lamartine... Ce serait la *probité* pour Roger Martin du Gard, romancier de haute stature et un peu oublié, prix Nobel en 1937, né à Neuilly d'une famille de magistrats, d'avocats, de notaires, sans militaire ni artiste. Il poursuit des études plutôt ternes à Fénelon et à Condorcet. Gaston Gallimard, son condisciple, le dépeint préoccupé surtout de sa tenue et de ses cravates. Il lit pourtant. Il découvre Tolstoï. Il entre à l'École des chartes. En 1935, il écrit à Jean-Richard Bloch : « Notre formation d'historien et de chartiste est quelque chose de fort, de durable, qui explique une part de nous. Je l'éprouve pour moi. J'ai été un mauvais chartiste. J'y ai, du moins, découvert des méthodes de travail, une probité, qui m'ont servi énormément, qui servent encore chaque jour. Libre aux couillons d'en rigoler. »

Martin du Gard est un homme de théâtre pour qui, comme pour beaucoup, la rencontre avec Jacques Copeau sera déterminante. *Le Testament du père Leleu* est une farce paysanne qui connaît un grand succès et qui sera suivie par *La Gonfle,* écrite pour Lucien Guitry et dont la mort de l'acteur compromettra le succès. Martin du Gard fera encore jouer *Un taciturne,* histoire sulfureuse d'un homme amoureux du fiancé de sa sœur, et qui scandalisera Claudel. Mais d'abord et avant tout, Martin du Gard est un romancier.

En 1913, il achève *Jean Barois,* auquel il travaille depuis trois ans. L'histoire du livre est curieuse. Martin du Gard avait des liens avec Grasset qui avait déjà publié un de ses textes. Il reçoit de Grasset, à qui, tout naturellement, il avait remis son manuscrit, une lettre terrible : « Mon avis très net est que votre livre est absolument raté et je défie un lecteur d'aller au-delà de la 100ᵉ page. » 1913 est l'année où *Du côté de chez Swann,* refusé par la N.R.F., est publié chez Grasset. *Jean Barois* fera le chemin inverse et passera de Grasset à la N.R.F.

Jean Barois retrace l'itinéraire d'un homme qui s'affranchit peu à peu de la foi et des croyances de son enfance et qui revient, à la fin de sa vie, aux espérances consolantes de sa jeunesse. Rédigé par un romancier qui s'était intéressé au théâtre, le livre était entièrement composé de dialogues réunis entre eux par de courts textes comparables à des indications de mise en scène. Cette recherche d'une technique romanesque nouvelle qui rappelait le découpage cinématographique séduisit André Gide et contribua au prestige de Martin du Gard au sein de la N.R.F. Mais la grande affaire était encore à venir.

Au lendemain de la guerre, au Verger d'Augry, dans le Cher, Martin du Gard avait conçu l'œuvre de sa vie. Il y travaille pendant dix-sept ans, loin de Paris, à Clermont dans l'Oise, à Bellême dans l'Orne, à Sauveterre près d'Avignon, et à Nice, sur de grandes tables où s'étalaient ses fiches de chartiste et d'historien. L'ouvrage s'appelle *Les Thibault* et la trame en est simple. C'est l'histoire de deux frères, Antoine et Jacques, fils d'un père moraliste et autoritaire, Oscar Thibault. Antoine, l'aîné, est médecin. Jacques incarne la révolte qui va marquer de son sceau tout le siècle qui s'ouvre. Écrit de 1920 à 1937, le roman devait, initialement, se dérouler de 1904 à 1940, c'est-à-dire que le temps de la fiction devait rattraper en cours de route le temps réel. On voit comment, derrière la simplicité du propos – quoi de plus simple que l'histoire d'une famille ? – se posent des problèmes subtils de construction. Précisément parce que l'intrigue est simple, *Les Thibault* et leur auteur, si honnête et si rigoureux, illustrent parfaitement les affres et les aléas de la construction romanesque.

Les volumes se succédèrent d'abord avec régularité. Le premier volume, l'un des plus réussis et des plus attachants, *Le Cahier gris,* raconte l'affection tendre qui unit Jacques Thibault à Daniel de Fontanin. La découverte de leur correspondance entraîne un scandale. Les deux jeunes gens font une fugue, et sont rattrapés à Marseille. Daniel sera accueilli avec bonté dans sa famille protestante, Jacques sera envoyé par son père en maison de correction. Le deuxième volume, *Le Pénitencier,* retrace les rapports entre Antoine et Jacques. Cinq ans plus tard, dans le troisième, *La Belle Saison,* Antoine entretient avec Rachel une liaison sensuelle et Jacques est reçu à l'École normale supérieure.

Je lisais *Les Thibault* avec passion. J'aimais Jacques. La rue d'Ulm m'intriguait. Je l'avais trouvée dans un livre qu'on ne lit plus guère : *Augustin ou le maître est là,* de Joseph Malègue. Je l'avais trouvée dans *Notre avant-guerre,* de Robert Brasillach. Je l'avais trouvée, bien sûr, dans Jules Romains, avec ses deux normaliens tentés l'un par la littérature et l'autre par la politique : Jallez et Jerphanion. Elle commençait à me fasciner. Voilà que je la retrouvais avec Jacques Thibault. Elle n'allait plus me lâcher.

Le quatrième volume, *La Consultation,* au lieu de porter sur plusieurs semaines, ou plusieurs mois, rend compte d'une seule journée : Jacques a disparu et Antoine découvre, dans son cabinet de médecin, que son père est atteint d'une maladie incurable. Après *La Sorellina,* qui expose la double évolution sentimentale et politique de Jacques, engagé dans un groupe de révolutionnaires, et *La Mort du père,* qui s'étend, comme le volume précédent, sur une semaine environ, le doute s'installe dans l'esprit de Martin du Gard, qui vient d'avoir un accident d'automobile.

Nous sommes au début des années trente. La menace hitlérienne monte en Allemagne. Martin du Gard se demande s'il parviendra jamais au bout de son entreprise. Il brûle le manuscrit du volume en préparation et décide de changer de rythme et d'achever son œuvre. Au lieu de la pousser, comme prévu, jusqu'en 1940, il l'arrête à la Première Guerre mondiale. Il écrit *L'Été 1914,* qui sera suivi d'un *Épilogue.* Jacques, qui distribue des tracts pacifistes, est tué par un gendarme. Antoine, gazé, se suicide. La Deuxième Guerre mondiale se profile déjà à l'horizon. Sous les nuages annonciateurs du plus terrible conflit de l'histoire des hommes, Martin du Gard reçoit le Nobel pour une œuvre qui s'achève sur la tuerie de la *der des der.*

Comme *Jean-Christophe* de Romain Rolland, comme *Les Hommes de bonne volonté* de Jules Romains, *Les Thibault* appartiennent au genre du roman-cycle. Ils constituent un roman plus vaste que celui de Romain Rolland, consacré à un seul individu, et moins vaste que celui de Jules Romains où revit tout un monde. Comme *La Chronique des Pasquier* de Georges Duhamel, comme *Les Hauts-Ponts* de Jacques de Lacretelle, *Les Thibault* sont l'histoire d'une famille. Le plus intéressant, avec Martin du Gard, c'est le mélange de simplicité apparente et de réelle complexité. Nous savons déjà que les problèmes de forme et de construction ne lui ont jamais été étrangers. L'inceste, l'homosexualité, l'inconscient traversent son œuvre. Il s'est toujours tenu au courant des progrès de la psychiatrie et de la psychanalyse. Les souffrances et la mort lui ont été si proches que ce romancier du désarroi a pu passer pour un annonciateur du roman de l'absurde. Camus, qui le lisait, ne s'y est pas trompé.

L'écriture, en revanche, est d'une déconcertante simplicité. C'est une écriture blanche et sans la moindre aspérité. Le style est ce qui manque le plus à cet honnête homme passionné par Freud et par la forme romanesque. C'est ce qui a fait vieillir *Les Thibault* où ne manquent ni la force ni l'émotion. « Celui qui a écrit cela, nous dit Gide, peut n'être pas un artiste, mais c'est un gaillard. »

MORAND

(1888–1976)

Un Mongol au galop

Mon père aimait les généalogies. Un beau jour, il reçut de Paul Morand, de passage à Gotha, en Thuringe, où se fabriquait le fameux almanach, une carte postale avec ces vers :

> *Marquis, toi que dans la science*
> *Des noms nul ne dégotta,*
> *C'est presque un cas de conscience*
> *De t'écrire de Gotha.*

En réalité, les relations entre Morand et mon père étaient plutôt orageuses. Fils d'un peintre qui avait tâté du théâtre et qui était conservateur du dépôt des marbres, Paul Morand, après avoir raté son baccalauréat de philosophie et passé un été à Munich sous la houlette d'un normalien qui avait six ans de plus que lui et qui s'appelait Giraudoux, était devenu diplomate. Il échappe à la guerre et est envoyé comme « affecté spécial » auprès de Paul Cambon,

271

ambassadeur à Londres, qui l'appelle « mon attaché cubiste ». Morand raconte ces années dans son *Journal d'un attaché d'ambassade*, plein de notations légères et d'anecdotes, comme cette histoire d'un homme qui, ayant des problèmes de prostate, est contraint de passer beaucoup de temps dans les édicules publics. Craignant qu'on ne soupçonne ses mœurs, il en sort en chantonnant assez fort : « Ah ! Les femmes ! les femmes ! Il n'y a que ça ! » Ou Clemenceau, assailli par les solliciteurs, marchant à grands pas pour leur échapper et lançant très fort à la cantonade : « Vous voulez coucher avec Mme Poincaré, mon cher ami ? Considérez que c'est fait ! »

C'est à Londres que mon père, diplomate lui aussi, rencontra Paul Morand. Il ne s'entendit pas très bien avec lui. Il le trouvait snob, léger, exclusivement occupé de littérature. Il lui demanda un jour le numéro d'une dépêche arrivée la veille du Quai d'Orsay. « J'ai le sentiment, répondit Morand, que c'était la 743. – Je ne vous demande pas un sentiment, lui dit mon père, mais un renseignement. » Les choix politiques de Morand et son antisémitisme, et plus encore celui de sa femme née – généalogie, quand tu nous tiens... – princesse Hélène Soutzo – et dont on disait qu'elle avait l'air d'une Minerve qui aurait avalé sa chouette – accentuèrent encore leurs différends.

Morand était ami de Cocteau, d'Auric, de Milhaud, de Proust – qui préfacera ses *Tendres Stocks* sans indulgence excessive et à qui il consacrera un beau poème :

Proust, de quels raouts revenez-vous donc la nuit ?...

Très vite, il devient célèbre. Servis par un style neuf et brillant – « le trait en éclair, le ton cassant, l'image qui fait sursauter », dira Chardonne –, et aussi par une publicité tapageuse orchestrée par Grasset, *Ouvert la nuit, Fermé la nuit, Lewis et Irène* – un roman d'amour dans le monde des affaires – connaissent un succès éclatant et deviennent les livres à la mode. En quatre volumes – *L'Europe galante, Magie noire, Bouddha vivant, Champions du monde* –, il dépeint successivement les quatre parties d'un univers trépidant en proie à des convulsions, lancé à toute vitesse dans de formidables aventures : notre vieux monde d'entre-deux-guerres, décati et charmant, l'Afrique et sa diaspora, l'Asie et l'Amérique. S'y ajoutent des portraits de villes : *New York* – « qui vous reçoit debout » –, *Londres, Bucarest.* « Globe-trotter de la littérature », soucieux de « surveiller la désorganisation du monde », Morand est un voyageur frénétique et un observateur aigu qui vous met sous les yeux et presque entre les mains une planète qu'il saisit et comprend mieux que personne.

Parce qu'il est le monde moderne, il est la mode et la publicité. Il est aussi la vitesse, le sport, le jazz, le cinéma, la voiture décapotable à la conquête des printemps de ce monde. Auteur d'une centaine d'ouvrages brefs, lapidaires, nerveux, Morand, « inventeur du style moderne », fait ses gammes dans tous les genres : poésie – *Lampes à arc* –, roman, chronique, théâtre, journal intime, histoire – *Fouquet ou le Soleil offusqué* –, mais son style syncopé et rapide, à l'image de la musique de ce temps qui voit naître l'automobile et l'avion, brille surtout dans la nouvelle.

Il est le maître du genre. Contre les « méandres du roman-fleuve et même du roman tout court », Morand multiplie les nouvelles brèves où il voit comme les « feuilles de température du monde ». Un de ses romans s'appelle *L'Homme pressé*. Il est lui-même l'homme pressé. Il a le culte de la vitesse, il écrit volontiers à ses amis des cartes postales du monde entier qui ne portent que quelques mots, ses coups de téléphone ne durent jamais longtemps. Un soir, il me téléphone : « As-tu envoyé ta lettre ? – Quelle lettre ? – Ta lettre de candidature. – De candidature à quoi ? – A l'Académie. – Non. – Envoie-la. » Et il raccroche. Je l'ai envoyée. A un banquet officiel où il s'ennuyait et où il était coincé contre un mur, on le vit passer sous la table à la nappe damassée pour s'échapper plus vite. Je me souviens encore de lui, déjà âgé, sautant, après un dîner entre amis à Paris, dans une petite voiture rouge très rapide qui vite, vite, l'emportait vers Trieste où reposaient les cendres d'Hélène.

Il aime un style « rare, bref et serré ». A Maurice Rheims, qui est son ami et deviendra son exécuteur testamentaire, il confie que l'idéal de l'écriture, pour lui, c'est « la contraction de l'huître sous le citron ». Quelques-unes de ses nouvelles – *Milady*, l'histoire d'amour d'une jument et de son écuyer, magnifiquement interprété à l'écran par Dufilho, ou *Parfaite de Saligny* – sont des chefs-d'œuvre.

Paul Morand appartient à la famille, nombreuse, des écrivains-diplomates : Chateaubriand, Stendhal, Claudel, Giraudoux, Saint-John Perse, Romain Gary... Il cultive à la fois le cosmopolitisme et le cynisme. En juin 1940, il est à Londres. En juillet, il rentre en France et gagne Vichy. Pour retrouver une femme ou pour rejoindre le Maréchal? Les deux, probablement. Il sera ambassadeur à Bucarest en 1943, ambassadeur à Berne en 1944. A cette date, l'impudence et l'imprudence touchent à la provocation. A la Libération, il se retire à Vevey, au château de l'Aile où il est une sorte de Voltaire un peu abandonné, qui n'aurait pas choisi les droits de l'homme, mais à qui de jeunes écrivains viennent encore rendre visite. Il les reçoit avec drôlerie, avec vivacité, avec simplicité. Le général de Gaulle s'oppose à son élection à l'Académie française, dont il est le protecteur. Morand finira tout de même par être élu en 1968 : l'interdiction est levée, mais, contrairement à la tradition, le Général ne le recevra pas.

Beaucoup de choses me séparaient de Morand : son antisémitisme, qui éclate dans *France la doulce*; ses choix politiques, radicalement opposés aux miens; ses relations difficiles avec mon père. Comme dans le cas d'Aragon, mais en sens inverse, j'ai admiré l'écrivain et j'ai fini par avoir pour l'homme un véritable attachement. J'ai beaucoup aimé Morand qui était si loin de moi. Tant peuvent être fortes sur les jeunes gens les séductions de la littérature. Fils, gardez-vous à droite! Fils, gardez-vous à gauche!

La fin de sa vie nous vaut encore de beaux livres : *Tais-toi*, apologie, non plus de la brièveté, mais du silence, *La Folle amoureuse*, et surtout *Venises*, un testament plein de jeunesse et d'éclat où on voit Henri de Régnier, Jean-Louis Vaudoyer et tant d'autres qui constituaient le «club des longues moustaches» s'asseoir, place Saint-Marc, sous le Chinois du café Florian pour s'asperger de citations.

Paul Morand avait beaucoup de dons, beaucoup de charme, beaucoup de talent. Il écrivait : « Ces femmes qui rient avec un bruit de carafes qui se vident. » Il avait de l'audace et une forme de pudeur. Un de mes livres l'avait choqué. Chaque fois que je le voyais, il se jetait sur moi : « Surtout, pas de pornographie ! Et surtout, pas de journalisme ! » *Hécate et ses chiens* est un livre d'une surprenante hardiesse, mais Morand se garde bien de se laisser aller : tout est suggéré plutôt que dit. Le journalisme, il l'avait pratiqué plus et mieux que personne. Mais il ne l'avait pas éparpillé : il l'avait fait entrer dans ses livres.

Pour des raisons qui tiennent en partie à la marche de l'histoire, en partie au caractère sec et aigu de son œuvre, qui ne donne guère dans l'humanisme cher à notre époque – il était lui-même plutôt mal à l'aise avec l'humain –, Morand a connu le purgatoire de son vivant. Et il en est sorti de son vivant. Grâce surtout à ceux que Bernard Frank avait baptisés les « hussards » : les Nimier, les Blondin, les Déon, les Laurent. « Je n'ai pas de fils, me disait-il, mais j'ai des petits-fils. » Ce sont eux qui continuent à le lire, à admirer son allure de cavalier mongol aux jambes arquées par le cheval et le temps, aux pommettes saillantes, aux yeux un peu bridés, et à aimer le rythme sans mollesse ni répit qu'il impose à notre monde.

CÉLINE

(1894-1961)

Le cavalier de l'Apocalypse

L'origine de beaucoup de pseudonymes d'écrivains nous reste encore obscure : personne ne sait d'où vient le nom de Molière adopté pour monter sur les planches par Jean-Baptiste Poquelin et le choix par Louis Farigoule du nom de Jules Romains n'est pas beaucoup plus clair. Sur ce point au moins, Louis-Ferdinand Destouches baigne en pleine lumière : il choisit le nom de Céline, qu'il va traîner dans toutes les boues de la célébrité, parce que c'était le prénom, ou un des prénoms, de sa mère et de sa grand-mère.

Ce qui marque Céline à vingt ans, c'est un mythe grotesque, sordide et menteur, porté aux nues par les imbéciles et les assassins : la guerre. Céline lui-même est blessé et ne se remettra jamais de cette épreuve. Après une thèse bien intéressante sur Semmelweiss, un chirurgien hongrois persécuté par ses pairs, son premier roman, et peut-être le plus beau – *Voyage au bout de la nuit* –, sort de l'horreur des bombardements et des corps déchiquetés. Accueilli avec circonspection par une critique désorientée, soutenu avec vigueur par Léon Daudet et par Lucien Descaves, *Voyage au bout de la nuit* manque de peu le Goncourt, qui couronne *Les Loups* de Guy Mazeline.

Le deuxième roman raconte avec rage une enfance hantée par la pauvreté et la médiocrité. Évoquant égouts et vespasiennes, la critique cette fois-ci tire à boulets rouges sur *Mort à crédit*, accusé d'obscénité. « Nous avons manqué le Goncourt, dira Denoël, l'éditeur de Céline, nous ne raterons pas la correctionnelle. » Le souvenir de ces rebuffades ne s'effacera jamais chez Céline. Il sera d'abord, à ses propres yeux, un persécuté et une victime.

Très vite, avec *Bagatelles pour un massacre*, avec *L'École des cadavres*, avec *Les Beaux Draps*, le ressentiment de Céline se tourne, avec une violence inouïe, contre les juifs. Pendant des pages et des pages animées d'un souffle qui ne faiblit jamais, il dénonce le « complot mondio-Lévy-Blum » et, pêle-mêle, le judéo-bolchevisme et le judéo-capitalisme. Il semble que l'antisémitisme soit chez lui comme le signe d'une hostilité générale au monde. Mais il l'entraîne aussi très loin sur le terrain strictement politique : « Je me sens très ami d'Hitler, très ami de tous les Allemands, je trouve que ce sont des frères, qu'ils ont bien raison d'être racistes. Ça me ferait énormément de peine si jamais ils étaient battus. Je trouve que nos vrais ennemis, c'est les juifs et les francs-maçons. »

Il faut lire, dans les *Souvenirs* de Benoist-Méchin, le récit de la soirée chez Otto Abetz, représentant de l'Allemagne nazie à Paris, où Céline, un doigt sur la lèvre supérieure pour figurer la moustache, la mèche rabattue sur le front, se livre, à l'épouvante de son hôte qui se sait entouré de mouchards aux ordres de la Gestapo, à un hallucinant numéro d'imitation de Hitler. La fièvre monte. Le délire s'empare de Céline qui finit par accuser Hitler d'être, lui aussi, comme tous les autres, à la solde des juifs et de les protéger contre les bombardements des alliés en les rassemblant dans des camps loin des villes menacées.

Céline antisémite est soutenu par une langue qui, avec ses inventions, ses obscénités, sa scatologie peut rappeler de loin celle de Rabelais ou celle de Balzac dans ses *Contes drolatiques* qui sont un pastiche de Rabelais – mais, en vérité, elle ne ressemble à rien d'autre. L'argot y joue un grand rôle et l'argot, pour Céline, « est un langage de haine ». L'antisémitisme véhiculé par l'argot, c'est de la haine sur la haine.

On a parfois essayé de distinguer dans l'œuvre de Céline les textes engagés et délirants des grands livres du romancier. C'est une approche qui n'a pas beaucoup de sens. Il faut prendre Céline comme un bloc et considérer l'ensemble de ses livres, qui portent d'ailleurs le nom de romans par une sorte d'abus. Les livres de Céline sont bien plutôt des chroniques – des chroniques dévastatrices pleines d'horreur et de catastrophes et où s'écroule tout un monde.

Il y a une tentation de parler de Céline comme d'un anarchiste. D'un anarchiste de droite, évidemment. Il n'est pas sûr que la formule soit très heureuse. Mieux vaudrait peut-être évoquer un moraliste au pessimisme radical. Céline s'intéresse à l'histoire et à la société. Mais, déjà à son époque, il est farouchement hostile à toute forme d'humanisme et d'humanitarisme. Qu'est-ce qu'il dirait aujourd'hui ? Il refuse tout progrès, il refuse tout espoir, il refuse tout bonheur. Il n'y a rien à attendre du présent, et il n'y a rien à attendre de l'avenir. « Celui qui parle de l'avenir, écrit-il, est un coquin. Invoquer la postérité, c'est faire un discours aux asticots. »

Ce que croit Céline, c'est que la nature humaine est irrécupérable. La gauche donne la mesure de sa folie en pensant que l'homme est bon. Les chrétiens sont moins imbéciles parce qu'ils croient au péché originel. Mais ils retombent dans l'insanité parce qu'ils croient aussi à la grâce. Ce qui est le plus étranger à Céline, c'est la grâce. « Le monde n'est, je vous assure, qu'une immense entreprise à se foutre du monde. »

Le refus radical de tout bonheur et de tout espoir en un bonheur à venir pousse irrésistiblement Céline dans un monde d'abjection. Céline est le poète de l'abjection. De l'abjection et de la mort. « La vérité, c'est la mort. C'est même la seule chose qui inspire. » On n'est pas si loin du cri poussé par le général franquiste Milan Astray et qui indignait Unamuno : « *Viva la muerte !* »

Cette fascination de la mort fait de toute l'œuvre de Céline quelque chose qui ressemble à une sorte de suicide. Le remarquable est qu'on ne décèle dans ce goût du suicide et de la mort aucune trace de morosité. Un formidable rire éclate dans toute l'œuvre de Céline. Son rire vaut celui de Rabelais. Ce qui fait que son pessimisme si radical se renverse en un optimisme tragique. « La mort m'habite. Et elle me fait rire. »

« Je ne me réjouis que dans le grotesque, aux confins de la mort. » Cette veine-là s'épanouit dans les grands livres de la fin – *D'un château l'autre* ou *Nord* –, où se développe le « lyrisme de l'ignoble », et qui racontent sa fuite, à travers l'Allemagne en flammes, de Sigmaringen au Danemark en compagnie de Lucette Almanzor, sa femme, du chat Bébert, et de l'acteur Le Vigan qui jouait dans *Quai des brumes* le rôle d'un peintre halluciné qui peignait l'autre côté des choses.

Il y avait, chez Céline, un visionnaire et un pamphlétaire, un moraliste et un voyou, un poète et un éboueur. Sartre supposait, bien à tort, que Céline était « payé ». Du coup, dans *L'Agité du bocal*, Céline appelait Sartre « le ténia ». Céline, évidemment, n'était pas payé. C'était un cavalier de l'Apocalypse. Il avait beaucoup souffert : il était passé par « douze métiers, treize misères » et la « vacherie universelle » s'était exercée sur lui. Il était fou et pur. Un mélange explosif.

Les délires de Céline sont inséparables de son style. C'est un style émotif, « au plus sensible des nerfs » et qui n'en finit jamais de passer de la syntaxe à la parataxe, c'est-à-dire de substituer des ruptures aux liaisons traditionnelles. Le souffle célinien est fait d'une alternance entre l'abondance la plus ahurissante et le laconisme. Ce halètement infatigable est jonché de points d'exclamation et de points de suspension.

Céline charrie des torrents de boue, d'insultes, d'ordures et de trouvailles. Mais il ne traîne jamais. Les pronoms, les prépositions sont largués en che-

min : « faut », « sont », « virer rouge », « tout écrou-
lera », « elle va bien rire qu'elle a un mari si fai-
néant ». « Vous écrirez télégraphique ou vous écrirez
plus du tout. » Il passe son temps à inventer des mots :
« se parafoutre », « prouster », « moustagache »,
« troutroubadour », « miraginer »... Ce n'est pas lui
qui écrirait joli ou peigné.

Sous les coups répétés d'une invention verbale
ahurissante, tout « écroule » chez Céline. A côté de
lui dont la violence radicale et la puissance vénéneuse
se sont encore accrues avec le temps, le surréalisme
fait figure d'institution moraliste et conservatrice.

LE SURRÉALISME

(1917-1940)

Des vertiges de la démoralisation aux rigueurs de la morale

On hésite à tracer ici le seul nom de surréalisme. Des torrents de stupidité ont été prononcés ou écrits à propos du surréalisme. Employée à tort et à travers par les journalistes et les hommes politiques, la formule : « C'est surréaliste » suffit à déconsidérer ceux qui l'emploient comme synonyme de désordre et d'absurdité. Les plus grands se sont trompés sur le surréalisme. Claudel considérait que surréaliste signifiait pédéraste. Et, à l'autre bout de l'éventail, Sartre, dans *L'Enfance d'un chef*, ébauche le portrait d'un surréaliste homosexuel alors que le culte exclusif de la femme était un des thèmes dominants de Breton.

On peut à peine soutenir que le surréalisme soit un mouvement, une école, une chapelle, une manifestation de l'esprit moderne. Il est tout cela. Mais bien autre chose. C'est plutôt un élan, une rupture, une révolte, une morale, une formidable aventure collective qui dépasse la littérature pour marquer tout le siècle sous ses manifestations les plus diverses, de la littérature à la politique, de la peinture à l'éthique, du ballet au cinéma, des mœurs et de la vie sociale à la façon de penser, de parler et de se tenir.

L'origine du surréalisme, il faut la chercher dans la tuerie de 14-18. Ce qui n'a pas de sens, ce n'est pas le surréalisme : c'est la guerre, monstrueuse et stupide, contre laquelle protestent, avec une indignation sauvage, les fondateurs du surréalisme.

Dès 1917, à Zurich, un Roumain qui devait mourir quelques années avant Mai 68, Tristan Tzara, lance une entreprise de subversion et de contestation radicale de tout ordre établi : « Je détruis les tiroirs du cerveau et ceux de l'organisation sociale. » Le mot d'ordre affiché est : « Démoraliser partout. » Le mouvement prend le nom de Dada et, révoltés contre le monde où ils vivaient, des jeunes gens comme Francis Picabia ou Georges Ribemont-Dessaignes s'y engagent à la suite de Tzara. Dada ne se définit pas. Dada est action. Il se vit. « Liberté : Dada, Dada, Dada, hurlement des douleurs crispées, entrelacement des contraires et de toutes les contradictions, des grotesques, des inconséquences : la VIE. »

Les sources, pourtant, ne manquent pas. Valéry, un des rares écrivains à qui les surréalistes marqueront toujours de la considération, a parlé de la « crise de l'Esprit » ; et Spengler, du « déclin de l'Occident ». Il faut prononcer le nom de Raymond Roussel, héritier d'une fortune considérable, qui finira par se suicider dans une chambre de l'hôtel des Palmes, à Palerme, après avoir écrit des œuvres insolites et injustement méconnues comme *Impressions d'Afrique*

– qu'Edmond Rostand, par un joyeux paradoxe, avait été un des rares à remarquer –, ou *Locus Solus*. A la représentation de *L'Étoile au front* au Vaudeville, il y eut des bagarres et le groupe véhément des partisans de Roussel fut traité de « claque » par les opposants. Desnos lança un mot célèbre : « Nous sommes la claque et vous êtes la joue. » *Parade*, ballet d'Erik Satie, sur un sujet de Cocteau, est représenté à Paris, au Châtelet, en 1917, année de Verdun et de grande agitation intellectuelle, dans des décors de Picasso.

Rimbaud, et peut-être surtout Lautréamont, avec sa « rencontre fortuite sur une table de dissection d'une machine à coudre et d'un parapluie » et avec son « canard du doute, aux lèvres de vermouth », en train de « brûler, avec un peu de sucre jaune, sur une pelle rougie au feu », sont les dieux tutélaires du surréalisme. Et Apollinaire, évidemment, qui utilise le premier, avec un humour noir, le mot de « surréalisme » : « Quand l'homme a voulu imiter la marche, il a créé la roue qui ne ressemble pas à une jambe. Il a fait ainsi du surréalisme sans le savoir. » Apollinaire ne se contente pas de baptiser le futur groupe : il trace aussi d'avance, dans *Calligrammes*, les grandes lignes de son programme :

> *La Victoire avant tout sera*
> *De bien voir au loin*
> *De tout voir*
> *De près*
> *Et que tout ait un nom nouveau.*

Ou :

> *Profondeurs de la conscience*
> *On vous explorera demain*
> *Et qui sait quels êtres vivants*
> *Seront tirés de ces abîmes*
> *Avec des univers entiers.*

Insolite. Révolte. Défi. Automatisme. Communion. Voilà quelques-uns des mots d'ordre du surréalisme dont André Breton apparaîtra très vite comme le chef de file incontesté. Dès 1919, il fonde, avec Aragon, qui a fait comme lui des études de médecine, et avec Philippe Soupault, une revue qui porte, par antiphrase évidemment, le titre de *Littérature*. Et, toujours avec Soupault, il écrit *Les Champs magnétiques*, le premier essai d'écriture automatique.

Cinq ans plus tard, en 1924, publication du *Manifeste du surréalisme* et lancement d'une nouvelle revue : *La Révolution surréaliste*. C'est le début d'un formidable bouillonnement intellectuel qui s'exprime par des rencontres, des publications, des scandales, des adhésions et des ruptures. Arthur Cravan disparaît ; Breton rencontre Freud ; Robert Desnos, Antonin Artaud, Raymond Queneau, Michel Leiris, les frères Prévert rejoignent le groupe ; Aragon publie *Le Libertinage* et *Le Paysan de Paris* ; Éluard, *Mourir de ne pas mourir* et *Capitale de la douleur* ; Naville, *La Révolution et les intellectuels* et *Que peuvent faire les surréalistes ?* Aragon, Breton, Éluard et Péret adhèrent au parti communiste.

Breton règne et veille à tout. Il publie successivement *Poisson soluble*, *Les Vases communicants*, *Le Revolver à cheveux blancs* et, avec Éluard, *L'Immaculée Conception*. Il préside surtout aux destinées du groupe. Il contrôle les ralliements. Il fulmine des bulles d'excommunication. Il se rapproche des uns et rompt avec les autres : c'est un ballet perpétuel, un défilé de masques avec farces et attrapes, un film de René Clair quand les choses se passent bien, un film de Buñuel quand elles deviennent plus sombres. Il se rapproche de René Daumal, de Roger Vailland, de Roger Gilbert-Lecomte avant de se séparer d'eux, il rompt avec Desnos, avec Leiris, avec Prévert, avec Queneau, puis avec Aragon, il se rapproche de Roger Caillois et de Jules Monnerot avant de se séparer d'eux. Il réunit les siens au café Cyrano où une querelle célèbre et révélatrice l'oppose à Roger Caillois. On avait rapporté du Mexique des haricots sauteurs : Caillois voulait les ouvrir pour voir ce qu'il y avait dedans et Breton s'y opposait farouchement. Plus graves que les haricots, plus lourds de conséquences, les rapports avec le parti communiste. De rapprochement en rapprochement, la rupture devint vite inéluctable : elle est consacrée dès le début des années trente. Par un superbe paradoxe, Breton, fils de gendarme, tient d'une main de fer le mouvement de révolte, de rejet et de liberté radicale que constitue le surréalisme.

Les surréalistes ne choquent pas seulement les bourgeois par leur refus de toutes les entraves de la logique, de la morale et du goût. Ils déconcertent aussi leurs propres sympathisants. Un cri s'élève : « Moins de manifestes. Des œuvres. » Mais il n'a pas beaucoup de sens aux yeux des surréalistes dont l'un des articles de foi était précisément de mépriser l'œuvre d'art.

Avec Aragon, avec Éluard, avec Desnos, avec Soupault, avec Crevel qui se suicide, avec Benjamin Péret, le surréalisme ne manque pas de talents. Il traîne dans ses fourgons, où les voyageurs grimpent et descendent dans un joyeux vacarme, des jeunes gens brillants, excités, excitants, qui cultivent l'imprévu et une formidable capacité de mépris pour ceux qui ne sont pas des leurs. Breton lui-même écrit une prose classique, pleine de force et de densité dont *Nadja* donne un bon exemple. La critique la plus pertinente des surréalistes, c'est à Paul Valéry qu'on la doit : « Pour quelqu'un qui ignorerait les noms de ces divers poètes, écrit-il, il est probable qu'il pourrait passer du livre de l'un au livre de l'autre sans savoir qu'il a changé d'auteur. »

C'est en ce sens que le surréalisme, niant les contraintes qui font l'œuvre individuelle, est un mouvement collectif et une société quasi anonyme plutôt qu'une association d'écrivains ou d'artistes à la façon de la Pléiade, des quatre amis géniaux du *Mouton blanc* et de la *Pomme de pin*, ou du Cénacle romantique. C'est un groupe qui manœuvre au moins autant qu'il écrit, c'est une bande survoltée toujours à la recherche de coups et qui s'incarne dans un homme qui cumule assez étrangement le génie de la liberté et le goût du pouvoir : André Breton.

Le destin du groupe est étonnant. Les œuvres des uns et des autres sont relues assez rarement et vaguement confondues. Mais l'empreinte du mouve-

ment est puissante sur le siècle et son influence est
sensible un peu partout : chez Mandiargues et chez
Gracq, chez Char et chez Caillois, chez Bataille et
chez Prévert, chez Vitrac et chez Trenet. Le surréalisme envahit la chanson, le cinéma, le théâtre, la
sociologie, la philosophie – et le roman qu'il condam-
nait. N'est-ce pas, après tout, ce qu'aurait pu souhai-
ter de mieux la révolution surréaliste ? Elle s'opposait
à tout ce qui fait l'essentiel de l'œuvre d'art spécifique
et individuelle : le travail, le contrôle de tous les ins-
tants, le jeu avec les règles, l'ambition de laisser un
nom. Elle a triomphé sur le terrain même où elle se
situait : celui de l'action collective et de la pénétration
souterraine.

Le surréalisme a eu un adversaire de taille : les
médias et la télévision. L'œuvre sur la place
publique, les rouages démontés, le culte du best-
seller, les débats sur les méthodes et sur les intentions – « Qu'est-ce que vous avez voulu faire ?
Comment travaillez-vous ? » –, le système des prix
et médailles, ce que Gracq a appelé la « littérature
à l'estomac », rien de plus étranger à l'inspiration
surréaliste. La révolution surréaliste était partie du
mot d'ordre : « démoralisation » pour aboutir, sous
l'influence surtout de Breton, qui voulait « échapper
aux contraintes qui pèsent sur la vérité surveillée »
et « rendre le verbe humain à son innocence et à sa
vertu créatrice », à quelque chose qui ressemblait
beaucoup à une morale. Par un étrange retourne-
ment, les pratiques d'aujourd'hui jettent une lumière
nouvelle sur le surréalisme : il récuse toute accusa-
tion de facilité et d'avachissement pour se confondre

avec la rigueur et avec ce qu'on appelait jadis la
« tenue », et apparaît d'abord comme une éthique.
Ceux que leurs adversaires – catholiques, conservateurs, hommes d'ordre et d'académies – considéraient comme des voyous et des dégénérés
apportent à la littérature qu'ils méprisaient et voulaient détruire comme un air de dignité.

ARAGON

(1897-1982)

Le miroir du siècle

Aragon était capable de tout. C'est un pasticheur de génie qui passe d'Apollinaire à Déroulède et de Barrès à Gorki. Tout le siècle se reflète en lui et il traduit tout son siècle. On pourrait saluer en lui le fils illégitime de Lautréamont et de Rosa Luxemburg. Avec Rostand pour parrain. Incroyablement doué, écrivant n'importe quoi au fil de la plume, parfois des pauvretés, parfois des ignominies et souvent des chefs-d'œuvre, il est tour à tour poète, critique, romancier, historien, directeur de journal, militant politique, image de vertu et dandy, fidèle et infidèle, surréaliste et stalinien. A un niveau de grâce et de charme peu commun, il est le pot-pourri de l'époque. François Nourissier, qui était son ami – Aragon a démissionné du Goncourt parce que le prix a échappé à Nourissier –, m'a présenté à lui : je l'ai un peu connu. Au-delà de ce qui nous séparait, je l'ai admiré et j'ai aimé ses livres.

Il était le fils naturel, tout vient peut-être de là,

d'un ancien préfet de police, ambassadeur en Espagne, et d'une mère qui longtemps l'a fait passer pour son frère. Dès le début, le pouvoir, la révolte, le scandale, les mensonges. Louis Andrieux le déclare sous le nom de Louis d'Aragon – initiales L.A. dans un cas comme dans l'autre. Il prépare sa médecine et rencontre au Val-de-Grâce un autre apprenti médecin : André Breton. Le destin est en route, mais hésite encore un peu : Aragon est mobilisé, apprend enfin, un peu tard, à la veille peut-être d'être tué, la vérité sur ses origines familiales et part pour le front où il reçoit la croix de guerre. Au retour, avec Breton et Soupault, il fonde la revue *Littérature*. Par antiphrase, naturellement. « La littérature existe, ricane Soupault, mais dans le cœur des imbéciles. »

C'est le temps de Dada et du surréalisme. Et, tout de suite, des œuvres qui comptent : *Feu de joie*, *Anicet ou le Panorama*, *Une vague de rêves*, *Mouvement perpétuel* et surtout un chef-d'œuvre : *Le Paysan de Paris*.

Le Paysan de Paris est un livre dont j'étais fou. Il est longtemps resté sur ma table de travail, comme *Le soleil se lève aussi* d'Hemingway, et je le feuilletais avec désespoir pour mieux me traîner dans la boue et pour respirer un peu l'odeur de ce que j'aurais voulu faire si je n'avais pas été si désespérément incapable. C'est un livre sur rien. L'auteur se promène dans Paris et, mêlé aux délires du langage, aux traces de l'idéalisme allemand de Schelling ou de Hegel, à la sensualité romanesque des grandes villes, un « merveilleux quotidien » surgit du choc de la réalité et de l'imagination. La « Préface à une mythologie moderne », « Le passage de l'Opéra », « Le sentiment de la nature aux

Buttes-Chaumont », « Le songe du paysan » me jetaient dans des transes. Je lisais : « Que le monde m'est donné, ce n'est pas mon sentiment. Cette marchande de mouchoirs, ce petit sucrier que je vais vous décrire si vous n'êtes pas sages, ce sont des limites intérieures de moi-même, des vues idéales que j'ai de mes lois, de mes façons de penser... » Et le cœur me battait.

Aragon est encore surréaliste, mais, en 1927, plusieurs surréalistes, et non des moindres – Breton, Éluard, Péret... –, adhèrent au parti communiste. Aragon se joint à eux. Écrit au moment où la France est engagée dans une guerre coloniale au Maroc, le *Traité du style* marque son glissement du surréalisme au communisme. « Je conchie l'armée française dans sa totalité » n'est plus seulement un jeu, même grave, du langage ou de l'inconscient, c'est une position politique. Ce n'est pas par hasard que, dans le même volume, Aragon dénonce l'écriture automatique, outil favori des surréalistes : « Si vous écrivez suivant une méthode surréaliste de tristes imbécillités, ce sont de tristes imbécillités. Sans excuses. » Et il attaque ceux qui utilisent Einstein ou Freud pour donner une allure moderne à leurs œuvres bourgeoises, récupérées par la société. Aragon s'engage en politique de plus en plus clairement. Il écrit encore *La Grande Gaîté* mais déjà *Front rouge,* où il recommande, sur le mode poétique, d'ouvrir le « feu sur Léon Blum » et sur les « ours savants de la social-démocratie », et bientôt *Hourra l'Oural.* Il participe au Congrès des écrivains révolutionnaires à Kharkov en 1930 et, sous le prétexte de faire reconnaître la vertu révolutionnaire du surréalisme, il finit par signer un texte qui le condamne sévèrement. La rupture est consommée avec André Breton et avec le surréalisme.

La politique n'est pas seule à envahir Aragon. L'amour l'occupe aussi. Et il se confond avec la politique. Après des liaisons avec la jeune Américaine Clotilde Vail (dont le frère est le mari de Peggy Guggenheim), avec la « Dame des Buttes-Chaumont » et surtout avec Nancy Cunard, belle et riche Américaine pour qui il tentera de se suicider, Aragon rencontre Elsa Kagan, dont la sœur, Lili Brik, est la compagne de Maïakovski et qui vit séparée de son mari, André Triolet, qui l'avait emmenée jadis, c'est presque trop beau, en Sibérie et à Tahiti. Jusqu'à la mort d'Elsa, douze ans avant celle d'Aragon, leurs deux destins ne se sépareront plus. Aragon se voudra avec obstination l'homme d'une double fidélité, qui n'en fait qu'une, à Elsa et au Parti. Aragon n'est plus un poète surréaliste. Il reste un poète, mais il est un militant communiste qui sera journaliste à *L'Humanité* et, plus tard, directeur de *Ce soir* : « Au risque de passer pour un démagogue et un charlatan, je vous dis que moi je défends la poésie en défendant l'Union soviétique. » Il se jette dans le cycle du « Monde réel » et écrit *Les Cloches de Bâle*, *Les Beaux Quartiers*, *Les Voyageurs de l'impériale* et, plus tard, *Les Communistes*.

Au sein et en marge de cette fidélité, il y aura bien d'autres ruptures et bien d'autres ralliements dans la vie d'Aragon. La guerre va faire surgir du militant communiste un patriote lyrique qui chante son amour heureux et son pays malheureux. Ce sont, coup sur coup, *Le Crève-Cœur*, *Les Yeux d'Elsa*, *Brocé-*

liande, *Le Musée Grévin*, *Neuf Chansons interdites* et, enfin, *La Diane française*.

> *O mois des floraisons mois des métamorphoses*
> [...]
> *Bouquet du premier jour lilas lilas des Flandres...*

> *Je reste roi de mes douleurs*
> [...]
> *Il y aura des fleurs lorsque vous reviendrez*
> [...]
> *Je vous salue ma France aux yeux de tourterelle*
> [...]
> *Ma France d'au-delà le déluge salut*
> *Mon parti m'a rendu les couleurs de la France...*

Et surtout *La Rose et le Réséda*, écrit d'une seule traite, sans une rature, dans le double souvenir du catholique d'Estienne d'Orves et du communiste Péri, et que tous les écoliers de France ont su par cœur :

> *Celui qui croyait au ciel*
> *Celui qui n'y croyait pas*
> *Tous deux adoraient la belle*
> *Prisonnière des soldats*
> *Lequel montait à l'échelle*
> *Et lequel guettait en bas*
> *Celui qui croyait au ciel*
> *Celui qui n'y croyait pas.*

Une vague de lyrisme submerge la France. Elsa, qui se confondait déjà avec le Parti, se confond maintenant avec la patrie :

Tes yeux sont si profonds qu'en me penchant pour boire
J'ai vu tous les soleils y venir se mirer
S'y jeter à mourir tous les désespérés
Tes yeux sont si profonds que j'y perds la mémoire.

Cette double veine poétique où l'amour se mêle au monde, Aragon la retrouvera, dix et vingt ans plus tard, dans les admirables poèmes du *Roman inachevé,* qui est une autobiographie poétique, et du *Fou d'Elsa,* épopée amoureuse de la fin du royaume de Grenade :

> *Ils étaient vingt et trois quand les fusils fleurirent*
> *[...]*
> *Vingt et trois étrangers et nos frères pourtant*
> *Vingt et trois amoureux de vivre à en mourir*
> *Vingt et trois qui criaient la France en s'abattant.*

Ou ceci, qui est déchirant de beauté :

> *O mon jardin d'eau fraîche et d'ombre*
> *Ma danse d'être mon cœur sombre*
> *Mon ciel des étoiles sans nombre*
> *Ma barque au loin douce à ramer.*

Poète immense qui unit comme personne l'insolence et la polémique au sens épique des mythes et au chant le plus tendre, Aragon est aussi un romancier d'une force et d'une habileté peu communes. En marge du cycle du « Monde réel », *Aurélien* est un roman d'amour comme on n'en fait plus. La première phrase est restée aussi célèbre que le début de *Salammbô* ou de la *Recherche* : « La première fois qu'Aurélien vit Bérénice, il la trouva franchement laide. » Et la description de la première après-guerre, où passe, dans le sillage du surréalisme, l'ombre de Drieu la Rochelle mêlée à celle d'Aragon lui-même, est inoubliable. Parce qu'il savait tout faire, Aragon s'essaiera aussi avec succès au roman historique. Malgré ses dénégations, *La Semaine sainte,* récit de la fuite vers le Nord de la cour de Louis XVIII au début des Cent-Jours, en est un, éclairé par la silhouette du peintre Théodore Géricault, et où se retrouve un souffle épique nourri d'une connaissance approfondie d'un passé annonciateur de l'avenir. *Blanche ou l'Oubli* sera encore un roman d'une audace merveilleuse.

A l'extrême fin de sa vie, après la mort d'Elsa qui l'avait tenu en bride autant que le Parti lui-même, Aragon retrouvera les allures et les audaces du dandysme de la jeunesse. On le verra dans des couleurs vives et sous de grands chapeaux, entouré de jeunes gens si longtemps écartés par les éclairs des yeux d'Elsa. Il sera devenu alors une sorte d'institution, une grande figure nationale, le poète lauréat surgi du communisme et du surréalisme pour chanter l'amour de la patrie ressuscitée et d'Elsa disparue.

J'ai beaucoup admiré Aragon, qui est si plein de défauts. Parce que nous n'étions d'accord sur rien, il m'a appris que la littérature est plus forte que tout. Comme des millions de Français, j'ai su ses vers par cœur. Et du *Paysan de Paris* au *Fou d'Elsa,* en passant par *Hourra l'Oural* qui était franchement engagé, ses livres me faisaient chavirer. Je ne l'ai pas seulement admiré. J'ai eu comme un élan vers l'homme qui avait écrit :

Je suis plein du silence assourdissant d'aimer

ou :

> *Dites flûte ou violoncelle*
> *Le double amour qui brûla*
> *L'alouette et l'hirondelle*
> *La rose et le réséda.*

QUENEAU

(1903-1976)

Hegel fait son cirque

Ma mère était mercière, mon père était mercier...

Vers le début du siècle naît au Havre un des
esprits les plus forts et les plus charmants de notre
temps. Raymond Queneau est passé par le groupe
surréaliste, mais il était trop indépendant pour se plier
longtemps à la discipline imposée par Breton. Il se lie
avec Jacques Prévert, avec Marcel Duhamel, le futur
fondateur de la « Série noire » chez Gallimard, avec
le peintre Yves Tanguy, et il constitue avec eux le
groupe de la rue du Château. En 1933, année de la
prise du pouvoir par Hitler, il publie *Le Chiendent* où se
font déjà remarquer plusieurs des traits propres à
Queneau : une construction rigoureuse, l'usage du
français parlé par opposition au français académique,
et une grande tendresse pour ses personnages. *Le
Chiendent* reçoit le premier prix des Deux-Magots,
inventé pour la circonstance par des copains de Raymond Queneau.

Tout au long de sa vie, qui se poursuit à l'École des hautes études, puis au comité de lecture de Gallimard, il se partage entre deux grands secteurs d'activité : l'acquisition d'un savoir à peu près encyclopédique et des recherches sur le langage qui oscillent entre la farce et les mathématiques. Queneau est le plus savant des mystificateurs et le plus gai des érudits.

Il suit les cours de Kojève sur Hegel. Il est élu à l'académie Goncourt. Il conçoit et dirige, à la N.R.F., l'*Encyclopédie de la Pléiade*. Il participe, avec François Le Lionnais et quelques autres, à la création de l'OULIPO, ouvroir de littérature potentielle, où brilleront, parmi beaucoup de talents à la recherche de nouveauté, un Italo Calvino, un Jacques Roubaud ou un Georges Perec.

L'OULIPO n'est ni une chapelle, ni une académie, ni un mouvement poétique. C'est un laboratoire littéraire. Selon les méthodes formalistes, il ne s'occupe ni de la beauté, ni de l'émotion, ni même du sens, mais du mécanisme de la langue. Il en étudie les structures. Il applique les mathématiques et la philologie à la littérature. Il considère l'œuvre littéraire sous l'angle de la combinatoire. Ses travaux ont pour ancêtres à la fois un Paul Valéry qui avait un faible pour les mathématiques et qui s'intéressait d'abord au fonctionnement de l'esprit, et le surréalisme qui se livrait à des jeux sur la parole et le langage. Il offre un mélange très moderne d'expérimentation, d'esprit de système et d'humour.

L'OULIPO a notamment donné naissance à deux champs de recherche qui ne manquent pas d'intérêt : l'*anoulipisme* et le *synthoulipisme*. L'anoulipisme – ou oulipisme analytique – étudie les œuvres littéraires et dégage les règles qui les commandent. Exemple : François Le Lionnais examine toutes les combinaisons possibles du roman policier où le coupable, soit X, est successivement le père, la mère, la femme, le mari, l'amant, la maîtresse, le juge, le prêtre, le médecin, le détective ou le narrateur et démontre que la seule combinaison encore inexploitée – avis aux amateurs ! – est l'équation : X = le lecteur. Il est clair que toutes les règles littéraires qui ont tant ennuyé des générations d'écoliers, l'usage de l'alexandrin, la division du sonnet en deux quatrains et deux tercets, l'alternance des rimes en ab/ab ou aa/bb ou ab/ba, relèvent de l'anoulipisme.

Le syntholipisme – ou oulipisme synthétique – est un oulipisme mis en mouvement. Grâce aux mathématiques, il permet de créer des structures littéraires d'une nouveauté radicale. Exemple : Jean Lescure invente la méthode : S + 5 ou V – 7. Il s'agit simplement de remplacer dans un texte chaque substantif (S) ou chaque verbe (V) par le cinquième substantif qui le suit dans un dictionnaire donné ou par le septième verbe qui le précède.

L'exemple le plus célèbre de réussite syntholipique est *La Disparition* de Georges Perec. Dans ce roman lipogrammatique, dont la lecture pouvait laisser perplexe un lecteur non averti, ne figure aucune trace de la lettre *e*, la plus répandue en français. Les traductions en des langues différentes du français exigeaient, bien entendu, l'abandon d'autres lettres.

Queneau était merveilleusement à l'aise dans un tel laboratoire, à qui il a donné autant qu'il en a reçu.

Il est l'inventeur, pour sa part, de la *littérature défini-tionnelle*, une sorte de langage gigogne qui consiste à substituer à chaque mot la définition développée qu'en fournit le dictionnaire.

Bien avant la fondation de l'OULIPO, qui voit le jour en septembre 1960, Queneau s'était adonné à des travaux qui l'annonçaient déjà. Dès 1947, les délicieux *Exercices de style* racontent, sous quatre-vingt-dix-neuf formes différentes – « ampoulée », « vulgaire », « lettre officielle », « géométrique », « désinvolte », ou « rêvée » –, l'histoire d'un jeune homme au long cou que le narrateur aperçoit sur la plate-forme arrière d'un autobus de la ligne S et qu'il retrouve devant la gare Saint-Lazare en grande conversation avec un ami qui lui conseille de faire recoudre un bouton de son pardessus.

Cent mille milliards de poèmes est un recueil à peu près contemporain de l'invention de l'OULIPO et qui en présente quelques thèmes fondamentaux. Il constitue en effet le premier exemple de poésie combinatoire. Ne renfermant que dix sonnets découpés en languettes horizontales, il permet de composer 10^{14} (dix puissance quatorze) sonnets différents, soit cent mille milliards. En comptant une minute pour changer les volets et pour lire le sonnet en train d'accéder à la réalité, à raison de huit heures par jour et deux cents jours par an (à cause des week-ends et des congés scolaires), le lecteur en a pour un peu plus d'un million de siècles.

Ce sont là, bien sûr, des jeux de pur formalisme. Mais une prodigieuse tendresse pour les êtres se combinant chez lui avec le goût de l'imposture, per-

sonne ne peut douter que Queneau soit un vrai et
grand poète. Il suffit pour s'en convaincre de lire *Si tu
t'imagines* :

> *Si je parle du temps, c'est qu'il n'est pas encore,*
> *Si je parle d'un lieu, c'est qu'il a disparu,*
> *Si je parle d'un homme, il sera bientôt mort,*
> *Si je parle du temps, c'est qu'il n'est déjà plus...*

ou, peut-être mieux encore, la *Petite Cosmogonie porta-
tive*, histoire du monde en six chants et treize cent
quatre-vingt-dix-huit alexandrins plus ou moins régu-
liers. La Terre y est « bouillonnaveuse », Vénus est
« l'aimable banditrix » et l'espèce animal est « procré-
foutante ». Hermès a pour devise : « Hermétique ne
suis, herméneutique accepte. » L'auteur se présente
lui-même :

> *Celui-ci voyez-vous n'a rien de didactique.*
> *Que didacterait-il sachant à peine rien ?*

Queneau, naturellement, sait à peu près tout. Et
il engage, mine de rien, notre littérature sur des voies
toutes nouvelles :

> *On parle de Minos et de Pasiphaé*
> *du pélican lassé qui revient de voyage*
> *du vierge du vicace et du bel aujourd'hui*
> *on parle d'albatros aux ailes de géant*
> *de bateaux descendant des fleuves impassibles*
> *d'enfants qui dans le noir volent des étincelles*
> *alors pourquoi pas d'électromagnétisme ?*

Il faudrait s'arrêter longuement sur *Un rude hiver*, sur *Pierrot mon ami*, sur *Loin de Rueil*, sur *Le Dimanche de la vie*, sur *Les Fleurs bleues*. Ce sont des romans où l'innocence, la drôlerie, l'émotion se mêlent inextricablement et inexplicablement à Hegel, à Vico, à Splengler, à Braudel. Mais le chef-d'œuvre de Queneau, le roman burlesque et génial qui, avec l'aide du film de Louis Malle, lui a valu une célébrité prodigieuse, c'est *Zazie dans le métro*. Zazie Lalochère, douze ans, vient passer deux jours à Paris chez son tonton Gabriel qui est danseuse de charme dans un cabaret à Montmartre et hormosessuel. Elle rencontre Trouscaillon, la veuve Mouaque, Marceline et le perroquet Laverdure qui chante : « Tu causes, tu causes, c'est tout ce que tu sais faire. » Le livre s'ouvre sur une formule célèbre : « Doukipudonktan », et il se termine sur la réponse non moins célèbre de Zazie à sa mère qui, après quarante-huit heures de fièvre et de délire, lui demande sur le quai de la gare : « Alors, qu'est-ce que t'as fait ? – J'ai vieilli », dit Zazie.

Tous les mardis soir, pendant trois ans, à la sortie du comité de lecture de ceux que Blondin, prétendant que les Gallimard mettaient leur doigt dans leur nez, appelait les gars de la narine, j'ai ramené chez lui Raymond Queneau. Il portait un béret basque. De temps en temps, il était secoué de quintes de rire qui lui faisaient du bien, et à moi aussi. C'était l'ami le plus exquis, le cœur le plus tendre, l'être le plus charmant qu'on puisse imaginer. Une autre histoire de la littérature française mon cul, j'espère avoir tout de même montré que Raymond Queneau était un grand personnage.

SIMENON

(1903-1989)

La fracture sociale

Né à Liège, de nationalité belge, installé en Suisse, Georges Simenon illustre la littérature française comme l'ont illustrée un Blaise Cendrars, un Ramuz ou un Albert Cohen qui étaient suisses, un Cioran, un Ionesco ou un Panaït Istrati qui étaient roumains, un Maeterlinck, qui était belge lui aussi. Simenon est en vérité le type même de l'écrivain international. Et, selon une formule un peu convenue, c'est un phénomène. Qu'est-ce que le phénomène Simenon? C'est 550 millions d'exemplaires, traduits en 55 langues.

Simenon est le Citroën ou le Bouygues de la littérature. C'est un industriel. Comme chez Frédéric Dard, alias San-Antonio, il y a aussi chez Simenon quelque chose qui ressemble à un mystificateur. On a raconté qu'il s'était enfermé dans une cage de verre, sur les grands boulevards, pour y écrire un livre en vingt-quatre heures ou en deux jours sous les yeux du public. Des journalistes par centaines ont rendu compte de cette scène qui semble n'avoir jamais eu lieu. Ce qui n'est pas une légende, en revanche, ce sont les ripailles, les orgies et surtout la formidable capacité de travail de Simenon.

D'abord journaliste à Liège, il arrive à Paris où il va écrire, sous différents pseudonymes, un millier de contes en quinze ans et peut-être deux cents romans-feuilletons, tantôt du genre sentimental, tantôt du genre grivois et tantôt du genre aventures – avec, parfois, une connotation franchement raciste. Il fait le tour de France en canaux et s'engage sur la voie de romans policiers plus proches des faits divers de province que d'Agatha Christie. Il fait surtout mûrir en lui un des personnages les plus célèbres de notre temps, qui sera incarné successivement par Jean Gabin, Jean Richard et Bruno Crémer : le commissaire Maigret.

Phénomène de la littérature, Simenon est aussi, et peut-être surtout, un phénomène de l'édition. Les couvertures photographiques de Fayard feront beaucoup pour sa célébrité. L'éditeur ne reculera devant rien et un fameux « bal anthropométrique » à la *Boule blanche* rôde encore dans les mémoires. Ainsi, peu à peu, Simenon construit son propre mythe.

Le mythe Simenon a mené une rude bataille pour sa reconnaissance. On peut voir toute l'affaire comme une sorte de match de boxe : Simenon, dit le commissaire Maigret, contre la littérature. Il semble que Simenon l'ait emporté aux points. Des arbitres de première division tels que Gide, Henry Miller, Max Jacob ou Caillois l'ont déclaré champion. Et reconnu pour l'un des leurs. Dans des termes souvent dithyrambiques : « Simenon est le plus grand romancier de tous, écrit Gide, le plus vraiment romancier que nous ayons en littérature. » Et Marcel Aymé : « Un Balzac sans les longueurs. »

Parallèlement au cycle Maigret qui se poursuit d'ouvrage en ouvrage – et il est un peu vain de distinguer tel livre plutôt que tel autre –, Simenon développe une veine réaliste et sociale qui mène à un roman d'atmosphère – Simenon préférait le mot : climat – et à un roman du destin. La pluie y tombe souvent. Avec force. Et elle mouille plus que toute autre. Symbole de son succès : Simenon est accueilli par Gallimard, où il publie des livres rendus célèbres par le cinéma, tels que *La Veuve Couderc* ou *La Vérité sur Bébé Donge*.

L'argent, la littérature, l'édition, le succès sont inséparables chez Simenon. Il rompt avec Gallimard après avoir rompu avec Fayard, et il passe aux Presses de la Cité où l'accueille un nouveau venu qui fait couler beaucoup d'encre et la détourne vers ses réservoirs : Sven Nielsen.

De *Lettre à mon juge* à *La neige était sale* et aux *Anneaux de Bicêtre*, qui s'inspire du monde de la presse et de l'un de ses seigneurs, Pierre Lazareff, Simenon publie près de cent romans, plus durs les uns que les autres. Il devient le plus traduit, le plus lu, le plus célèbre de tous les écrivains. Marié trois fois, les chagrins ne lui sont pas épargnés au milieu de ces succès dont s'emparent, pour les grossir, cinéma et télévision : sa fille Marie-Jo se suicide.

Sa vie, il la raconte dans un livre intitulé *Je me souviens*, puis dans une version romancée de cet ouvrage : *Pedigree*. On y découvre des scènes qu'on retrouve dans les romans : la main du père, par exemple, posée sur l'épaule du jeune homme, et qui, sous une autre forme, reparaîtra dans *La neige était sale*.

La marginalité, la solitude, le va-et-vient entre déviance et rentrée dans le rang, l'alcoolisme, l'abjection, le déclassement, l'évasion, la culpabilité, la sexualité, l'assassinat : voilà le terrain de chasse de Simenon. Loin d'être un traité des vertus, son œuvre serait plutôt une sorte de traité des vices. Impossible de ne pas penser, en le lisant, à l'autre romancier de l'espace psychosocial : Balzac. Peut-être pourrait-on soutenir que Balzac est le romancier d'une époque où les classes populaires habitent, non pas aux mêmes étages, mais dans les mêmes maisons, et en tout cas dans les mêmes quartiers, que les duchesses et les banquiers. Simenon écrit à une époque où les classes défavorisées sont rejetées dans des banlieues lointaines. Il est le romancier de la fracture sociale.

Il est le romancier de la destruction des espaces de référence et des cadres traditionnels. Il est le romancier de l'éclosion de la culture de masse et de la déshumanisation des rapports sociaux. Il est le romancier du malaise de la petite classe moyenne. La modernité qui morcelle l'identité du sujet et la dissolution de la conscience sous une pluie qui ne traduit pas seulement un climat mais une désagrégation ont trouvé en lui leur interprète. L'œuvre de Simenon est une descente, une plongée dans les fissures d'un monde qui se défait.

MALRAUX

(1901-1976)

Le roi de Saba

Servi par une mémoire prodigieuse et par l'intelligence la plus vive, comblé de dons par toutes les fées, Malraux est l'homme de trois dieux, aimés inégalement : l'art, la révolution et le général de Gaulle.

Son grand-père se suicide. Son père se suicide. La femme qu'il aime, puis ses deux fils meurent dans des accidents. Il déteste son enfance et sa vie est tragique. Elle s'ouvre sous le signe de l'art. Dès ses plus jeunes années, négligeant la routine des études traditionnelles, il ne vit que pour l'art. Il travaille chez le libraire Doyon et se lie avec Max Jacob, avec Vlaminck, avec James Ensor, avec Derain, avec Braque, avec Léger, puis avec Picasso. Il écrit son premier article : « Des origines de la poésie cubiste ». Il épouse Clara Goldschmidt, qui sera la mère de Florence. Débuts de la période « farfelue », avec *Lunes en papier* et *Royaume farfelu*. Il entre à la N.R.F. et se ruine à la Bourse. Il part pour l'Indochine en compagnie de Clara. Le monde est grand. Et il est à eux.

L'art et la révolution vont l'occuper tout entier. Et la révolution sort de l'art. A Banteaï-Srey, le long de la voie royale du Cambodge, il s'empare de statues khmères qui lui valent un procès. Il fonde un journal qui s'appellera *L'Indochine*, puis *L'Indochine enchaînée*. Né de la confrontation avec le colonialisme, son engagement politique est déjà évident. Il sera à l'origine de *La Tentation de l'Occident* — « La réalité absolue a été pour vous Dieu, puis l'homme, y écrit à l'auteur un jeune Chinois, et vous cherchez avec angoisse à qui vous pourriez confier son étrange héritage » —, des *Conquérants*, de *La Voie royale*, de *La Condition humaine*, qui reçoit le prix Goncourt. Aragon s'était rendu au congrès de Kharkov en 1930. Malraux se rend au congrès de Moscou en 1934. Avec Édouard Corniglion-Molinier, il part pour le Yémen, à la recherche aérienne du palais de la reine de Saba qu'il croit découvrir — mais ne découvre pas. Hitler prend le pouvoir. Il écrit *Le Temps du mépris*, un livre plein de bonnes intentions, en vérité assez faible, et pourtant prophétique. La guerre d'Espagne éclate.

Malraux fonde l'escadrille *España*, soutient le gouvernement républicain contre Franco, gagne ses galons de colonel et écrit *L'Espoir*. La Gestapo, pendant la guerre, détruira par le feu le manuscrit de *La Lutte avec l'Ange* dont ne subsistera que la première partie : *Les Noyers de l'Altenburg* dont les premières pages sont superbes. Il entre dans la Résistance en 1943 et, sous le nom de colonel Berger — colonel en Espagne, colonel en France —, il commande les F.F.I. du Lot, est blessé, capturé, soumis à un simulacre d'exécution, libéré par miracle, et crée la brigade Alsace-Lorraine.

En 1945, il rencontre le général de Gaulle et il est permis de dire qu'il l'aimera comme il n'avait jamais aimé aucune des femmes de sa vie. L'âge des révolutions s'achève pour lui. S'ouvre l'âge du pouvoir. Il devient ministre de l'Information.

Il ne quittera plus le Général. Ministre d'État chargé des Affaires culturelles, ami auréolé du génie littéraire, il sera assis à sa droite pendant plus de dix ans. Le militant révolutionnaire s'est changé en militant gaulliste. « Car il n'était pas entendu que les lendemains qui chantent seraient ce chant des bagnards. » La prédication haletante de Malraux accompagnera les fortunes diverses du gaullisme. Et les *Oraisons funèbres* de Braque, de Jean Moulin ou de Le Corbusier s'inscriront entre *Les Voix du silence* ou *La Métamorphose des dieux* et les *Antimémoires*. Entre Bossuet, aussi, et Gambetta – ou Élie Faure. *Les Chênes qu'on abat* seront un dernier hommage au Général disparu dont il avait été le dernier, le plus proche et le plus célèbre des compagnons.

La vie de Malraux, qui se termine à Verrières-le-Buisson, en compagnie de Louise de Vilmorin, à la conversation éblouissante, puis de sa nièce Sophie, aura été, plus que toute autre, à l'image de notre siècle. Elle commence par la dérision farfelue, elle se poursuit par le culte de la révolution et des « héros sans cause » à la recherche d'un sens à donner à la vie, elle s'achève dans l'élan vers le mythe rédempteur de l'art, seul capable de rendre à l'homme cette « part d'éternité » qu'il a perdue depuis la mort de Dieu.

L'homme, pour Malraux, est d'abord ce qu'il fait. C'est en ce sens que Malraux est un aventurier métaphysique, toujours en quête d'une « saisie fulgurante du destin ». Cette eschatologie d'un destin enfin dominé, d'un antidestin qui marque, dans des termes tantôt cornéliens et tantôt quasi mystiques, le triomphe de la volonté sur la mort, s'incarne successivement dans le général de Gaulle qui dit *non* à l'histoire et dans l'art qui échappe à la tyrannie du temps qui passe. « Derrière chaque chef-d'œuvre rôde ou gronde un destin dompté. » Il y a, derrière ses ruptures successives, une continuité de l'engagement de Malraux au service d'un destin qui lutte contre la mort.

La vie de Malraux elle-même « devient un mythe suscité par ses œuvres ». C'est un extraordinaire metteur en scène de l'histoire, des morts, du Général. Un extraordinaire metteur en scène aussi de sa propre existence. « Une vie ne vaut rien, disait-il, mais rien ne vaut une vie. » La sienne, à une époque où il était permis de penser que l'aventure individuelle était dépassée et terminée, il en a fait un chef-d'œuvre. Un chef-d'œuvre de volonté et d'action. Malraux est une sorte de Nietzsche qui se serait mis, c'est une chance, au service de la liberté et de la démocratie.

La démocratie, à qui il avait rendu service par ses choix et par son talent, lui a renvoyé l'ascenseur. Elle l'a fait entrer au Panthéon. Pourquoi entre-t-on au Panthéon ? Parce qu'on est un grand écrivain, bien sûr. Mais Baudelaire, et Rimbaud, et Proust, et André Gide aussi sont de grands écrivains : il ne viendrait à l'idée de personne de les installer au Panthéon. Il faut, pour le Panthéon, avoir incarné son temps et avoir joué son rôle dans l'histoire en train de se faire. Personne n'a rempli comme Malraux ce programme ambitieux.

Il faut aussi, sans doute, être porté par l'époque. Aragon a tenu une grande place dans son temps et, si Staline n'était pas tombé, il n'est pas impossible qu'un gouvernement communiste l'eût installé sous la coupole du Panthéon entre Voltaire et Zola. Malraux a été servi par le gaullisme qu'il avait servi et par les post-gaullistes qui ont vu en lui, à juste titre, un héraut de leur cause et de leurs espérances.

Il avait, selon sa propre formule, transformé en conscience le plus d'expérience possible. En ce sens, il incarne mieux que personne le temps où il a vécu et la langue dont il s'est servi. A l'âge de Sartre et du soupçon, il a montré que l'homme ne se définit pas par ses rêves ni par ce qu'il dit, mais par ce qu'il fait et par son action.

La Condition humaine, L'Espoir, Les Noyers de l'Altenburg, Les Voix du silence ont été les bréviaires de plusieurs générations successives. Il aura été, en notre temps, une espèce de Chateaubriand qui aurait fréquenté l'avenir et les marxistes au lieu de se donner, par fidélité, au passé et aux Bourbons. Et qui aurait remplacé, chacun fait ce qu'il peut, le *Génie du christianisme* par une histoire de l'art universel. Il n'aura même pas manqué la touche finale de méditation quasi religieuse et de réflexion métaphysique sur la mort.

Le risque, pour Malraux, est de voir son œuvre étouffée par sa vie tumultueuse. Le Panthéon est un triomphe, mais ce n'est pas au Panthéon, c'est dans le cœur et la mémoire que survivent les écrivains. Le destin de Malraux n'appartient pas aux politiques qui se sont emparés de lui après qu'il s'est emparé d'eux. Il appartient aux jeunes gens qui le liront dans des livres de poche.

CAMUS

(1913-1960)

Portrait de Bogart en humaniste

Albert Camus est né à Mondovi, en Algérie, d'un ouvrier agricole tué à la guerre de 14 et d'une mère illettrée, d'origine espagnole, qui ne savait pas écrire et qui avait du mal à s'exprimer. La pauvreté entoure son enfance. Il reçoit le Nobel à quarante-quatre ans, connaît une gloire universelle et meurt à quarante-sept ans dans un accident d'automobile.

Il aimait le soleil, le football, le théâtre, les femmes et la philosophie. Il écrit : « La misère m'empêcha de croire que tout est bien sous le soleil et dans l'histoire ; le soleil m'apprit que l'histoire n'est pas tout. » Il ressemblait à Bogart et cultivera cette ressemblance dans un imperméable. La tuberculose l'empêche de passer l'agrégation de philosophie et lui insuffle en même temps un formidable appétit de vivre et la passion de ce monde. Deux hommes auront sur sa jeunesse une influence prépondérante : un mort, Frédéric Nietzsche ; un vivant, Jean Grenier,

315

professeur de philosophie, qui avait écrit *Les Îles* et qui unissait le goût du monde à la dérision de l'existence.

En 1935, Camus adhère au parti communiste. Il le quitte en 1937. En 1939, il publie un beau livre, écrasé de soleil et baigné par la mer : *Noces*. « Noces à Tipassa », « Le vent de Djemila », « L'été à Alger » et « Le Désert » constituent les quatre parties de ce poème en prose et chantent « les noces de l'homme et de la terre [...] en termes de soleil et de mer ». Derrière la splendeur du monde et des plages sous le soleil s'exprime déjà une morale : « Pour moi, devant ce monde, je ne veux pas mentir ni qu'on me mente. » Un lyrisme puissant et moderne sort des pages de ce livre qui a servi de bréviaire à beaucoup de jeunes gens.

Philosophe lyrique, Camus est aussi un homme de théâtre et un journaliste. Il adapte Eschyle, Dostoïevski, Malraux. Au lendemain de la guerre, il dirige *Combat*, avec Pascal Pia. Le journalisme de la Libération est dominé par trois figures qui ont occupé une grande place dans les débats de l'époque et qui ont hissé l'actualité à des hauteurs inhabituelles : Mauriac au *Figaro*, le polémiste communiste Pierre Hervé, aujourd'hui oublié, dans *Action*, et Camus à *Combat*. Mais l'essentiel est ailleurs. En 1942, paraissent coup sur coup deux livres qui enflamment les jeunes lecteurs : *L'Étranger*, roman, et *Le Mythe de Sisyphe*, essai. L'un est la version romanesque de l'autre : « Si tu veux être philosophe, écris des romans. »

Il est convenu de voir dans ces deux ouvrages l'acte de naissance de la philosophie de l'absurde qui s'articule et se combine à l'existentialisme – et se distingue pourtant de lui. Les rapports entre Sartre et Camus, d'abord confiants et cordiaux – « l'admirable conjonction d'une personne et d'une œuvre », écrit Sartre de Camus – ne cesseront de se déglinguer, de brouille en brouille, jusqu'à l'hostilité la plus franche.

La question qui se pose à Camus est de savoir si la vie vaut la peine d'être vécue. « Le seul problème philosophique vraiment sérieux, écrit-il au début du *Mythe de Sisyphe*, c'est le suicide. » Entre le monde et l'homme se creuse un fossé : « L'absurde est essentiellement un divorce. » Meursault, dans *L'Étranger*, est l'illustration de ce divorce. Il apprend sans émotion la mort de sa mère. Il retrouve une amie, Marie, et se baigne avec elle. Sur la plage, une bagarre éclate entre deux Arabes et les amis de Meursault. Pour l'empêcher de s'en servir, Meursault prend le revolver d'un de ses amis. Il s'en servira lui-même, dans une sorte d'hébétude et d'absence, pour tuer un des Arabes. « C'est alors que tout a vacillé. La mer a charrié un souffle épais et ardent. Il m'a semblé que le ciel s'ouvrait sur toute son étendue pour laisser pleuvoir le feu. [...] J'ai compris que j'avais détruit l'équilibre du jour, le silence exceptionnel d'une plage où j'avais été heureux. Alors, j'ai tiré encore quatre fois. [...] Et c'était comme quatre coups brefs que je frappais sur la porte du malheur. » Meursault est condamné à mort après un réquisitoire où le procureur l'accuse d'avoir été « insensible » à la mort de sa mère et de n'avoir « rien d'humain ».

Le Malentendu et *Caligula* traduisent au théâtre ce même sentiment d'absurde, proche de la schizophrénie, qui le cédera peu à peu, dans les années suivantes, à un humanisme de la révolte, illustré par *La Peste* et par *L'Homme révolté* avant de s'exprimer sur la scène dans l'*État de siège* et dans *Les Justes*.

La Peste connaît un immense succès. Les personnages de Tarrou, l'intellectuel lucide, puis révolté, du père Paneloux, le religieux, de Grand, « héros insignifiant et effacé qui n'avait pour lui qu'un peu de bonté de cœur » et surtout du docteur Rieux, adversaire de la peste, porte-parole de l'auteur, deviennent vite populaires. Le moralisme, pourtant, la noblesse des idées, la volonté de défendre une thèse et de faire passer des réflexions sur la vie, la mort, la condition humaine ont quelque chose de laborieux et de pesant. Il y avait de quoi provoquer l'ironie de Sartre, autrement méchant et doué, qui prétendait que Camus traitait du bien et du mal comme s'il s'agissait de microbes. On a pu dire avec cruauté que Camus était un auteur pour certificat d'études et que ses livres étaient composés de morceaux de bravoure trop bien écrits et voués d'avance au triste sort des dictées. Camus est un écrivain menacé par l'humanisme. C'est un Duhamel de gauche qui aurait fait de la boxe. Après *La Chute*, livre allégorique et déconcertant, *Le Premier Homme*, publié trente-cinq ans après la mort de l'auteur, n'échappe pas à la veine de la littérature édifiante.

Il est l'auteur de formules un peu boursouflées et banales, qui vieillissent plutôt mal : « Il n'y a pas d'amour de vivre sans désespoir de vivre » et d'autres qu'on lit encore avec un pincement au cœur : « La vraie générosité envers l'avenir consiste à tout donner au présent. » Il laisse l'image d'un homme intègre, sympathique et tragique. Son destin semble illustrer l'absurde dont il s'était fait le héraut. Il avait acheté une maison à Lourmarin, dans le Luberon. Il devait se rendre à Paris par le train. Mais un membre de la famille Gallimard et sa femme, avec qui il était lié, vinrent le prendre en voiture. A Villeblevin, près de Montereau, pour une raison inconnue, l'auto sortit de la route. Camus fut tué sur le coup. On trouva dans la voiture le manuscrit inachevé du *Premier Homme*, auquel il travaillait avec peine. Et, dans sa poche, un billet de chemin de fer.

La N.R.F.

(1909-   )

Le démon de la littérature

La N.R.F. n'est ni un auteur ni une œuvre. Elle a pourtant sa place marquée dans l'histoire de notre littérature. C'est une collectivité littéraire. Et une collectivité dont la singularité est de couvrir à la fois une famille, une revue, une maison d'édition et une des aventures intellectuelles les plus caractéristiques de notre temps. D'un bout du siècle à l'autre, des dizaines de milliers de jeunes gens auront été fascinés par la couverture blanche à filets rouges et noir des éditions Gallimard, appelées aussi N.R.F. Pastichant Barrès qui déclarait : « Il y a trois pouvoirs en Europe : le haut état-major allemand, la Chambre des lords et l'Académie française », Otto Abetz, ambassadeur d'Hitler dans la France occupée, aurait affirmé : « Il y a trois pouvoirs en France : le parti communiste, la haute banque protestante et la N.R.F. »

Après avoir pris un faux départ le 15 novembre 1908, le premier numéro de la *Nouvelle Revue française* paraît le 1er février 1909. C'est la date de naissance d'un mouvement qui allait drainer des talents éclatants et d'une avant-garde qui allait se changer peu à peu en une institution quasi officielle. La *Nouvelle Revue française* avait pour ambition de reprendre le flambeau des mains défaillantes de la défunte *Revue blanche* et de supplanter le *Mercure de France* qui était l'organe du symbolisme. La cheville ouvrière de la nouvelle revue est André Gide. Gide, en 1909, a publié *Paludes*, *Les Nourritures terrestres*, *L'Immoraliste*, ce qui n'est déjà pas mal, mais il est loin d'occuper la place qui sera la sienne plus tard. Il se cherche encore et il est peu connu. Entouré de cinq complices – Marcel Drouin, dit Michel Arnauld, son beau-frère ; Henri Ghéon, le futur auteur du *Pauvre sous l'escalier*, un « Barbe-Bleue hilare, perpétuellement ivre d'exister » d'après Martin du Gard ; Jean Schlumberger, humaniste austère issu de la grande bourgeoisie protestante ; Jacques Copeau, qui sera au cœur non seulement de la révolution théâtrale, mais de tout un pan de la littérature moderne ; et un Belge, André Ruyters, qui passe le plus clair de son temps à naviguer en Méditerranée –, Gide est l'âme et l'artisan de la nouvelle entreprise.

Dès 1911, le succès de la *Revue* est tel qu'un comptoir d'édition naît dans son sillage. Il faut un gérant. On choisit un jeune homme qui est secrétaire de Robert de Flers et qui appartient à une famille d'Auvergnats montés à Paris et qui aiment la peinture et la littérature : Gaston Gallimard.

On raconte qu'un grand-père, frais émoulu de ses volcans, se promenait avenue du Bois, à Paris, quand il aperçut une voiture dont les chevaux s'étaient emballés. N'écoutant, comme on dit, que son courage, il se jette à la tête des chevaux et réussit à les maîtriser. Dans la voiture était assise l'impératrice Eugénie. La fortune de la famille était faite.

Gaston Gallimard est un personnage étonnant qui n'écrira jamais de livre et qui se tient au cœur de la littérature contemporaine. Sa correspondance avec Proust et tant d'autres montre quel peut être le rôle d'un grand éditeur. Il assurait qu'il aimait, dans l'ordre, les bains de mer, les femmes et les livres.

En 1912, le comité de rédaction de la *Revue* est remplacé par un directeur unique : Jacques Copeau, assisté d'un jeune écrivain : Jacques Rivière. Dès 1913, la fondation du théâtre du Vieux-Colombier accapare Jacques Copeau et le rôle de Jacques Rivière s'accroît progressivement. Déjà apparaît un critique littéraire qui tiendra, jusqu'à sa mort en 1936, une grande place au sein de la *Revue* : Albert Thibaudet. Les auteurs affluent tant à la *Revue* qu'à la maison d'édition. En 1914, pour réparer l'erreur de Gide qui avait refusé le roman de Proust, publié à compte d'auteur chez Grasset – avant de revenir définitivement, avec tous les honneurs de la guerre, chez Gallimard –, des fragments de *A la Recherche du temps perdu* paraissent dans la *Revue*.

La guerre de 1914 porte un coup mortel à la *Revue*. Copeau est à New York, Rivière est prisonnier. La *Revue* cesse de paraître. Elle reparaît en 1919 et Jacques Rivière, de retour, se réclame des principes de modernité et d'indépendance affichés en 1909.

Se réclamer en 1919 du programme de 1909

prend un sens nouveau. Au lendemain de la Première
Guerre mondiale, un certain nombre de mouvements
et de publications s'installent. Il y a d'abord la *Revue
universelle*, proche de l'Action française, où brillent un
Jacques Bainville ou un Henri Massis. Il y a, autour
de Barbusse, la revue *Clarté* et son groupe, nourris des
idées d'extrême gauche et sous l'influence de la révolution d'Octobre en Russie. Il y a enfin le mouvement
Dada, né, comme l'œuvre de Barbusse, mais très différemment, de la guerre et de ses horreurs. Au sein
même de la N.R.F., Ghéon, Arnauld, Schlumberger
sont, au moins passagèrement, tentés par l'Action
française. Nouveau patron de la *Revue*, Jacques
Rivière maintient le cap d'une liberté d'esprit résolument moderne, secondé à partir de 1920 par un nouveau venu, fluctuant et implacable, à l'accent du
Midi, qui n'avait jamais l'air de partager aucun avis,
ni même le sien, mais qui savait trancher dans le vif
avec la rigueur la plus douce : Jean Paulhan.

Quand Rivière mourra en 1925, Gaston Gallimard, pour occuper la place et empêcher Charles
Du Bos de la prendre, sera nommé directeur. Mais
Paulhan occupera les fonctions décisives de rédacteur
en chef. Et en 1935, il deviendra le directeur en titre.
Son influence sera immense. On le retrouve à tous les
coins de rue. Vialatte explique que Gallimard est la
seule maison de Paris où on compte par demi-étage et
il prétend que c'est au premier étage et demi qu'un
écrivain débarquant chez Gallimard plein d'espoir et
d'angoisse a le plus de chances de trouver Paulhan
absent. Grâce à Paulhan en grande partie, grâce à un
mélange explosif de snobisme et de talent, grâce au

génie aussi, une légende est en train de naître : la littérature française, dans ses forces les plus vives, se confond peu à peu avec la N.R.F.

Une rubrique, particulièrement, verra défiler les auteurs les plus prestigieux : les fameuses « Notes » de la N.R.F. Paul Valéry, Valery Larbaud, André Gide lui-même, Bernard Groethuysen, Benjamin Crémieux, et tant d'autres, s'y succéderont avec éclat. Le théâtre posera plus de problèmes. Léautaud, qui signera Maurice Boissard, Drieu La Rochelle, François Mauriac, Jacques de Lacretelle, Benjamin Crémieux, Jean Prévost s'y essaieront tour à tour. Le théâtre, en fin de compte, sera traité, lui aussi, par le biais des « Notes ». A côté de la rubrique des lettres, assurée par Thibaudet, les *Propos* d'Alain connaîtront un succès retentissant. Marcel Arland parlera du roman et lui donnera, dans la *Revue*, une importance particulière.

En juin 1940 paraît, avec des extraits des *Voyageurs de l'impériale* d'Aragon, le dernier numéro de la *Revue*, qui suspend sa publication. Paulhan se retire et sera parmi les fondateurs des *Lettres françaises* clandestines, avant de s'opposer, à la Libération, en de vives polémiques, bel exemple de courage et de liberté d'esprit, aux partisans de l'épuration littéraire.

Les Cahiers de la Petite Dame – la petite dame étant Marie Van Rysselberghe, l'amie d'André Gide – nous donnent des détails sur les négociations qui aboutissent à la publication, en décembre 1940, sous le contrôle de la censure allemande, d'une nouvelle N.R.F., dirigée par Drieu La Rochelle. Le premier numéro comporte un « Avant-propos » de Drieu et une « Lettre à un Américain » d'Alfred Fabre-Luce. Cette N.R.F. de la collaboration paraîtra jusqu'en juin 1943, date à laquelle Drieu, saisi par le pessimisme, aux prises avec une foule de problèmes, se retire à son tour. On parle de Jacques Lemarchand pour lui succéder. Mais l'affaire ne se fait pas et, pour la troisième fois de son histoire, la *Revue* disparaît.

A la Libération, la N.R.F. est frappée d'interdiction. Deux numéros spéciaux voient le jour et préparent habilement le terrain : en novembre 1951, un « Hommage à André Gide » ; en septembre 1952, un « Hommage à Alain ». Parce que la France est d'abord une nation littéraire, tout ce qui touche à la N.R.F., absente ou présente, prend des allures d'événement national. Le 1ᵉʳ janvier 1953, à l'indignation de François Mauriac, la *Revue* reparaît sous une appellation qui fait couler beaucoup d'encre : la *Nouvelle Nouvelle Revue française*. Elle est dirigée par Jean Paulhan et Marcel Arland, assistés d'une secrétaire de direction : Dominique Aury, auteur clandestine de la fameuse *Histoire d'O*. La *Revue* retrouve son nom de N.R.F. en février 1959.

Une des plus vives émotions de mon existence, je l'ai ressentie au moment de participer pour la première fois au comité de lecture de la N.R.F. Les ombres de Gide et de Paulhan, qui avait disparu en 1968, me considéraient d'un œil soupçonneux. Le cœur me battait comme à un amoureux, comme à un premier communiant. Roger Caillois, qui était mon ami et mon protecteur, avec qui j'ai travaillé chaque jour, pendant quelque vingt ans, au sein de la revue *Diogène*, et à qui je dois beaucoup, me prit à part un instant dans le coin de la porte qui ouvrait sur le Saint des Saints et me dit en bégayant, car il bégayait avec un art consommé : « Vous pouvez dire ici n'importe quoi, vous pouvez être fasciste ou communiste, ça n'a aucune importance. Je ne vous conseille pas d'avouer que vous aimez *Cyrano de Bergerac.* » Que les temps sont changés ! Même au 5 de la rue Sébastien-Bottin, il me semble aujourd'hui, me trompé-je ? que *Cyrano de Bergerac* a acquis droit de cité.

Peut-être aurais-je mieux fait de me taire et de laisser la parole, quoi de mieux ? à la savoureuse correspondance entre Marcel Proust et Gaston Gallimard qui constitue comme un résumé – de 666 pages, le chiffre du démon, de la littérature bien entendu – de ce que j'ai essayé de décrire. Voici deux exemples qui serviront d'illustration à ce qui vient d'être dit et qui montreront jusqu'à la caricature la complexité des relations au sein de la N.R.F.

En janvier 1921, Proust écrit à Gallimard : «J'aime beaucoup Gide ; j'ai une grande admiration pour lui ; de vous tous, c'est lui que je connais le plus (trop peu hélas !) et le plus anciennement. Mais véritablement, qu'au moment où Rivière se tue littéralement à sa *Revue,* au moment aussi où des revues nouvelles, comme la *Revue universelle* etc. font à la N.R.F. une concurrence d'ailleurs fort loyale, qu'à ce moment-là on publie en pleine N.R.F. une déclaration que la N.R.F. est ennuyeuse à lire, l'est depuis que Rivière la dirige, et que cette déclaration s'aggrave du prestige même et de l'autorité du nom de Gide, cela me peine extrêmement. Pense-t-on rendre la *Revue* plus attrayante en proclamant qu'elle est ennuyeuse? La fatigue m'empêche de finir au moment où je commence et je ne vous ai rien dit de ce que je voulais vous dire. Mais puisque Rivière me défend d'écrire à Gide et ne veut pas que j'aie l'air vis-à-vis de Gide même de rien savoir, il me semble que vous, directeur de toute l'affaire, avez le droit de demander à Gide la suppression de ce désaveu. Ne croyez pas qu'il y ait là-dedans de ma part l'ombre d'un sentiment hostile à Gide! J'irais même entre nous jusqu'à vous dire (comme je dirais à Rivière) que je ne suis pas un N.R.Fiste fanatique. Mais c'est trop bête de se manger les uns les autres [...] » etc.

Et en septembre de la même année, toujours de Proust à Gallimard : « La N.R.F. a pour me martyriser deux directeurs, l'un le directeur général est vous. Il est toujours absent, pour des rendez-vous d'affaires etc. mais enfin où je ne peux le relancer quand j'ai un conseil à lui demander. Et même quand il est à la *Revue*, il me fait répondre qu'il n'y est pas (ce qui me ramène au temps où *Swann* fut refusé et où je téléphonais avec une vaine naïveté trois fois par jour). Le directeur de la *Revue*, mon très cher Jacques Rivière, a imaginé je ne sais sur quoi qu'il n'avait pas comme extrait tout ce qu'il a demandé, alors qu'il a tout et un peu plus. Il en est résulté des semaines de lettres, de dépêches, d'angoisse pour moi à devenir fou. Excusez-moi bien auprès de M. Paulhan [...] » etc. Et Gaston ne manque jamais de répondre à Marcel avec une patience d'ange et une courtoisie exemplaire.

Au-delà des péripéties, si représentatives de notre temps, qui entourent l'existence de la *Revue*, ses disparitions successives, ses résurgences obstinées, la

N.R.F., sous les espèces de la maison d'édition incarnée par la famille Gallimard – Gaston, puis Claude, son fils, puis Antoine, son petit-fils – comme sous les espèces de la *Revue* elle-même, aura été le centre d'une prodigieuse activité littéraire et intellectuelle. Toute la littérature moderne est passée, d'une façon ou d'une autre, sous sa célèbre couverture et par la rue Sébastien-Bottin, derrière Saint-Thomas d'Aquin, siège temporel de ce royaume de l'esprit. Toutes les tendances de l'époque s'y sont retrouvées, et souvent combattues. Claudel et Valéry y ont côtoyé Sartre et Camus. Saint-John Perse et René Char y ont rencontré Vialatte et Maurice Blanchot. Aragon et Malraux y ont cohabité avec Céline et Morand. Proust et Robbe-Grillet y ont été refusés avant d'y être célébrés. La N.R.F. a été le lieu d'erreurs monumentales et de fracassants repentirs. On s'y est battu pour Dieu et contre lui. Elle a fait couler des flots d'encre. Pour avoir nourri tant de rêves, et parfois tant de génie, la N.R.F. s'est hissée à la hauteur d'une légende et un bon morceau de la littérature française est lié à son histoire.

TABLE DES MATIÈRES

Avant-propos 9

LES QUATRE CHRONIQUEURS (1150?-1511)
Courir le monde et l'admirer 19
RABELAIS (1494?-1553)
L'ivresse du savoir 27
MONTAIGNE (1533-1592)
Tours et détours de la nature et de la tolérance. 35
LE CLASSICISME (1636-1778)
Écrire est un métier dont la règle est de plaire.. 41
CORNEILLE (1606-1684)
L'amour est un honneur et l'honneur est aimé... 55
RETZ (1613-1679)
Une erreur de distribution.................. 67
LA ROCHEFOUCAULD (1613-1680)
Un grand seigneur aveugle voit la vie en noir... 71
MOLIÈRE (1622-1673)
Le triomphe du vrai....................... 77
PASCAL (1623-1662)
L'amour de Dieu enflamme un géomètre de génie 85
BOSSUET (1627-1704)
Le dernier Père de l'Église................. 93

BOILEAU (1636-1711)
Avertissement aux jeunes gens tentés par le succès   101
RACINE (1639-1699)
Les horreurs de l'amour   109
LA BRUYÈRE (1645-1696)
Portrait de l'artiste en intellectuel   119
LES LUMIÈRES (1715-1789)
La révolte de la raison   125
MONTESQUIEU (1689-1755)
Bossuet revu par Swift.   131
VOLTAIRE (1694-1778)
Un journaliste de génie   137
DIDEROT (1713-1784)
Le goût du désordre.   145
LE ROMANTISME (1801-1889)
L'irruption de la météo dans la littérature.   151
CHATEAUBRIAND (1768-1848)
Un épicurien à l'imagination catholique.   159
STENDHAL (1783-1842)
Phénoménologie et romantisme au service de la révolution.   169
LAMARTINE (1790-1869)
Les soirs d'été   177
VIGNY (1797-1863)
Le beau ténébreux   185
BALZAC (1799-1850)
Le visionnaire   193
MÉRIMÉE (1803-1870)
Un farceur romantique et Régence.   201
SAND (1804-1876)
Quelque chose de glouton dans le mouvement du désir   207

TABLE DES MATIÈRES

FLAUBERT (1821-1880)
Le Viking 213

BAUDELAIRE (1821-1867)
Splendeur et misère du génie. 223

CLAUDEL (1868-1955)
Un barbare dans l'Église. 233

GIDE (1869-1951)
Un janséniste saisi par le désir 239

PROUST (1871-1922)
L'amour et le temps. 245

VALÉRY (1871-1945)
La machine à penser. 255

MARTIN DU GARD (1881-1958)
La probité. 265

MORAND (1888-1976)
Un Mongol au galop. 271

CÉLINE (1894-1961)
Le cavalier de l'Apocalypse. 277

LE SURRÉALISME (1917-1940)
Des vertiges de la démoralisation aux rigueurs de la
morale. 283

ARAGON (1897-1982)
Le miroir du siècle 291

QUENEAU (1903-1976)
Hegel fait son cirque. 299

SIMENON (1903-1991)
La fracture sociale 305

MALRAUX (1901-1976)
Le roi de Saba 309

CAMUS (1913-1960)
Portrait de Bogart en humaniste. 315

LA N.R.F. (1909-   )
Le démon de la littérature 321

L'amour est un plaisir
Julliard, 1956

La Gloire de l'Empire
Gallimard, 1971
« Folio », n° 889
et réed. « Folio », n° 2618

Au plaisir de Dieu
Gallimard, 1974
et « Folio », n° 1243

Un amour pour rien
Gallimard, 1975
et « Folio », n° 1034

Au revoir et merci
Gallimard, 1976

Du côté de chez Jean
Gallimard, 1977
et « Folio », n° 1065

Le Vagabond qui passe sous son ombrelle trouée
Gallimard, 1978

Dieu, sa vie, son œuvre
Gallimard, 1980
et « Folio », n° 1735

Mon dernier rêve sera pour vous
Lattès, 1982, réed. 1998
« Le Livre de poche », n° 5872

Jean qui grogne et Jean qui rit
Lattès, 1984

Le Vent du soir
Lattès, 1985
« Le Livre de poche », n° 6467

Tous les hommes en sont fous
Lattès, 1986
« Le Livre de poche », n° 6600

Le Bonheur à San Miniato
Lattès, 1987
« Le Livre de poche », n° 6752

Garçon, de quoi écrire
Gallimard, 1989
et « Folio », n° 2304

Histoire du Juif errant
Gallimard, 1990
et « Folio », n° 2436

Tant que vous penserez à moi
Entretiens avec Emmanuel Berl
Grasset, 1992

La Douane de mer
Gallimard, 1994
et « Folio », n° 2801

Presque rien sur presque tout
Gallimard, 1996
et « Folio », n° 3030

Casimir mène la grande vie
Gallimard, 1997
et « Folio », n° 3156

Une autre histoire de la littérature française, t. II
NiL éditions, 1998
« Points », n° P 663

S.N. FIRMIN-DIDOT AU MESNIL-SUR-L'ESTRÉE (EURE)
DÉPÔT LÉGAL : SEPTEMBRE 1999. N° 33404 (47664).